新潮文庫

古事記の暗号

神話が語る科学の夜明け

藤村由加著

新潮社版

6425

目次

古事記の暗号

——神話が語る科学の夜明け

〈凡例〉

易の卦《か》について

『易経』で説いている卦のことばは、すべて『中国古典選1　易（上）』『中国古典選2　易（下）』（本田済《ほんだわたる》著・朝日新聞社）で調べ、六十四卦の表、読み下し文、解説を使用した。

図について

陰陽五行、易に関するさまざまな図は、『易と日本の祭祀《さいし》―神道《しんとう》への一視点―』（吉野《よしの》裕子《ひろこ》著・人文書院）から引用ないし援用したものである。

第一章　新しい物語の創成へ

新時代への決意

大海人皇子《おおあまの》（後の天武天皇《てんむ》）は吉野《よしの》の宮にいた。奥深い山の中で、人の声は山の空気に吸い込まれてしまいそうだが、風だけは自由に吹き抜け、梢《こずえ》の先をざわつかせていた。

彼の心の中には兄、天智《てんじ》に対する悲しみに似た憤懣《ふんまん》が渦巻いていた。大化改新《たいかのかいしん》で蘇《そ》我《が》一族を屠《ほふ》り、律令《りつりよう》国家を理想とし、共に夢を描いたこともあった。その兄は今でも百済《くだら》への肩入れに固執し、応援に出かけた白村江《はくすきのえ》の戦いも予想通りに負けてしまった。大陸からの侵攻に怯《おび》え、民衆の怨嗟《えんさ》の声に追われるように急遽《きゆうきよ》、都を大和から大津に遷《うつ》す。その危急存亡の時に、百済から逃げてきた亡命宮人たちと、夜ごとに酒宴をはり、これこそが先進文化だ、はては大陸への反攻だなどと空騒ぎしている。

もう百済は新羅《しらぎ》に滅ぼされてしまったのだ。もはや百済、百済といっている時代ではない。それが私たちが『額田王《ぬかたのおおきみ》の暗号』で出会った大海人皇子の歌から聞こえてきたメッセージである。

唐の力を借りて半島を統一した新羅。その現実を見据え、これからの大和の国のことを考えなくてはならない。唐に倣《なら》い、強力な律令国家を作ることで、どこの国にも属さない独立した大和の国を作っていくのだ。大海人皇子の胸の内には、そのような思いが去来していた。

大海人皇子は天智天皇に対して反逆心がないことを示すために出家して、吉野の宮にひきこもったとされる。天武紀にはその時のことを、

「虎《とら》に翼をつけて放てり」

と書いている。

恐らく、吉野への隠遁《いんとん》は、政治の中枢《ちゅうすう》から惨《みじ》めに退くというものではなく、時勢の流れを正しく読んでいる人の仮の姿だった。彼には大和のこれからを構想し、力を蓄える絶好の機と映ったのだろう。事実、大海人皇子はひとりではなかった。彼を取り巻く多くの家臣たちと行を共にしていた。

やがて、大海人皇子が待ちに待った時がやってくる。天智が崩御すると時を移さず、大津の宮に攻め込み、天智の嫡子大友皇子《ちゃくしおおとものおうじ》を討ち、皇位につくのだった。壬申《じんしん》の乱である。

大海人皇子は天武天皇として、都を再び大和に遷し、律令国家の実現に向かうのだった。

『額田王の暗号』では、中大兄《なかのおおえの》皇子（天智）、大海人皇子（天武）、額田王の数々の歌が映し出す苛烈《かれつ》な心理的葛藤《かっとう》について詳述した。

額田王をめぐって三角関係にあると言われていた中大兄皇子と大海人皇子の関係は、ひとりの女性をめぐる恋争いというような単純なものではなかったのである。

　香具山《かぐやま》は　畝火《うねび》雄々《をを》しと　耳梨《みみなし》と　相《あひ》あらそひき　神代より　斯《か》くにあるらし
　古昔《いにしへ》も　然《しか》にあれこそ　うつせみも　嬬《つま》を　あらそふらしき（万葉集巻一―十三）

天智がまずは詠《よ》んだこの三山歌を読み解いて見えてきたのは、兄弟の激しい確執だった。しかも、それはその時代の海を越えた政治をも含む状況判断の違いだった。単なるお家騒動、内部抗争の域をはるかに超えていたのである。

新羅が唐と手を結び、百済に攻め入った時、大和からは百済救援のために、斉明《さいめい》天皇をはじめとして一家眷族《けんぞく》挙げてのといってもいい異様とも思える大船団が送られた。

斉明は旅中客死《かくし》し、戦争《いくさ》の結果も大敗だった。それでも天智の近視眼的な視線は相変わらず百済の復活にあったのである。百済から落ちのびた多くの人々を大津の宮は受け入れていた。天智はますます、百済一辺倒になっていったのであろう。

ところが、大海人皇子の視線は、もっと大きな世界に向いていた。旧態依然とした考えに凝り固まり、時勢の流れすらも正しく判断できなくなっている兄、天智の意向に従っていこうという気など微塵《みじん》もなかった。

大海人皇子が吉野にいた間、彼の頭の中には、さまざまな構想が生まれていったに違いない。律令国家としての青写真は日に日に鮮明になっていった。そして、いよいよそれを実現する時がきたのだった。

正史の編纂《へんさん》

『古事記』は、『万葉集』『日本書紀』とともに日本で文字として残っている最古の文献である。神代に始まり、日本の国生みが書かれ、神から天皇に至る物語が綴《つづ》られ、さらに連綿と続く天皇の時代へと入っていく。日本の正史とされているものである。

特に神代について書かれている物語はいわゆる神話の類《たぐい》とされているものだ。大勢の神々が登場し、日本人ならばどこかで聞いたり読んだりしたことのある説話も多い。では、これらの物語はいったい何を語ろうとして、誰によって書かれたものなのだろうか。

古事記の序文で、天武天皇の時代に、天皇が諸家の持っている帝紀、本辞が虚偽に満ちていると嘆き、今それを正さないことには、大和の成り立ちが後の世に正しく伝わらないといって書き記すよう勅令を出したと語られている。しかし、天武の時代には成し終えることができず、結局、天武の三代後、天武の子ども草壁《くさかべ》の妃《きさき》、元明《げんめい》天皇がその遺志を引き継ぎ、太朝臣安万侶《おおのあそみやすまろ》に勅諭したことで完成する。

ここで驚いたのは古事記の前にもいくつかの記録があったという記述である。それぞれの家に伝わっている系譜、伝承などが沢山あったということだ。考えてみればそれ以前に何もなかったということの方がはるかに不自然だ。

私たちも記紀万葉に出会う前は古事記からすべてが始まったかのように錯覚してしまっていたが、当然それ以前に集積していた文献が山ほどあったのだ。恐らく、各家々に伝わっていた記録は事実を含みながらも、多少それぞれの家にとって都合の良いように書かれていたのではないか。例えば「わが家の祖先は百済の王家の出だった」というような類である。

虚偽に満ちていると天武が嘆いてみせたという理由もそこにある。ここで強調しなければならないのは、その目標はあくまでも天武が構想した日本の国の系譜の正統性を確固たるものにするということだった。正史とは国の成り立ちの履歴を綴った書である。どのような過程を経てその国が生れたかというそれまでの経緯、出来事を語ることで、その国の正統を明らかにすることが目標だったのである。

日本史の文献を見ると、天武の強引な執政ぶりを窺《うかが》うことができる。地方豪族の力を排除し、天皇集権の政治を行なっていった。飛鳥浄御原令《あすかきよみはらりよう》の編纂、八色《やくさ》の姓《かばね》の制定、地方豪族の武器の収公と兵制の整備、官吏の登用・昇進の制および位階六十階の制定など、次々と新しい制度を実施していったのだった。

天武亡《な》き後は、彼と波乱の人生を共に歩み、新しい政治体制造りを共にした妃の持《じ》統《とう》天皇によって天武の遺志は引き継がれる。この中央集権の象徴とも言える藤原京の完成（六九四年）によって、律令国家の骨格は強固に確立されることになる。

そして、七〇一年大宝律令《たいほうりつりよう》が施行される。原本は現存しないが、初めての本格的な律令法典として位置づけられているものだ。刑部《おさかべの》皇子（天武の皇子）と藤原不比等《ふひと》ら十九名によって編纂されたといわれているが、規範となったのは唐の永徽律令《えいきりつれい》とされている。これによって天皇の権力は絶対的なものとなり、中央集権的統治はこの時代でひとつの完成をみる。近世までの日本の国家体制の大きな枠組みは、この大宝律令によって方向づけられたといってもいい。

その律令政治の実現に向かって大いなる夢を描き、具体的に物事を進めていった中心に天武天皇がいたのだった。法律を定めるということ自体が、文字による言語の統一ということであり、これも日本語成立期のドラマの華麗な舞台となった。

その天武が日本の正史としての古事記の編纂を行なおうとしたのである。それは律令国家形成のために、仕上げとも言える重大な事業だった。

古事記の不思議

その正史、記紀の神代の話の中に、あのなつかしい「いなばのしろうさぎ」の話や、「やまたのおろち」の話が存在する、ということが何とも面白い。漢字だけで書かれているある種の厳《いかめ》しさと、絵本で読んだことのあるおとぎ話さながらの印象とのギャップに、違和感を覚えても不思議ではなかろう。

私たちの世代は、特に学校で古事記を読んだという記憶はない。古典は学んだが、『枕草子《まくらのそうし》』『徒然草《つれづれぐさ》』『平家物語』などの一部を読んだぐらいで卒業である。それも印象としては、何とか活用といった類の古典文法を覚えるのが主で、それで古典の世界の雰囲気のようなものに触れたと思って過ごしていた。

それにしても天皇が登場してからはまだしも、神代の話が本当の話だと思っている人は誰もいないだろう。日本の国土が生まれ、神々が生まれ、国作りをしたという日本国創世の物語である。建国の義を正しく記そうとした話の中に、なぜ子ども向けのような説話が書かれているのだろうか。私たちはたちまちその不思議にとりつかれていったのだった。

神代の物語には、さまざまな神々が登場する。何の神様か、だいたい見当のつくものもあるが、未詳とされたままになっている謎《なぞ》の神々も多い。物語の展開に関しても、前後の関係がよくわからないというものも少なくない。

ましてや、どうして八俣大蛇《やまたのおろち》が出てくるのか、どうして大国主神《おおくにぬしの》の話の中に兎《うさぎ》が登場するのかといったことなどについては、何も説明がされていない。というよりは、どのようにして、そこに関連を見つけていいのかすらわからなかったというのが実情だろう。もちろん私たちも最初はそうだった。

韓国語との出会い

トラカレ(1)の母体であるヒッポファミリークラブ(2)で、祭酒《さいしゅ》(3)の、「隣りの国のことばを大切にしよう。隣りの人たちを見て見ぬふりしたところに世界はないのだから」という呼びかけに応《こた》え、そのヒッポに参加した時から、私たちの多言語の世界は始まった。それまで私たちにとって韓国は文字通り近くて遠い遠い国だった。その人たちがどんなことばを話しているのかなど考えたこともなかったし、知ろうともしなかった。

人間、何が幸か不幸かわからない。まずは私たちが韓国語の文字を読めなかったことが幸いした。ひたすら耳でその音声に親しみ、近寄っていく外なかったのである。私たちの母語の日本語だって、聞いたりしゃべったりができるようになってから文字が読めるようになった。

文字がそれぞれの言語の音声を決めたのではなく、それぞれの言語の音声を表記するのが文字だった。文字さえ読めればわかると錯覚したとたん、耳は閉じられる。こんな当り前のことも韓国語との出会いで初めて体験する。

ひたすらその音声に耳を傾けることでいつのまにやら韓国語が話せ、ハングル文字が読めるようになっていた私たちは、初めて韓国語辞典を開いて驚いた。ハングル文字の裏に大量の漢字が隠されていたのである。韓国語の語彙《ごい》の八割強が、もともとは中国語だったのである。そう思って改めて手元にある日本語の『広辞苑《こうじえん》』を開いてみれば何のことはない。日本語も韓国語並みだった。いずれも漢字を取り込むことで、大量の中国語（語彙）を同時に取り込んでいたのである。

現代の日本でも、大量の外来語が街に溢《あふ》れている。今では、それらのことばを表記する文字は、主としてカタカナである。しかし当時はことばごと、文字ごと外来のものだった。完成された言語、やまとことばを持っていたところに、便利な表記をするための道具として、ちょっと漢字を借りて表記したということではなかったのだ。漢字を取り込むことで、日本語そのものが、まったくと言っていいほど新しく創《つく》り変えられていったのである。

音と意味

私たちは、やまとことばに加えて、中国語音、韓国語音を頼りに歩き始めたが、すぐにその背後にある漢字に気付いたのである。

そもそも漢字は中国で作られ、朝鮮半島を経て、日本にもたらされたものだった。もちろん文字だけではない。文字と共に大量の語彙、概念が、新しい文物、考え方がそれを話す人とともに日本に渡ってきたのである。と同時に、当然その文字は音を運んできた。オリジナルな文字がなかったとされる古代朝鮮と日本は、まずはすべて大陸の文字を使って出発したのだった。ということは大宝律令などは、当時の大和の人々には外国語そのものだったであろう。

やまとことばという枠組みは、漢字という文字しかなかった時代を思う時、今までと違うものとして考えねばならなくなった。漢字世界に埋れた日本が見えてきたのである。

文字のなかった昔も、ことばの音声は空間を飛び交っていた。中国語には同音同義という原則があるという。同音、あるいは近似音のことばは、意味も同じか近似しているというのである。いまだ文字もなく、音声のみが空間を飛び交っていた時代、同音、または近似音がランダムな意味を運んでいたら、確かに音だけで意味を理解することは困難だったであろう。それを思うとこの考え方は原理的に納得できる。詳しくは後で触れるが、この研究は藤堂明保《とうどうあきやす》博士によって「単語家族」という独自の考え方の導入で克明になされている。

音声の意味を取り込むためにデザインされた容器が中国の象形文字である漢字だった。

そこには人間のものを見る共通の視点があった。漢字の字源は具体的で、必ずある事象を描くことによって物事を捉《とら》えている。一見、抽象的なことを表わしているような漢字ですらも、驚くほど現実の姿を象《あらわ》していたのだ。しかもその漢字世界は、個々の人間の視点の単なる寄せ集めとしてあるのではなく、ひとつの体系を持つものとして創られていったのである。

人麻呂《ひとまろ》、額田王《ぬかたのおおきみ》との出会い

私たちはトラカレに入るまで、記紀万葉は、読みにくいなりに仮名交じりで書かれているような錯覚を持っていた。原文を見てぎょっとした。これでは古文ではなくて漢文ではないか。

高校の漢文の授業では、漢字だけで書かれている文を、「国破れて山河あり……」などと日本流に読み下して、ついぞ本国の中国語の読み方、音声などは耳にしたこともなかったし関心もなかった。それと同じようなことをこれまで万葉集でもやってきたのではないか。つまり、はるか後にできた仮名によって読まれている万葉集は、はたして本来の万葉集の音声なのだろうかと思ったのである。

万葉集といっても、一字一音の表記になっているいわゆる万葉仮名を使っている後期の歌は、それなりにその時代の音声が復元できるとしよう。問題は柿本人麻呂《かきのもとのひとまろ》や額田王などの初期の歌人によるものだ。一字一音ではない漢語調のものを、単純に七五調で読んでしまっていいのだろうか。まあ音声の再現は諦《あきら》めるとしても、もっと気になるのは歌の意味の取り方だった。

従来の解釈の通りだとしたら、柿本人麻呂や額田王は、当たり障《さわ》りのない、これといった主張のない叙景歌や、感傷的な心象風景を詠《よ》んでいた人物ということになってしまう。そんなはずはないと私たちは強く思った。共に当代切っての文化人、知識人である。しかも政治の中心の限りなく近くにいた人物ではないか。時代は血で血を洗う権力闘争の渦中《かちゆう》である。

アガサ(4)に手を引かれながら、人麻呂、額田王の歌を読み解き、私たちなりに『人麻呂の暗号』『額田王の暗号』として発表した。

私たちがそこで出会ったのは個性溢れる人間だった。ひとりは深く漢字を知り尽くした古代朝鮮の流れを汲《く》む巨人であり、もうひとりは明らかに大陸のことば、知識に通暁《つうぎよう》した才女だった。また、それらの歌からはくっきりと時代の風景が浮かび上がってきた。それは伝えられるわずかな歴史の事実とぴったりと符合していたのである。

日本が古代中国に倣《なら》い、律令国家を建設している時代、そして同じく中国から輸入した初めての文字である漢字によって、日本語を再構築している時代……。空前絶後の変革期ということばが大袈裟《おおげさ》ではなく似合う時代なのだ。その中で歌を詠み、自分の思想を公《おおやけ》にするという行為そのものがひとつの冒険であった。それらの歌が、それを理解した人々によってか、偶然か、手つかずに遺《のこ》されたということの方が奇跡である。それが万葉集だった。私たちは額田王の歌を読み解く過程で、当時の大陸の思想の主流である「易」に出会うことになる。

『説文解字《せつもんかいじ》』

紀元一〇〇年頃、後漢の許慎《きょしん》によって『説文解字』が書かれた。九千数百の漢字について その成り立ちを説いた、中国最古の字書である。
阿辻哲次《あつじてつじ》氏の本(5)によると漢字の部首が五百四十部に分けられているのだが、すでにそこに易の「三才」の考え方が見られるとある。易の哲学では、宇宙の全存在を天、地、人の三領域に分割して考えようとする。天を表わす「一」が最初の部で、地を表わす「二」を末部の方におき、「人」を全書の中間にあたる部に配した。こうして、天と地と人で空間としての宇宙を描いたのだ。
この五百四十という数は、いかにも半端《はんぱ》にみえる。これは、六と九をかけあわせた数を十倍しているのである。易では、六は陰の象徴、九は陽の象徴である。万物の構成要素と考えた陰と陽の積を根底としていたのだ。その五十四の十倍の五百四十という数で宇宙のすべてを語るのだ。これを文字として実現しようとしているのが漢字である。

そして、五百四十部の最後に、十干、十二支を並べて終わる。そこには陰陽だけでなく、五行の思想も基礎におかれている。木《もく》火《か》土《ど》金《ごん》水《すい》の五種ですべてのことを説明し、その消長で季節の移り変わりを語っているのだ。子《ね》で始まり亥《い》で終わる、これは、十二支の巡りとなる。子から始まり、亥で終わることでまた子に続いていくのである。

許慎はこの空間と時間の広がりをひとつの宇宙として文字で構築していたのだった。漢字の造字自体が易の原理に則《のっと》っていたのである。

占いの源流

漢字の世界を知るにつれ、私たちは次第に自然とその背後にある大きな思想、哲学とも呼ぶべき易に触れていった。

易と聞くと、どんなイメージを持つだろう。夜の街角に出没する、「易」という文字を記した明かりを看板にして、小さな机を前に黒い帽子を被《かぶ》った人が座っている。その前で占ってもらっている人が、静かに耳を傾けている——そんな、誰もがどこかで一度は見かけたような風景を思い描くのではなかろうか。少なくとも私はそうだった。

胡散臭《うさんくさ》い感じはどうしてもついてまわったし、特に易に興味があったわけではないので、めんどうなところに足を踏み入れてしまったと私たちは感じたものだった。ところが、成りゆきは、当初の印象と全然違った方向へ進んだのである。

現在私たちが易と言っているのは、『周易《しゅうえき》』のことで、周代に頂点を極めた易のことである。『易経《えききょう》』『詩経《しきょう》』『書経《しょきょう》』『礼記《らいき》』『春秋《しゅんじゅう》』と合わせて「五経《ごきょう》」と呼ばれ、中国においてはすべての自然とその自然の内なる人間理解の基盤となる思想として長い間、位置づけられていた。その五経の筆頭に挙げられる易は、もとより占いのテキストであったが、ここで、占いなんてと思ったのが、まず間違いであった。

今でこそ誰でも占ってもらうことができるが、古代、占いを最も必要としたのは王であった。国を治めるにあたって、次にどの方向へ進むかの決定は、王が下さなければならなかった。王者の責務として、その時その時、自然の動向と時の流れを見極め、決断することは何ものにも替え難いことだった。その決定を占いによって行なったというのである。つまり、国の大事はその占いによって、最初は亀《かめ》の甲を焼いてそのひび割れを見て判断を下したというわけだ。「亀卜《きぼく》」である。
周代にはそれが易の思想をもとに、今も、ジャラジャラやっている筮竹《ぜいちく》を使うようになっていったのだった。
ここでまた勘違いをしてはいけない。亀の甲羅のひび割れが音声を発するわけではないのである。筮竹がものを言うわけでもない。それを読み解き、御託宣を垂れるのは人間である。占いといってもそれは、やはり占者によって語られる人間のことばだということだ。だから、自然の理、人の理に通暁した人ほど、当たる確率が高いのはこれまた当然の理といえる。王が抱え、侍《はべ》らせたという占い師は、当然、当代一流の自然科学者群だったに違いない。

古代の自然科学「易」

易を構築している哲理はシンプルなものである。初めに、分割することのできない混沌《こんとん》とした状態があると考え、それを太極と呼び、そこからすべてのものが生まれていくと考えたのだ。太極とは今のことばでいうと、カオス（混沌）ということになるだろうか。ひとつの無秩序な全体としての存在があり、そこからすべてが始まるのである。

太極から生じるのは、陰と陽の二気で、すべてのものをこの陰と陽の二気に還元できるものと考える。つまり、すべての事象を陰と陽の組み合わせとして、対称的、相対的に捉えるということだ。地と天、女と男、右と左という具合にである。そして、重要なことは、この陰と陽が交わることによって、ものが生まれると考えたのである。陰陽のバランスが問われ、物事は相対的に存在し、その関係によって物事が進んでいくと見たわけだ。

太極から生まれた二気は、さらに陰と陽に分かれ四象《ししょう》となり、その四象がまた陰と陽に分かれ、八卦《はっか》（はっけ）となる。万物がこの八卦に該当することになるのだが、自然界では、天、地、雷、風、水、火、山、沢に当て、この八卦と八卦の組み合わせで六十四卦を作りだす。そして、この宇宙、森羅万象のことをこの六十四の卦のことばで語ろうとしたのである。

自然は刻々と変化していくものだ。季節の移ろいに従って、草花も、木々も姿を変

〈八卦生成図〉

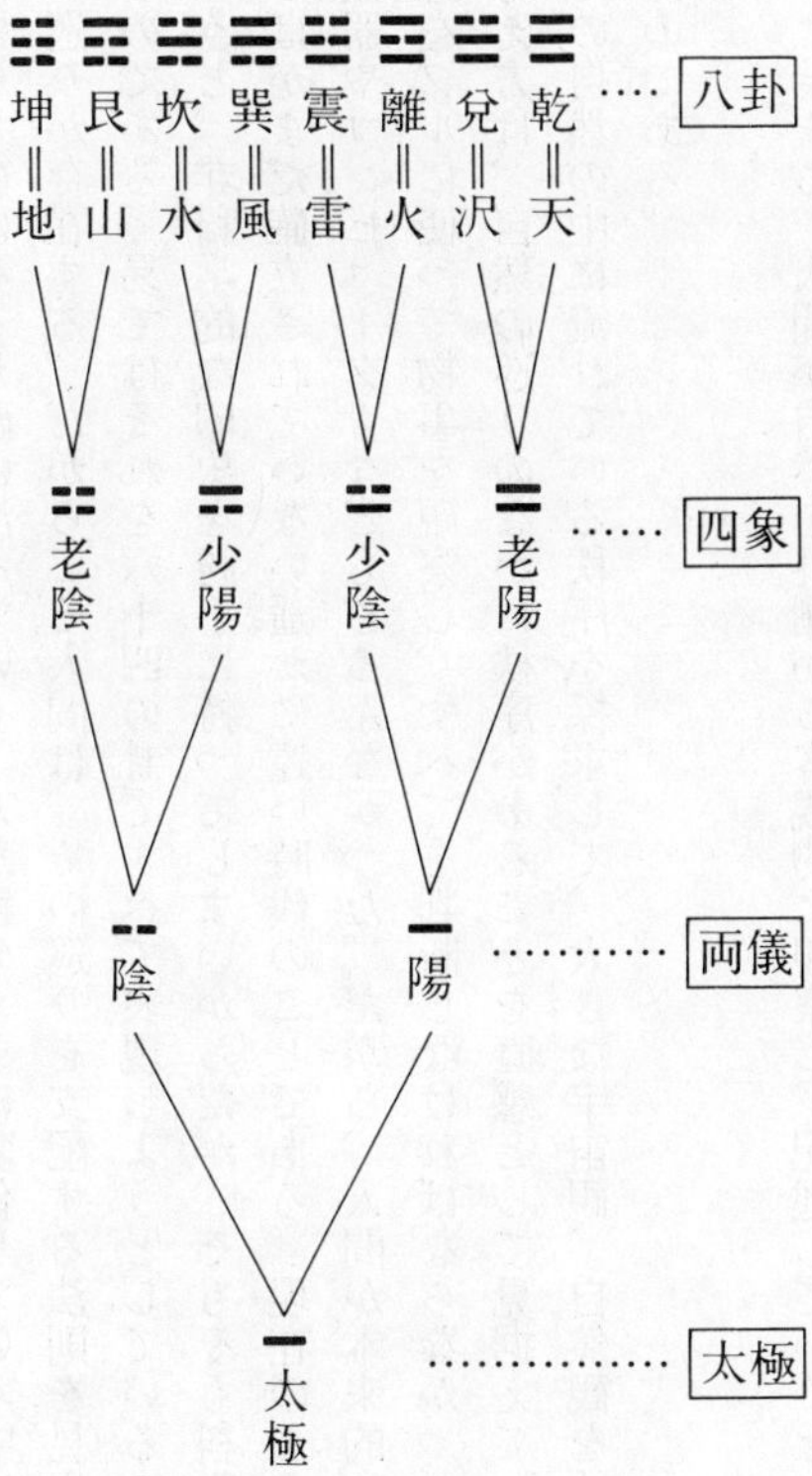

えていく。春、夏、秋、冬、そしてまた春と、必ず巡っていくものである。空にきらめく星も、季節ごとに位置を変えていくが、また同じ場所に戻ってくる。太陽は朝が来れば東に昇り、夜になると西に沈んでいく。万華鏡《まんげきよう》のように変化していく中にも、変わらない巡りが存在する。だからこそ人間は、その巡りを支配する法則を見出《みいだ》すことができるのである。易ではそれを六十四の卦《か》ですべて表現しようとしているのだ。

占いというと、非科学的な印象を勝手に持ってしまいがちだが、そもそも科学などということばがまだ確立されていない遥《はる》かに遠い時代のことである。現在のように精密な観測機器やコンピューターなどもちろんなかった。だから、人間が本来的に持っている五感をフルに使って物事を観察し、すべてを判断しなければならなかった。易の思想、考え方は、自然の巡りのなかに秩序があることを直感として見据えていたのだった。その自然の中に流れている秩序を探求して、大きな宇宙観、自然観を体系化していったのである。

デカルトに始まる、人間が自然を外側から客観的に観察し、記述していくという西洋の自然科学観もまだ生まれていない頃だ。人間をも包含した自然を、その中にいる人間が叡智《えいち》の限りを尽くして表現したものが易経だった。もちろん、現代の科学のことばに比べたら大まかではあるが、自然の全体像を語るものとしては、過不足ないものでもあった。易の思想は古代の自然科学とも呼ぶべき、人間精神の偉大な所産だったのである。

例えば、国を治めていくのに食糧の確保は欠かせない。そうなると当然農業をどう行なっていくかということが重要な問題となる。農業にとって、自然の巡りを熟知していることは最低の必要条件だ。そのことに通暁しているからこそ治者ともなり得るのである。となると、王にとって、易は君主としての治世の道を説いたともいえるものだった。易についてのこうしたことをいろいろ知るにつれ、私たちの感じ方はどんどん変わっていった。

胡散臭い感じはいつのまにか消え、次第に現代においても何ら遜色《そんしょく》のない自然観ではないかとさえ思えるようになってきたのである。

占いブーム

現代はまた、占いが注目を浴びている時代だ。

今、書店には風水の本が並んでいる。それも年配の人というより、若者の間でブームが起きているという。何かにつけて不安で、誰かに判断を求めたくなるような、どこかに拠《よ》り所を求めたいと思っている昏迷《こんめい》の現代を反映してのことかもしれない。雑誌に載っている占いの欄をつい見てしまうというのは、誰しも経験があることだろう。占いとひと口にいっても種々さまざまであるから、一様に扱うことはできないとは思うのだが、今でも私たちの生活に色濃く影響を与えている。

そもそも、われらが祭酒が占いファンだったとは知らなかった。私が少し落ち込んで悩んでいた時、飲みに行こうということになり、そこで私が悩みごとを打ち明け始めた。その瞬間、祭酒がちょっと寄り道しようと立ち上がった。

「渋谷で一番という手相見がいるんだ」

見るからに占い師といった風情《ふぜい》の温厚そうな老人の所へ私をまっすぐ連れて行った。祭酒とはどうも旧知らしい。

「見てやってくれ」

挨拶《あいさつ》もそこそこに老人のご託宣が始まった。いつか夢中で聞き惚《ほ》れていると、あっという間に、三十分ほど経《た》っていた。気がつくと傍に祭酒がニヤニヤ笑って立っている。

「どうだった……」

「だいぶ気が楽になったみたい」

「あいつ、あんな所で占っているけど、東京一の手相見なんだそうだよ」

もう、渋谷一から東京一に格上げしている。

その話を先輩にしたら、こんな答えが返ってきた。

「あんたも連れて行かれたの……。あのおじいさん、どうも祭酒とグルらしいの。本当かどうか知らないけど、祭酒が、悩んでいる若い子を連れてくるから変なことを言ったら承知しないぞ。持ち上げて、持ち上げて、いいことを大袈裟《おおげさ》に言って激励してやってくれ。でないとお金払わないぞって、裏でおどかしているみたい……」

先輩は声を立てて笑った。それでも祭酒と占いにいっしょに行ったということだけで、私は充分元気になっていた。

後でそのことを祭酒に話すと、彼はしたり顔でこう言った。

「気に入らない奴《やつ》を連れてきたときは、そいつがもう夜も眠れなくなるようなご託宣を垂れてくれと言ってあるんだ。何たってあいつは日本一の手相見だからな」

閑話休題。

楽しさに魅《ひ》かれて

易の卦は、八卦と八卦の組み合わせで、ひとつの意味を作り出す。例えば、雷と風の組み合わせは、恆《こう》の意となる。雷と風の関係が、ひとつの働きとなって意味となるのである。これを続けていうと「雷風恆《らいふうこう》」、雷風イコール恆ということなのだが、最初の頃はこれをひとかたまりのことばとして受け取り、ずっとそう思い込んでいた仲間もいたぐらいである。切れ目のないひとつのことばとしてインプットされ、呪文《じゅもん》のように唱えていたのだった。

六十四の組み合わせということは、雷と風の組み合わせでも、「雷風」と「風雷」の二つがあり、順序が違えば違う意味を作り出す。つまり、易の卦は、八卦の組み合わせの関係によって意味を構築しているから、どちらが上になるか下になるかでその関係は変わってしまう。

それも、大きくいうとすべて陰と陽の関係の組み合わせになっている。順序が違うことで必然的に違う意味を生み出すのである。さらにいうと、関係を表わすものだから、あらゆる事象を説明していくことが可能だった。

〈六十四卦〉

下卦＼上卦	☰ 乾（天）	☱ 兌（沢）	☲ 離（火）	☳ 震（雷）	☴ 巽（風）	☵ 坎（水）	☶ 艮（山）	☷ 坤（地）
☰ 乾（天）	䷀ 乾為天	䷪ 沢天夬	䷍ 火天大有	䷡ 雷天大壮	䷈ 風天小畜	䷄ 水天需	䷙ 山天大畜	䷊ 地天泰
☱ 兌（沢）	䷉ 天沢履	䷹ 兌為沢	䷥ 火沢睽	䷵ 雷沢帰妹	䷼ 風沢中孚	䷻ 水沢節	䷨ 山沢損	䷒ 地沢臨
☲ 離（火）	䷌ 天火同人	䷰ 沢火革	䷝ 離為火	䷶ 雷火豊	䷤ 風火家人	䷾ 水火既済	䷕ 山火賁	䷣ 地火明夷
☳ 震（雷）	䷘ 天雷无妄	䷐ 沢雷随	䷔ 火雷噬嗑	䷲ 震為雷	䷩ 風雷益	䷂ 水雷屯	䷚ 山雷頤	䷗ 地雷復
☴ 巽（風）	䷫ 天風姤	䷛ 沢風大過	䷱ 火風鼎	䷟ 雷風恒	䷸ 巽為風	䷯ 水風井	䷑ 山風蠱	䷭ 地風升
☵ 坎（水）	䷅ 天水訟	䷮ 沢水困	䷿ 火水未済	䷧ 雷水解	䷺ 風水渙	䷜ 坎為水	䷃ 山水蒙	䷆ 地水師
☶ 艮（山）	䷠ 天山遯	䷞ 沢山咸	䷷ 火山旅	䷽ 雷山小過	䷴ 風山漸	䷦ 水山蹇	䷳ 艮為山	䷎ 地山謙
☷ 坤（地）	䷋ 天地否	䷬ 沢地萃	䷢ 火地晋	䷏ 雷地豫	䷓ 風地観	䷇ 水地比	䷖ 山地剥	䷁ 坤為地

或《あ》る日、易の本をパラパラとめくっていると、目に飛び込んできたのは、「雷地豫《らいちよ》」と次の卦の「沢雷随《たくらいずい》」だった。豫は楽しみ、随は随《したが》う意味を表わし、楽しいからその次にはみなが従ってくるとあった。とかく、物事は苦しみがんばるものとして捉《とら》えられがちだ。もちろん、物事をやっていく上でそのような側面があることも事実だろう。しかし、人間の自然な気持ちとしては、楽しいところに自《おの》ずと人は集まり、そこに従っていくというのが素直なふるまいではないか。

トラカレでも、時折、人が群がって歓声をあげている時がある。そんな時には誰も気取ってなどいない。みな、そちらに頭を突っ込んで、その楽しいことを知ろうとする。誰かがおもしろいと言った本は、気がつくとみんなが手にしている。人は楽しい、楽しそうというところを黙って通り過ぎないのである。今の私たちのこんな風景が、遥か数千年前の易経の中に描かれている。基本的には古代人も私たちも同じ人間だ。何も変わらない。

未完成で終わる

六十四の易の卦には厳密な順番がある。無秩序に並べられているわけではない。この並びそのものが、ひとつの大きな物語になっている。混沌の中から陽である天が現われ（「乾為天《けんいてん》」）、次に陰の地が続く（「坤為地《こんいち》」）。それで、初めて陽と陰が交わることができ、ものが芽生える（「水雷屯《すいらいちゅん》」）。生まれたてのものは蒙昧《おろか》である（「山水蒙《さんすいもう》」）……と続いていくのだ。

特徴的なのは、一番最後の卦である。そのひとつ前の六十三番目の卦「水火既済《すいかきせい》」は、完成の意を表わす。陰と陽が整然と固定し、事は完成する。ところが完成で終わらず、未完成の意を表わす「火水未済《かすいびせい》」の卦で終わるのだ。物事は、完成してしまえば終わりで、もはや発展はない。もう衰退を待つのみというのだ。

普通なら完成で終わった方が据わりが良さそうだが、そもそもの始まりが太極という混沌《こんとん》であったことを考えると、未完で終わることに易の本質があるのだ。ひと巡りして、また次なる新たな巡りが生まれていくのである。

易のことばは、特別なことを語っているのではなかった。見た目は漢字で書かれているし、日常的に使われていない漢字だったりするので、一見難しい、昔の偉い人の考えというふうに思いがちだが、そこに書かれていることは、人間にとって平明な感覚に沿ったものである。当たり前ともいえる自然の道理、自然の道筋が説かれているだけのことだった。

私たちは初めて易経を読んだとき、馴染《なじ》みのない語句に戸惑い、呆然《ぼうぜん》となったが、次第に、私たちが知らないのは、易経というよりは自然そのものなのだということがわかってきた。もろもろの自然に対して実感や共感が薄れているから、自然について書かれている易経を、ことさらに難しく感じたのである。

自然界をあまねく知り、その力を謙虚に受け止めてきた古代の人々に少しでも近づくには、私たちが自然科学者の心意気を持つ外はないだろう。

「沢山」「観光」

易に出会って、いろいろなことを見つけては驚いていた私たちだったが、まず驚いたのは、例えば、「沢山咸《たくざんかん》」という易である。それまで、たくさんという字を沢山と書くのは何となく当て字のように感じていたが、これは易の卦のことばをそのままひとつの日常的な熟語として使っていたのである。沢の水は下へ下へと浸透するが、その沢が山の上にあるので水気は山に浸透し、山はその水気を受け入れて潤《うるお》っていくと。このように沢と山は互いに気が感通し、多くの物を生み出し、流通することを表わすことから、日本ではいつかたくさんのものを表わすことに使われてきたのだった。

「観光」ということばもそうだ。「風地観《ふうちかん》」の卦が持っている国の光を外にしめすという意から、もともとは一国の風俗の美を観《み》て、その君主の徳を知ることができるというのである。恐らく、そのように生活の中に溶け込み、その大もとが見えなくなってしまっている易のことばは沢山あるのではないか。

易に馴染んできた頃、自分なりの物語を易の卦《か》の流れに沿って創《つく》って遊んでみたりした。陰と陽の関係で創り出す意味は、男女の話にぴったりで、仲間には自分とボーイフレンドの物語にした人もいたし、中には王様と家来の話にした人もいた。どんな物語でもできそうな気がしたのも、常に易の相対的な考え方が、話を生き生きとさせるからであろう。

この頃になると、みんな自分のお気に入りの卦を見つけている。常に新しいことに向かい、現状を壊していく革命の意味を表わす「沢火革《たくかかく》」をよしとする「沢火革の女」と呼ばれる人が出てきたり、飲んで食べて待つという箇所だけを気に入って、何かにつけ「水天需《すいてんじゅ》」と口癖のように言う人もいた。

この「水天需」という卦の本当の意味は、危険を察知した時にはあわてず、事を急がず心静かに、それこそ食べて飲んで待つのがよいという意である。「危ない時には止まれ」ということだ。横断歩道を渡ろうとした瞬間、青信号が点滅し始めたような時など、いっしょにいた仲間と顔を見合わせて、思わず口にしていたのが、「水天需！」だった。

易の卦は陰陽の関係によって述べられているが、それはいつも相対的である。つまり、その関係は固定されたものではなく、常にその時々に変わるものであるということだ。原則として、男は陽、女は陰であるが、何と相対するかが重要で、陰陽はその関係によっても変わっていくものである。ひとつの易の卦にも正反対に見える意味が同居しているのだ。良さそうに見える易の卦にも、それを覆《くつがえ》すかのようなこわい意味が同居していたりする。

漢字も本来的にはそのように作られている。離にはハナレルとツク、乱にはミダレルとオサメル、景（影）はカゲとヒカリというように正反対の意味を持っている。それは、どちらから見るかという視点の問題であり、同字で象《あら》わされるのである。

「一気の正しきに乗り……」

古事記を繰り返し読み、漢字の本質が見えてくることで、私たちの視野もぐっと広がりを持ってきた。そして、易経を多少理解することで、古事記の説話をもっと深く考えていくことができるようになった。

古事記の序文はそれまでに幾度となく読んではいた。普段使わない漢語の羅列ではあるが、安万侶《やすまろ》の端麗な口調が聞こえてくるようで、みんなで暗唱を競ったこともあった。しかし、その頃の私たちには易経に対する本質的認識が欠けていた。明確な視点を持っていない時には、いくら眺めても、いくら読んでも何も見えてこない。いつも視点が問題なのである。

ある時、序文のある箇所に目がひきつけられた。

「……混元既に凝《こ》りて……乾坤《けんこん》初めて分れて……陰陽斯《ここ》に開け……」

「……二気の正しきに乗り、五行の序《ついで》を斎《ととの》へ……」

何と古事記の冒頭に易経の基本的哲理が堂々と述べられている。何度も目にしたことのある序文であったが、易のことを知らない時には気づきもしなかった。

私たちには衝撃的な瞬間だった。

「二気の正しきに乗り、五行の序を斎へ」という文は、天武天皇のことを賞賛している箇所である。このことは、天武自身が易の思想の体現者だったことを示している。天武紀にも、天武が天文と遁甲《とんこう》(一種の占星術)に秀《ひい》でていたとあり、初めて占星台を建てたことも記されている。彼が卜筮《ぼくぜい》、天文、暦、時刻をつかさどる陰陽寮《おんようのつかさ》を創設したのもこの時代だった。

序文に書かれている二気とは、陰と陽の二元が交合することで万物が生まれ、その消長によって四季が形成される陰陽論の核心である。五行は、木、火、土、金、水の五元素によって宇宙の生成、自然の巡りなどから、果ては人事にいたるあらゆる現象を説明したものだ。

この陰陽と五行説を組み合わせたのが陰陽五行説である。もとより、その陰陽は易の陰陽に発しているが、五行には、それぞれの性質や働きによってさまざまなものが配され、互いの関係も決まっている。この五行も陰陽をベースにする易経と四季の巡りや働きなどですべて重なっている。

私たちの記紀万葉への旅は、韓国語のテープを聞くことからすべてが始まった。そして、ようやく易という視点を得、それに導かれたことで、生き生きとした古事記がその姿をくっきり現わしたのである。

三柱《みはしら》の神

序文の冒頭に書かれている「混元《こんげん》」「乾坤《けんこん》」「陰陽《いんよう》」というのは、易の根本思想を支えているものだ。実際に、本文の冒頭には次のように書かれている。

「天地《あめつち》初めて発《ひら》けし時、高天《たかま》の原に成れる神の名は、天之《あめの》御中主《みなかぬし》神《の》。次に高御産《たかみむ》巣日神《すひの》。次に神産巣日神《かみむすひの》。此《こ》の三柱《みはしら》の神は、並独神《みなひとりがみ》と成り坐《ま》して、身《み》を隠《かく》したまひき」

神代の冒頭に登場する神々である。これまでも、根元的な神ではないかと解釈されてきたが、私たちにはここにきて初めてはっきりとした姿を現わしたように思えたのだった。

天之御中主、御をとると天之中になるが、「天中」という漢語があり、天の中央、空の中心、大空の意がある。古事記の高天原《たかまがはら》の中心というより、もっと宇宙的な意味で中心の神だというのだ。易ではそれは万物のすべての大もと、太極にあたる。

そこから生まれるのが陽と陰の神々である。つまり、高御産巣日神は陽、神産巣日神が陰ということだ。最初に、太極、陽、陰と万物を構築していくのになくてはならぬ神々が出現したのである。

すなわち、古事記は部分的に易経の影響を受けているということではなく、それが古事記の中枢《ちゆうすう》思想だと宣言しているようなものだ。古事記の中には易の思想が脈々と流れているということになる。私たちは、大きな航海に出るための羅針盤を手に入れたように感じていた。易を構築している基本原理が古事記、特にその神代解釈の大きな柱になるということである。このことはすでに吉野裕子《よしのひろこ》氏（7）によって指摘されている。私たちも易という羅針盤を手に入れたといえるが、それを使って解釈を試みるのは、あくまでも自分たち自身である。

易のことばで読み解くことで個々の話がひとつの全体として包含され、そこに現実の風景が重なってくる。そのことを通じて、古事記の作者、古事記の編纂《へんさん》をもくろんだ人たちと同じリアリティを共有できた喜びを感じるのだった。

神風《かみかぜ》の伊勢《いせ》

伊勢神宮は、二十年ごとに遷宮《せんぐう》をすることで知られている。

この二十年に一度の遷宮を決めたのは天武だとされている。神明《しんめい》造りと呼ばれる平入り切妻高床式の殿舎で、出雲《いずも》大社の大社造りとともに、神殿建築の最も古い形を伝えるものという。それはさておき、天武の時代に決めたことを持統天皇の御世《みよ》から延々と続けて、一時、戦国時代に途絶えたことはあったらしいが、千数百年の間に六十一回を数えるという。

「なぜだろう」

どうしてもこの遷宮の意義を知りたくなってくる。

まずは伊勢がどういう地だったかを考えねばならない。

伊勢には「神風」という枕詞《まくらことば》がつく。枕詞は語義未詳という説明がされているものが多いが、人間が限られた文字の中に自分の想《おも》いを詠《よ》み込む時、無駄なことばなど使うはずがない。枕詞と被枕詞は同義である。これは、以前私たちが万葉集を解読した際に見つけた法則である。

伊勢の地には、春先に内陸部から吹き降ろす激しい風が吹き荒れるという。その風の風景なくしては伊勢の地はイメージできない。では、どうしてそれが神風かということになる。

神というと抽象的で、それこそ人によっても種々雑多なイメージがあろう。「神」という漢字を見ると、つくりの「申」が表わしているのは「電」の原字で、稲妻の象形である。古《いにしえ》は、雷を神と呼んでいたことがわかる。自然の中のさまざまな力の中で、古代人は特に雷に対して畏敬《いけい》の念を持っていたということである。

「神風」は雷風だったのだ。

この「雷風」が、易の六十四卦の中にある。「雷風恆《らいふうこう》」がそれで、恒久という意を表わす。雷あるところに風があり、常に雷と風は互いに助け合っている。雷と風は激しく動いて止まらない。常に変化しているように見えるが、互いに助け合うところに目に見えない恒常性があると捉《とら》えているのだ。これは現代科学が説く雷の記述と何ら変わらないことにも驚いた。

伊勢の地は大和から見ると真東の方向にある。伊勢神宮に祀《まつ》られているのは、日の神である天照大御神《あまてらすおおみかみ》だ。常に変わることなく東の海から昇る太陽に「恒」の姿を見たのである。古代朝鮮語では、東のことを「서《セ》」という。「伊」を接頭語と解すると、伊勢とは東の意そのものにもなる。神風イコール雷風、そしてその意味は恒であり、太陽が昇る東の地、それが伊勢だったのである。

『風土記《ふどき》』に伊勢国の逸文が載っているが、そこには、「神風の伊勢の国」に付け加え、「常世《とこよ》の浪《なみよ》寄する国」と書かれている。波（浪）とは、寄せては返り、また寄せては返る、これまた恒久の象徴である。恒久の地であったからこそ、常世の浪が打ち寄せる地、それが伊勢だった。

天武の息吹《いぶき》

「神風の伊勢」の国の伊勢神宮の遷宮は、恒久という概念を、どう日常の具体性の中に表現するかということだった。恒とは今まで見てきたように、同じ物が変わらずにじっとしていることではない。易では常に動き、変化していくことの中にこそ、真の恒常性を見ていたのである。太陽は日々、東から昇り西に沈んでいくが、また東から昇ってくる。

決まって二十年ごとに宮を新しく造り替えていく——古い宮が壊され、新しくなることで、永久に存続していくのである。神風の伊勢の地に、恒の意味をどのように実現するかということを考えた時、それを伊勢神宮の遷宮という形で表現した天武の易への造詣《ぞうけい》の深さが窺《うかが》える。もちろん、天武ひとりではない。その当時、彼の周りにいた知識人集団を含めてである。

この恒の意には、夫婦の関係性も説かれている。夫婦の関係も恒久的でなければならないというのだ。持統にとって天武は夫であり、激動の時代を共に生き抜いた同志でもある。彼女にとって天武との関係は恒久的なものでなければならなかった。

ところが、天武は先に亡《な》くなり、皇子である草壁《くさかべ》も早世してしまう。妻として、母として、持統は天武の遺志を引き継ぎ、執政を行なっていった。その持統にとってこの二十年ごとの遷宮の実現は、何があってもやらねばならないことだった。それによって日の神の正統、天武は永遠に彼女の中に生き続けるのである。

それにしても、この遷宮が持統の時代より延々と続いているのだと知った時には本当に驚いた。

私たちは一九九三年の遷宮の年に伊勢神宮を訪れた。何やら私にはそこに、天武が生きて実在しているかのように思えたのだ。いや、天武だけではない。持統、さらには彼ら二人と共に律令《りつりよう》国家という大きな夢の実現に向かって駆け抜けた人々がいたことに想いを馳《は》せたのだった。

天武らが実現しようとした伊勢神宮の遷宮に象徴される恒久の象形は、日本の正史としての古事記の編纂の意図と、くっきりと重なっているような気がしたのである。

古事記と日本書紀

古事記について考える時にもうひとつ忘れてはならないことがある。それは日本書紀の存在である。古事記成立の八年後、七二〇年に舎人《とねり》親王（天武の子ども）らによって完成されたとされているが、編集についての序文がないため、その成立過程は明らかではない。

天武紀に帝紀と上古の諸事の記定を命じた記述があり、日本書紀の編纂も国家的な修史事業だったことは疑いない。そうだとすると、開始から完成まで四十年を要していることになる。古事記も天武の時から実際には三十数年後に完成をみる。膨大な作業ではあったと思うが、それにしてもどちらも大変な歳月をかけている。正史の編纂とは、多くの人手と時間をかけるに価《あたい》する大事業だったということであろう。

古事記が神話など物語性に富むのに対して、日本書紀は全体的に諸事が記載され、史書としての色彩が濃い。大筋としては重なっているのに、古事記にしか書かれていない話、日本書紀にしか書かれていない話がある。

日本書紀を読んだ時の感触は、古事記に比べてとても堅いという印象だった。文の形式もそうだ。日本書紀の純漢語調なのに対し、古事記は漢字の表現の下にやまとことばが隠れている。しかも、日本書紀では神代のひとつの話に、少し違う話がいくつもついている。一応、ひとつの話として流れていく古事記に比べて、何やらブツブツと切れているような感じは否《いな》めない。

どちらも大変な作業だったことを考えると、なぜ一冊にまとめなかったのかと不思議に思えてくる。二冊あることの必然性とは何なのか。

「古事記が陰で、日本書紀が陽じゃないの」

仲間のひとりがポツリと言った一言に私はハッとした。そこのところは両書の説話を読み解いていくことで、関係性が見えてくるかもしれない。

古事記以前に書かれたものは、今何ひとつ残っていない。古事記の前文にもあるようにいろいろ存在したことは間違いないのだが、それらはすべて今では影も形もない。

『神皇正統記《じんのうしょうとうき》』には、

昔「日本は三韓と同種也《なり》。」と云事のありし、かの書をば、桓武《くわんむ》の御代にやきすてられしなり。

という件《くだ》りがある。明らかに政治的な焚書《ふんしょ》である。

かくて天武の願い通り、古事記、日本書紀という形で日本国の建国が記述され提示されたのである。それは、神々の誕生で始まる創世の物語で綴《つづ》られていた。そこには、大陸、半島との関係は一切なく、日本という国が神によって作られたことになっている。日本がもともと大陸とは関係なく、純血にひとつの国として誕生したと述べられているのである。

日本の誕生

天智《てんじ》はなぜ、国の危険を冒してまで百済《くだら》のために白村江《はくすきのえ》まで援軍を送ったのだろう。

それまでは、半島で起こることは隣の国の出来事としてすむような時代ではなかった。大きな意味で当時日本は、大陸の傘のもと、半島とは海を隔てながら切っても切れない関係にあったのだ。それも、流れの源は大陸、半島にあったのである。

天武はその中で、大陸から独立した律令国家としての日本を確立しようとしたのだった。日本国の成り立ちは、大陸、半島には関係なく、独自のものとして書かれなくてはならなかった。天上の神を祖とした正しい系譜のもとに始まった日本の国の建国物語が必要だったのである。

天武に始まる古事記編纂の意図はそこにあった。

その下絵は、何と中国の易経だったのである。易経は古代における第一級の自然科学のことばだったと前に述べた。当時、君主にとっては必須《ひっす》の智恵《ちえ》の書だったのだ。それが神々の説話として古事記の神代の中で説かれていたのである。

どうして易経をそのまま持ってきて、わかりやすい説明をつけなかったのか。その方がよほど手っ取り早いし、簡単であろう。しかし、易のことばは大陸のことばそのものだった。そのことばをむき出しに持ってくることは、とりもなおさず大陸に追従することのように思えたのであろう。それは、天武らが実現しようとした日本国創世記にとっては、断固として排さねばならぬことだった。新しい物語が必要だったのである。

易経のことばの中には、すべての事象が相対的な関係として描かれていて、人間に関することもそこに含み込まれるものとしてある。つまり、もともと易経の中に神は存在していないのだ。自然の中にある秩序を記述するのに、相対的な関係を基本としているので、絶対的な価値観を持つ神などいらなかったのである。

その易をもとにしながら、古事記では、神々の物語を創《つく》り出したのだった。神々の誕生である。当然、それらの神々は自然の摂理を映し出す象徴だった。それも漠然とした自然ではなく、易経の世界に描かれているような具体的な秩序ある自然の姿である。それを日本の風土の上に描く。

そのような視点に立った時、人間の想像力は限りなく膨らんでいったであろう。かくて、新しい日本オリジナルの物語が誕生したのである。

出雲への旅立ち

神代の物語にはいろいろな神々が登場するが、私たちは特に、心優しく見える大国《おおくに》主《ぬしの》神の説話にいつか興味を惹《ひ》かれていった。ほとんど古事記にしか書かれていない物語の不思議と、神代の物語の舞台である出雲への関心からである。

大和は「国のまほろば」ということで、日本人ならその地に対して少なからず郷愁を抱いていることであろう。ところが、神代の話には、まだ大和の地は登場してこないのである。

山陰に位置する出雲はいわゆる現代の大都市からは外れているが、神代では一大ドラマの中心地だった。朝鮮半島とは海を隔てて真正面に向かい合っている。海流に乗って舟による交通の便も良かった。大陸との交流が最も深かったであろう九州とも目と鼻の距離にある。

昨今は大量の銅剣、銅鐸《どうたく》が次から次へと出土している。このようなことからも大和に対して出雲という大きな勢力があったことが、誰の目にも予想されてきている。

私たちは古事記を読んでいくうちに、いつのまにか出雲に目が向かっていた。大国主神の物語の舞台として、スクリーンに投影されている日本の真のまほろばからの誘いのような不思議な感覚だった。その気持ちが昂《こう》じて、遂《つい》にみんなと出雲に旅立つことになった。

遠いと思っていた出雲も飛行機ではひとっ飛びだ。白い雲海を抜け、私たちは初めて出雲平野と宍道湖《しんじこ》を空から目にしたのだった。

(1)ヒッポファミリークラブの日常活動を基盤にして、「ことばと人間」の全領域を、自然科学的に探求するカレッジ——トランスナショナル・カレッジ・オブ・レックス——の略。

(2)「7ヵ国語で話そう！」をテーマにして、家族や仲間といっしょに複数のことば（現在ではスペイン語・韓国語・英語・日本語・ドイツ語・中国語・フランス語・ロシア語・イタリア語・タイ語・マレーシア語・ポルトガル語・インドネシア語・広東語・アラビア語・ヒンディー語・台湾語の17ヵ国語）を同時に自然習得する多言語活動実践の場。

(3)多言語活動の提唱者であるトラカレの学長、榊原陽《さかきばらよう》氏の愛称。祭酒とは、古代中国において、徳望のある年長者をいい、転じて古代日本で大学頭《だいがくのかみ》のことを言った。ちなみに、わがトラカレの祭酒は無類の酒好きである。

(4)トラカレにおける、記紀万葉研究のリーダーである、故・中野矢尾氏のこと。いつも、説話などを鮮やかに解き明かしていくことから、推理小説の女王アガサ・クリスティーにちなんで「アガサ」と呼ばれている。

(5)阿辻哲次著『漢字学——「説文解字」の世界』（東海大学出版会）のこと。私たちは、この本を通して、『説文解字』の世界に触れた。

(6)『中国古典選1　易(上)』『中国古典選2　易(下)』（本田済著・朝日新聞社）のこと。易経の原義をできる限り忠実に訳し、簡明なことばで記されたこの本によって、私たちも自然に易の考え方に馴染《なじ》んでいくことができたのである。

(7)吉野裕子氏は日本のさまざまな風習や古事記などを、陰陽五行、易によって解釈する草分け的存在である。氏によってすでに多くの解釈がなされている。『易と日本の祭祀《さいし》』『陰陽五行と日本の民俗』など著書多数。

第二章　いなばのしろうさぎ

白兎《はくと》海岸で

　とうとうこの地にやって来た。目は自然に水平線へと引き込まれる。空が昼の明るさを孕《はら》んだまま曇っており、海も何かを隠しているようにたゆたっている。私は湿り気のある空気を胸いっぱいに吸い込んだ。この潮の香り、この波の音、一見目立たないありふれた日本海の浜辺のようだけれども、何かが違って感じられる。

　鳥取県・白兎海岸。文字通り「いなばのしろうさぎ」の舞台になったという伝承のある浜だ。それは同時に、大国主神《おおくにぬしの》の物語の始まりの地ということにもなる。浜続きとはいうものの、遥《はる》か遠くの西に在る出雲《いずも》大社、そこを終《つい》の棲《すみか》とした大国主神は、古事記に初めて登場した時、きっとここを歩いていたのであろう。

　もちろん大国主神は実在の人物というわけではないのだから、本当にこの海岸だったのかどうかを問うのはナンセンスなのだが、このあたりの海辺を舞台にして、大国主神の物語を編み出していった人たちは、確かに実在していたのである。

ほとんど人気《ひとけ》のない静かな十月の海辺は、私の想像を好きなように膨らませてくれる。

あそこの一行は何だろう。白っぽい衣をまとった男の人たちが列になって進んで行く。八十神《やそがみ》たちだ。神とはいっても、むくつけき顔で血の気も多い、どちらかといえば単純そうな神々である。

何やら荒くれた話し声や笑い声が聞こえてくる。

「八上比売《やがみひめ》は俺様がいただく」

などと誰かが言おうものなら、他の神も黙ってはいない。八十神たちは、因幡《いなば》の八上比売を嫁に貰《もら》おうと向かっている途上であった。

一行に遅れてひとりの青年が歩いてくる。大きくて重たそうな袋を背負っている。そう、若き日の大国主神だ。彼は何というか、いかにも実直そうな人柄がうかがえるといった風貌《ふうぼう》である。重い荷物に不平を言うでもなく、黙々と歩いている。あるがままにすべてを受け止めているといった感じなのだ。それだけに、見ている方は少し心配になる。決してひ弱そうなわけではないのだが、うまくやっていけるのだろうか。

そこまで思い描いて、ふと自分でもおかしくなってしまった。やはりこの白兎海岸に来ているからなのだろうか。現実的な場所と隔絶されたようなこのスポットでは、大国主神と同じ空間にいるような気分に浸ることがたやすくできる。

波うさぎ

小さな貝殻を拾いながら、波際《なみぎわ》に向かって歩いて行き、ふと顔を上げた時だった。私は思わず目をこすった。一瞬、海原に兎《うさぎ》が走ったような気がしたのだ。先ほどよりやや荒くなってきた波頭が白く砕けて、まるで兎が跳ねるかのように、浮かんでは消えを繰り返している。

「これが波うさぎか」

私は嬉《うれ》しくて、それこそぴょんぴょん跳ねたいくらいだった。そして、まだ土手の上の方でくつろいでいた旅の仲間たちを大声で呼んだ。

「ほんと、まさに波うさぎだねえ」

土手を滑り降りるようにしてやって来た仲間のひとりも、感心したように言った。この辺りの日本海沿岸では、白い波頭の動きを兎に見立てて「波うさぎ」と呼んでいると聞いていたのだ。

　実はこの旅の初めの日に、私たちは出雲大社でも波うさぎを見ていた。本殿の八足《やつあし》門《もん》の正面にほどこされている浮き彫りが、波に兎の文様だったのだ。脇《わき》の壁には、そこここの神社でよく見かけるような龍《りゅう》の模様が描かれているのに、なぜど真ん中に兎が、と不思議に思った。祭神の大国主神に縁の深い「いなばのしろうさぎ」を取り入れたのだろうか。それにしては腑《ふ》に落ちないところがある。兎が二羽いるのだ。跳びながら振り返っている兎と、それを追いかけているような兎と。

　それに、いなばのしろうさぎが背中を踏み渡ってきたという鰐《わに》（鮫《さめ》）の姿は見当たらずに、美しい波模様があるだけである。これはもしかしたら特定の説話の看板のようなものではなくて、もっと別の何かを表わそうとしたものではないか。それにしても海に兎だなんて、現実ではまったくありえない組み合わせである……などと私はあれこれ考えていた。

　白兎海岸にはなんと鮫もいた。

　といっても、そう都合よく本物が目の前に現われてくれるわけではない。左の方に「鰐鮫《わにざめ》の島」と呼ばれる島があるのだ。なるほどこの鮫は、さながら岸に着く寸前に、少し頭を擡《もた》げ、尾を引いた姿のまま動かなくなってしまった風情《ふぜい》である。どれほどの年月が経《た》ったのだろうか、草木が深く覆《おお》い、岩肌は苔《こけ》むして、頭の上に鳥居をちょこんと載せている。

出雲地方では今でも鮫をワニと呼ぶらしい。出雲では大昔から夏に鮫漁《さめりょう》をしており、その猛々《たけだけ》しい鮫を捕る男だけが漁師と呼ばれることが許されていたという。土手を上がった所の車道に面したレストランでも、メニューの片隅に「サメステーキ」なるものが異彩を放っていた。ここ白兎海岸に来ると、正直、古代もそれほど遠くないなという感じを持ってしまう。

ひと口に古代と言っても、そこへの距離感は人によっても違うし、ひとりの中でもいつも一定とは限らない。時間は定量的ではあるけれど、人間にとっては伸びたり縮んだりするものだ。昨日のことがものすごく昔のことのように思われたり、逆にずいぶん前の出来事が今に迫って感じられたり、といつも変化している。そういう時間の伸び縮みの中で、時には古代の人たちが、すぐ隣にいるように感じられる瞬間がある。それを味わうことも私たちの記紀万葉フィールドワークの楽しみのひとつである。

大黒《だいこく》さま

トラカレでは、毎年、「記紀万旅行」と称して古事記などに縁の深い土地を訪れる。奈良や伊勢《いせ》、高千穂峡などで、今回は出雲であった。いつもそうだが、トラカレは旅先でもさまざまな世代がいっしょに行動する。この年齢の幅広さが、同じ年頃だけの集団だったら見過ごしてしまうようなことに、気づかせてくれる。

白兎海岸の車道沿いには、「大黒さま」の唱歌の歌碑が建てられていた。大国主神を大黒さまとも言うのは、本来はインドの神である大黒天が、大国《だいこく》と音《おん》が通じることから、混同されるようになったためと言われている。

「これよ、これ」

懐《なつ》かしそうに見入っているのは、年配のトラカレ生たちだ。

「この歌のここのところが、どうしても思い出せなかったのよ」

などと言っている。若い子たちにせがまれて、かつて国民学校の女生徒だった三、四人が、「大黒さま」を麗《うるわ》しい声で歌いだした。

うーん、聞いたことのあるような、どことなく軍歌にも似たメロディ。

歌い終わったひとりが、

「私たちが子どもの頃は、これが国語の教科書に載っていたのよねえ」

と言えば、

「あら、歴史じゃなかった？」

「音楽や図画でもやったわよ」

などと言う人もいて、私たちを驚かせた。若い新入生のひとりが言った。

「僕トラカレに入るまで、いなばのしろうさぎの話を知らなかったんだ」

今度は年配組が驚く番だった。

いちばん平均的なのは、「いなばのしろうさぎ」の話を知ってはいるけれど、昔話のひとつのように思っていて、これが古事記の中に入っている話とは知らなかったという人たちだった。私もこれに近い。少なくとも大国主神の神話などを、学校の授業で習ったという記憶はない。たぶん戦後、日本神話は公教育の場から敬遠されてきたのだろう。私が「いなばのしろうさぎ」に初めて出会ったのは、幼い頃の絵本や何かであり、おぼろげながらそのままの印象を保っていた。

それにしても、これほど学校などでの扱いが変わったのに、神話として習った人たちの「いなばのしろうさぎ」も、私たちのそれも、内容は少しも変らないというのは不思議である。

おとぎ話の実像

もともと「いなばのしろうさぎ」などの神代の説話は、子ども向けに書かれたものではない。なぜならこれらが記載されている古事記はおとぎ話集ではなく、れっきとした日本の正史、つまり勅命により、当時の知識の粋を集めて編纂《へんさん》された正式な日本の歴史書だったからだ。

当然、可愛《かわい》らしい兎さんの挿絵がないのはもちろん、ひらがな、カタカナもまだ発明されていない時代のことだ。だから原本は、漢字だけでびっしりと埋め尽くされている。いったい当時のそれを、どれほどの人が読み得ただろうか。識字層はごくごくハイクラスのひと握りの人々に限られていたはずである。

今でこそ誰でも近くの本屋で手軽に買うことができるが、もし私たちがあの時代に生まれていたら、古事記を読むことなどよほどの好運に恵まれなければかなわない夢のまた夢だっただろう。であればなおのこと、どうしてそのような高尚な書物に、まるで子どもじみた話が登場するのだろうか。

想像してみよう。今でいえば政府の高官や、大学の総長などにあたる錚々《そうそう》たる天皇のブレーンが、額を寄せ合い、真面目《まじめ》な顔付きで取り組んでいる。それが「いなばのしろうさぎ」だったとしたら……。それはもう誰の目にもちぐはぐで、滑稽《こっけい》としか言いようがない場面である。また或《ある》いはこのような説話が、息抜きのような、おまけのようなものだとしたら、説話が豊富な古事記の神代は、おまけだらけということになる。もしここで、あの頃の人々は、素朴で大らかだったからなどと片付けてしまえば、その瞬間から肝心なことは何も見えなくなってしまうだろう。

「いなばのしろうさぎ」などの説話をはじめとする古事記の編纂は、当代きっての秀才や天才が打ち込むに足る知的大事業だったはずである。正史を編むという目的にそぐわない文を一行たりとも載せるはずはない。

あちらとこちら

古事記は八世紀初めに成立した現存する日本最古の書物と言われている。この現存ということばが重大である。これほどまでに完成された本が、突然ぽっと出て来るわけがない。それまでにも夥《おびただ》しい量の書物がある中で、時の支配者の正統性を立証する伝承のみを採用したか、あるいは、それらを元に新たに創《つく》り出したのである。

とにかくあちら側にいる人たち、すなわちこの作者たちは相当の大物だということは間違いない。博学な上にセンスもいい。とびきり魅力的な人たちだ。そのことを私たちが感じ取り、かの人たちに絶大な信頼を寄せるようになったのは、何といっても直接古事記や万葉集に触れるようになってからのことである。この作者たちに比べれば、私たちはほんの駆け出しで、知識も経験も少ない。あるのは人間に対する尽きることのない好奇心というエネルギーだけだ。だから、子どものように無邪気に問い続ける。

その上で、このように見ていけばどうだろうかという視点が定まり、的を射た質問をすることができるようになった時に、初めてあちらの作者たちは何かを答えてくれるような気がする。

名は体を表わす

ではともかく、古事記の大国主神の世界に一歩足を踏み入れてみよう。

故、此大国主神之兄弟、八十神坐。然皆国者、避於大国主神。所以避者、其八十神、各有欲婚稲羽之八上比売之心、共行稲羽時、於大穴牟遅神負帒、為従者率往。於是到気多之前時、裸菟伏也。……

（この大国主神の兄弟は沢山いた。しかし国はすべて大国主神に譲ったのだ。譲った訳は、その大勢の神が皆、稲羽の八上比売《やがみひめ》と結婚しようとして、一緒に行った時、大国主神に袋を負わせ、従者として連れて行く。気多前《けたのさき》に来たとき、赤裸の兎《うさぎ》が伏していた……）

初めて原文を見た時は、ぎっしり詰まっている漢字に思わずたじろいでしまったが、なじむにつれて、その表現がなんとコンパクトに直截《ちょくせつ》にできていることかと感嘆せずにはいられなくなってきた。漢字は、音と意味を同時に詰め込むことができる箱である。そんな漢字の優れた機能に加えて、まず初めに結論を言い、次にその理由を語り始めるという運び方が功を奏している。一文字、一文字にも無駄がない。その最小限の数に絞られた文字の中に、最大限の情報が盛り込まれている。

その密度がひときわ濃くなっているのが、神々の名前である。

もしも神々の名前にさしたる意味もないのだったら、古事記神代の始まりの多くのページが、ほとんど意味を成さなくなる。なぜなら古事記の神代は、次から次へと誕生する大勢の神々の名前で満ちあふれているからだ。

名は体を表わす、とは今でもよく言われることだ。親は万感の思いや願いを込めて生まれた子に名前を付ける。それでも私たち人間の世界では、名が体を表わすとは限らない。

ところが古事記の神々の世界では、名と実体とが寸分違《たが》わず結びついている。表面的に付けられた名前ではなく、名前そのものが物語を組み立てる要素として、あらかじめ役割を担《にな》っているからだ。だから神々の名前には、必ずその神が何の神かということの由来が明記されている。ただそれが簡単に読み取りにくいので、苦労するのである。

大国主神とは何の神か。ここで知りたいのは、まずはそのことである。

五つの名を持つ男

先に引用した原文を読むと、まず大国主神の名において、国を治めたことが述べられてから、ひらりと大穴牟遅《おおなむぢ》神の名に替わっている。別名の存在を知らない人が読めば、まったく違う神様が出て来たのかと思ってしまう。しかも大国主神の説話には、このように名前が突然入れ替わる箇所が何ヵ所もある。

実は先ほどの引用文のすぐ前に、大国主神には、併せて五つの名があるということが書かれている。大国主神、大穴牟遅神、葦原色許男神《あしはらしこおの》、八千矛神《やちほこの》、宇都志国玉神《うつしくにだまの》。日本書紀にいたっては、これに大国玉神《おおくにたまの》と大物主神《おおものぬしの》を加えた七つの名が見られる。

なぜこんなにいろいろな名があるのか。当然湧《わ》くこの疑問に対して、大かたの解説では、「それぞれの神が主人公である説話を、大国主神の説話として統括したのだろう」ということになっている。

すると大国主神の説話は、寄せ集めということになる。そんなつぎはぎ細工のようなことができるというのだろうか。

確かに大国主神の説話は、それぞれの話題に応じて名前が使い分けられている。けれどもそのことが寄せ集め説の証明にはならない。古事記の作者たちはそれぞれの物語の展開にさきがけ、いきあたりばったりではない全体的な構想を描いていただろう。その中で大国主神の命名は、説話特有の主題に即していたはずだ。

横並びにすると全然関係なさそうな五つの名前も、その神格を見る角度が違うだけで、中心にあるただひとつの存在に向けて名づけられているのに違いない。

母なる大地

まずは代表格である大国主神という名前について考えてみよう。読んで字のごとし。大きな国の主というだけでも、広大な土地をおさめる領主のイメージぐらいは浮かんでくる。ところがそれ以上にもそれ以下にもならない。

こういう時は、周りとの関係から見てみることだ。古事記神代の舞台となる空間は、平面的な広がりだけではなく、上へも下へも突き抜けている。たとえば国つ神というだけで、高天原《たかまがはら》の天つ神に相対する地の神を意味していることも解《わか》ってきた。国とは、天に対しての地なのである。

易の宇宙観は天と地とが両極を為《な》している。卦《か》の形を見れば一目瞭然《いちもくりょうぜん》だ。卦を形作る陽を表わす⚊印と陰を表わす⚋印を爻《こう》と言う。爻がすべて陽の「乾為天《けんいてん》」(䷀)とすべて陰の「坤為地《こんいち》」(䷁)、純陽と純陰の卦が始まりにくる。

「天地あり、然《しか》る後万物生ず」

と易経「序卦伝《じょかでん》」(六十四卦の序列の意味を説いているもの)に言われる通り、天と地は万物の両親のような存在である。地は、すべての子どもを生みながら、あくまでも父を立て、それに従う母親にたとえられる。文字通り「母なる大地」である。

大国主神という名前には、地は地でも、易の中での地の本来の意味が込められているはずだ。

純陰である地は、最も柔順で、何でも受け入れることのできる静かで強い底力をたたえている。地の特性はあくまでも人に従う生き方が正道であり、人より先に立てば道を失う。「坤為地」の卦の特性を一言でまとめるならば、

「地の包容性、臣下の道」

ということになる。

「そうだったのか」

たちまち、脳裏に大国主神の姿が浮かんできた。八十神《やそがみ》たちの後に従ってただ黙々と歩いて行く。従者として登場したのは、地＝陰の性質を表象していたからなのである。

袋の中身

それにしてもあの袋を背負ったスタイルはどういうことなのだろう。これも従者ら

しくするための小道具なのだろうか。

岩波文庫『古事記』の注では、「旅行道具を入れた袋、袋担《かつ》ぎは賤業《せんぎょう》だった」となっていて、妙に現実的だ。袋を開けると着替えにタオル、石鹸《せっけん》、歯ブラシ……などと今風のお泊まりグッズを思い浮かべそうになる。八十神たちの旅の身の回りの物を全部持たされているというのは、理屈では合うのだが、私たちの気持ちの方が納得しない。

大国主神の袋の中身を話題にしているところに、トラカレに遊びに来ていた子どもが首を突っ込んできた。その子は、

「きっとその袋の中にお姫様にあげる贈り物が入っているんだよ」

と言った。

こっちの方がまだうなずける。少なくとも神の持ち物である以上は、中身は日常身辺の物ではなく、積極的にその神の神格を表象しているものに違いない。

ここでは詳しく触れないが、私たちは、例えば、天照大御神《あまてらすおおみかみ》の玉も、須佐之男命《すさのおのみこと》の剣も、その神格と深く結び付いていることを見つけた。他の神々の持ち物も例外なく、持ち主をシンボリックに表わしている。となると、地の神、大国主神の袋とその中身は、地を表わしている何かであろうと私たちは見当をつけた。

易経をパラパラとめくっていたら、「説卦伝《せっかでん》」に次のようなことばを見つけたのである。

「坤《こん》を嚢《ふくろ》と為す」

坤とは地である。なんと地と袋がストレートに結び付いているではないか。嚢はフクロと仮名が振ってあるものの、あまり見かけない漢字だったので、字典で調べてみた。すると「土嚢《どのう》」という馴染《なじ》みのある熟語が目に入った。堤防などを築く時に積み上げる、あの土がぎっしりと詰まった嚢《ふくろ》である。

それだけではない。「土嚢」には同時に大きな洞穴という意味があったのだ。まず、袋と穴を同じと見ていることが妙だと思ったが、どちらも中に物を入れることができるということでは、確かに共通している。昔は物を保存するために、地に穴を掘って入れたというではないか。では中身がぎっしり詰まっている物と、がらんどうの大きな穴という正反対の状態が共存しているのは、どういうことか。

大きな穴といえば、すぐに思い浮かぶのが大国主神の別名のひとつ、大穴牟遅神である。ムチは、天照大御神の別名大日孁貴《おおひるめのむち》にも見られるような貴人の尊称だとしても、大穴とはいったい何だろう。

競馬の神様じゃあるまいし……。現代の語感からすると、どこか間が抜けているというか、神様らしくない奇妙な感じがした。それに穴ということばは、穴埋めをするとか、メンバーに穴が空くとか、マイナスのイメージで用いられることが多い。欠けていて不十分な状態、空っぽで何もないこと、それが現代における穴のイメージである。

ところが古代では違っていた。老子の「窪《くぼ》かなれば則《すなは》ち盈《み》つ」ということばや、孔子の「虚《むな》しくして盈《み》てりとなす」ということばなどに、その思想を窺《うかが》い知ることができる。大きくあいた空っぽの穴だからこそ、中にいっぱい物を入れることができるということなのだ。

土嚢ということばが持つ二つの意味も、同じことの裏と表だったのだ。袋を地の象徴としたわけも、万物を包蔵する形を表わすと同時に、中身が豊かに詰まっている有り様を表わすのにうってつけだったからである。となると大国主神のトレードマークの袋の中身は、ぎっしりと詰まった土に違いない。

陰の臨界にある「坤為地《こんいち》」は、これ以上あけようがないほどの大穴であることが、その卦の形(䷁)からも見て取れる。空いている部分を空虚な穴と見立てたのだ。それを名前に冠した大穴牟遅神《おおなむぢの》。「いなばのしろうさぎ」はこの大穴牟遅神の名において語られていくのである。

大国主神はいろいろな名で出てくるが、ここでひとつはっきりと予想がつくことがある。どんな名であっても、地が持っている意味領域から一歩も外れることはないだろうということである。

私は大国主神にどうしても声をかけてみたくなった。

「あなたはまぎれもなく地の神様。後から遅れて行かれるのも、それが地の定めだからですね。その重そうな袋の中には土が入っているのでしょう」

大国主神は、少し歩みを止めて振り向くと、優しくほほ笑んでいるような気がした。大国主神の輪郭が少し描けるようになると、この物語のさらなる展開が、想像するだに胸の躍るような気分である。

「いなばのしろうさぎ」

稲羽の八上比売《やがみひめ》を娶《めと》ろうとする八十神の一行が、気多前《けたのさき》まで来た時、すっかり皮の

剝《む》けた兎《うさぎ》が伏せていた。そこで八十神は、兎に、

「おまえはこの海水を浴びて、風に当たって、高い山の尾に伏していなさい」

と言った。兎が八十神の教えたままにしたところ、塩が乾くほどに、その身の皮がことごとく風に吹き裂かれた。痛み苦しんで泣き伏していたら、最後に大国主神がやって来た。

「なぜ泣き伏しているのか」

兎は答えた。

「私は淤岐《おき》島にいて、この地に渡ろうとしましたが、手立てがありませんでした。そこで海の鰐《わに》(鮫《さめ》)を欺《あざむ》いて、

〝君たちと僕たちと、どっちの仲間が多いか比べてみよう。君たちはこの島から気多《けた》の前《さき》まで、皆で一列に並んでくれ。僕はその上を踏みながら数えるから〟

と言いました。そのようにしてやって来て、あと一歩で渡り切るというところで、私は言ってしまったのです。

〝やあい、おまえたちは騙《だま》された〟

と。言い終わるやいなや、私は最後の鮫に捕まえられ、毛皮を剝《は》がされてしまいました。それで泣いていたら、さっき来た八十神に、海水を浴びて風に当たって伏して

いるように言われたので、その通りにしたところ、ますますひどくなってしまったのです」

大国主神は、兎に教えた。

「今すぐ河口に行って真水で身体《からだ》を洗いなさい。それから蒲《がま》の花粉を採って敷き散らし、その上に転がれば、君の肌は元通りになるだろう」

はたしてその通りになった。

この「いなばのしろうさぎ」のここまでのくだりは、古事記の中から抜粋され、ひとつの小さな物語として、後々の世まで親しまれてきただけのことはある。恐ろしげな鮫が出てきたり、兎が鮫たちをまんまと騙したり、そして仕返しをされたりと、子どものみならず、人を引きつける要素をふんだんに持っている。

けれども、このような面白い話だからこそ見極めておきたいのが、主題は何かということである。もしこの説話の大意を、枝葉を取り除いた一文で表わすならば、

「大国主神は、傷ついた兎を元通りに治してあげた」

ということになるだろう。

日本医療発祥の地

事実この説話の存在から、大国主神は医薬の道に通じ、か弱い動物にも優しい人物だったと言われている。現に、この気多前の伝承地である白兎《はくと》海岸について、ガイドブックなどには、「日本医療発祥の地」と紹介されていた。たしかに現存する日本最古の書物の中で、初めて治療らしい行為が登場した場面ではある。

ともあれ、毛皮を剝がれ、赤裸になってしまった兎が受けた助言について、よく見ておこう。傷口に塩気や強い風を当てることなどもってのほかであることは、誰でも経験から知っている。聞いただけでひりひりしてしまいそうだ。

まず真水でやさしく洗うことは、今の暮らしの中でも思い浮かぶ。では、蒲の花粉はどうだろう。百科事典によれば、蒲の花粉は、古くから止血剤として石松子《せきしょうし》の代用とされていたという。これなら古代においても、ちょっと通でないと解《わか》らなかったかもしれない。大国主神は漢方の本草学の知識もあったということになるのだろうか。

この説話は、大国主神がいかに物知りであったかということを言いたいのではないだろう。傷ついて泣いている兎に、追い打ちをかけるような意地の悪い八十神《やそがみ》とは対照的に、素直で優しく、人の傷を癒《いや》す大国主神像だ。

彼の正体を思い起こそう。

大国主神は地の神であった。すべてはそこに由来している。地は万物を包蔵し、養う。時々刻々命を育《はぐく》む。地に備わった母性は、傷ついた者をいたわり、助けずにはいられない。この場面は、そんな地に秘められた力を、医療という形によって具象化して表現したものとることができる。

月の中の兎

ところで、主人公であるこの兎は何者なのか。またなぜ兎であって、他の動物、例えば猿とか鼠《ねずみ》とかではいけなかったのだろう。そこは万事抜かりのない古事記のことである。どんなキャスティングにも、ちゃんとそうでなければならない理由がある。

私たちは兎を追いかけ始めた。

子どもの頃、絵本か何かで読んだ感じでは、私は「いなばのしろうさぎ」の兎に、どことなくか弱いというイメージを抱いていた。でも今あらためて原文を読んでみると、なかなかどうしてかなり逞《たくま》しい。目的地に行くためなら、インチキとも思える交渉だってするし、鮫の背を渡るという危険だって冒す。「兎追いしかの山」という体験を持たない私たちが追いかけると、兎も観念的な世界に逃げ込みそうである。そもそも兎の実体のようなものは、人々が長年抱いてきたイメージや伝統的なパターンの中にこそ、ひそんでいるのではないか。

日本古来の兎のイメージといえば、揺るぎないのが「月の兎」である。アポロが月面着陸したぐらいでは、満月の中で餅《もち》を搗《つ》いている兎の姿を消すことはできなかった。そんなやわな伝承ではないのだ。古事記の説話を知らない人でも、月の中の兎の話は、幼い頃に聞いたことがあるに違いない。

「お母さん、ほら、お月様があんなに細くなっちゃって、なくなっちゃうよ」

「だいじょうぶよ。兎さんが一生懸命お餅を搗いてまた真ん丸なお月さんにしてくれるからね」

今もどこかでこんなやりとりがされているのではないか。

このいかにも日本的な伝承は、実は隣の韓国でも共通である。さらにその原型は中国に辿《たど》ることができる。例えば、中国、戦国時代末の屈原《くつげん》等の詩集『楚辞《そじ》』の中にも見られる。

「夜光何の徳ありて、死してすなわちまた育す。その利これ何ぞ。すなわち顧兎《こと》腹にあり」

（月はなぜ死んでもまた育つのか。兎が腹にいるのである）

月に兎が住んでいるということは、こうして紀元前からすでに伝説となっていた。中国では兎は月で不老不死の薬草をこしらえていると信じられていた。それも欠けてはまた満ちる月に驚異的な再生力を見ていたからだろう。それが日本に来たときに、餅搗きに変わったのは、望月《もちづき》という満月を表わすことばにかけたからであろう。

この言い伝えは日本にもたらされ、古くは中宮寺の天寿国繡帳《てんじゅこくしゅうちょう》の月兎などに遺《のこ》っている。聖徳太子《しょうとくたいし》の亡《な》き後、妃《きさき》の橘大郎女《たちばなのいらつめ》が納めた浄土図だそうだ。月輪の中に兎と桂《けい》樹《じゅ》と仙薬の壺《つぼ》が縫い合わされている。この構図は明らかに仏教というよりは陰陽思想の所産である。

漢語、「白兎《はくと》」「金兎《きんと》」「銀兎《ぎんと》」どれも月のことである。これを漢字字典の中に見つけた時は、写真も絵もないページが、ほのかな光を帯びているようにさえ感じられた。伝説が時を超えて、ぎゅっと文字の中に封印されている。そして兎の正体の別なる手掛かりも、漢字字典の中で見つけたのである。

兎と赤土《はに》

漢字は象形文字であるから、兎という字はその姿を元にして字の形が作られている。さらに兎の性質はその字の読み、音《おん》の方に表されていた。兎の中国上古音はt'ag。全く同音の漢字に「土」がある。漢字の音は常にその意味に直結している。だから同じ音を持つ漢字同士は、意味の方も必ずどこか似通っているのである。さきに述べた同音同義という漢字の特性を思い出して欲しい。

では、同音の兎と土とでは、いったい何が同一視されていたのだろうか。土や兎が含まれるt'agという音を持つ漢字のグループには、大まかにいって「充実する」という共通の意味があるという。土は「地の万物を吐出するなり」と『説文解字』にもあるように、充実した活力を内に蓄えている。

では兎は？　やはり何といってもあの柔らかな弾力性——しなやかな肉付き、後ろ足をバネにした跳躍力——に他ならないだろう。古代人は兎に限りない充実を見たのである。ちなみに韓国語で兎は토끼《トキ》、土の音は토《ト》である。この国でも兎に土を見てい

たのである。兎が土と同類ということになれば、地の神、大国主神とは、おのずとぴったりの関係だ。そのことだけでも、兎がこの物語にうってつけの配役であることがわかる。

「よーし、だったらあの大国主神が治療した〝兎〟に、〝土〟を代入してみよう」

仲間のひとりが数式でも解くようなことを言い出した。

そうするとどうなるのだろう。ひび割れてボソボソになってしまった土に、真水や蒲の穂などの混ぜ物を施しながら、練り上げれば弾力のある土に仕上がる。兎が象徴しているのは、土は土でも具体的な、土器、陶器作りのための弾力のある赤土《はに》なのではないか。

私は以前に陶芸のサークルで、茶碗《ちゃわん》などをこしらえた時のことを思い出していた。何が大変といって、土を捏《こ》ねるのにいちばん時間もかかり、手間もかかる。早々と音をあげている私に、先生が後ろから声をかけた。

「土練り三年ですから」

造形の前段階の土練りが陶器作りの決め手で、上手《うま》くなるには三年は要するということらしい。

それでも、私たちは出来合いの土を買ってきて作るのだからまだ楽である。土探しから始めるとなったら、それこそ大仕事だ。およそ○○焼などと名のある陶芸は、その製法はもちろんのこと、原材料の土にその秘密があるらしい。それが極秘となったまま不明となり、幻の陶芸となってしまったものも多いという。

「その辺の土でも、焼き物を作れないことはないんです」

という話も陶芸の先生から聞いた。

ただし、海水が混ざっていないものに限る。そして丁寧に不純物を取り除き、真水を加えながら漉《こ》す。粘りがあればいいというものでもない。粘りが強すぎると、乾く時にかえってひびが入ってしまうので、草や貝殻などを混ぜ合わせるという。

そんな土作りの工夫は、まさに兎が大国主神から受けた治療とぴったりと重なるではないか。海水を浴びたり、強風に当たったりは、赤土作りにはあってはならないことだった。

ある朝、仲間のひとりが興奮して飛び込んできた。

「ねえ、見た？　昨日のテレビでメキシコの陶芸を特集していてさ、何と、土に蒲《がま》の穂をほぐして混ぜていたんだよ！」

私たちは、このタイムリーな情報に大喜びした。

陶器作りと国作り

その赤土作りにいったいどれほどの価値があるというのか。今の人にはピンとこないかもしれない。陶器などそこいらじゅうにゴロゴロしているのだから。

しかし、古代において陶器は、たとえようもなく貴重品だった。単に希少価値というだけではなく、土と火の結合によって生み出される陶器そのものが、古代人の目には奇跡に映ったのだ。しかもただ自然に任せれば出来上がるというものとは違い、人間の高度な工夫と技術が加わらなければいい陶器は作れない。

「陶甄《とうけん》」ということばがある。『漢和大字典』によれば、焼き物を作るという意味であり、また、造物主が万物を造ることの意味もある。それが転じて聖王が天下を治めることとある。古代人は陶器作りの困難な過程を、そのまま国作りの大仕事に投影して考えたのである。

国作りと書きながら、私は「あっ」と声を上げた。これほど正史に記す地の神の物語の冒頭を飾るにふさわしい話題があるだろうか。

地の神、大国主神の別名、大穴牟遅神《おおなむぢの》の名の大穴は、土がぎっしり詰まっている袋と、土に穿《うが》たれた大きな洞穴を意味していた。それはさらに土を練り込んで拵《こしら》えた袋状の器、つまり土器ともみなすことができる。どれも純陰を象徴する形状であることに変わりはない。

大穴牟遅神の名は、穴や袋や土器といった具体的な形をモチーフにしながらも、背後に陶甄ということばを隠して、やがては地の国を治めることになる彼の姿をほのめかしている。そんな大国主神がまず着手しなければならなかったこと、それが立派な陶器を作り上げるための赤土作りだったのである。

よいしょと袋を肩からおろすと、大国主神は私にそっと袋の中身を見せてくれた。土だ。それもパラパラの土ではなく、素人《しろうと》の私が見ても分かるような上質の赤土である。赤みを帯びて艶《つや》もよく、手に取ってみると、適度な粘りと重みがあり、温《ぬく》もりすら感じられる。

彼は一言も話さずに黙ってはいるけれども、顔には自然に誇らしさのようなものが滲《にじ》み出ている。

「私はこれからこの土で、良い陶器を作り、良い国を作っていくつもりだ」

そんな思いがひたひたと伝わってくる。

「いなばのしろうさぎ」の説話は、ひとつには、陶甄の大穴牟遅神と、陶土の化身である兎《うさぎ》の物語と見ることができる。けれどもそれは、この説話の一角を捉《とら》えたに過ぎない。なぜなら兎が大国主神に出会うに至るまでの出来事を、まだチェックしていないからだ。

兎、海を渡る

「これはね、〝兎、海を渡る〟というお話なのよ」

アガサが何か一言で言い切る時は、警戒した方がよい。決まってその後から私たちは、じたばたすることになるのだから。今度もそのことばを聞いても、あまりのとっかかりのなさに、みんな途方に暮れてしまっていた。

それに私たちが真っ先に連想したのは、ヒッポファミリークラブの多言語テープのタイトル「ヒッポ海を渡る」だった。ひょっとしてアガサが、柄にもなく駄洒落《だじゃれ》を言っているのではないか。

アガサは、落ち着きのない私たちを尻目《しりめ》に、もうバッグを手に取っていた。これからトラカレのマダム仲間たちとお茶を飲みにいくらしい。いつからかその行為は、トラカレ生たちから「茶道部」と呼ばれている。きょうもアガサはなかなかおしゃれないでたちだ。

「わたるといっても、いろいろね」

さらに意味ありげな台詞《せりふ》を残すと、アガサはさっさと出ていってしまった。

なるほど、「わたる」は「渡る」だけではない。『漢和大字典』の索引を見てみたら、同じ読みの漢字が十以上もあった。中でも目を引いたのが、「亙」という字だった。前に易の「雷風恆《らいふうこう》」の「恆」の字を調べた時の印象が残っていたからである。「恆」のつくりにもなっている「亙」は、わたる、わたすとも読むのだった。

「亙」の字の原形は、上下の線の間に張り渡された弦と弓なりの弧から成っている(亘)。その中にある形は、月とも舟とも見なされていて、いずれも、端から端まで亙《わた》すことを意味している。

向こう側とこちら側、間には月、それとも舟、ノートの隅っこに書きなぐっていた。

「あ、兎！」

私は兎がびっくり箱から飛び出してきたかのように驚いた。そうだ、月といえば兎、それにあの兎は、舟もないのにちゃんと海を亙ってきたのだった。

月の兎、消し難かったその印象が、またぽっかり浮上してきたのである。「いなばのしろうさぎ」の兎は、地の神、大国主神に助けられた土の精ではあるが、やはり月との係わりもあるからこそ、この「亙る」という役どころに抜擢《ばってき》されたのだろうと私たちは考え始めていた。けれども、「それが何なの?」という問いが自分の中でシャボン玉のように、ぷかりぷかりと浮かんでは消え、それに答えられないまま何日か過ぎていった。

ある日、たまりかねたようにアガサが、またネジを巻いてくれた。

「月である兎が亙っていくこと。私はそれで十二支の月の巡りを思いついたわ」

まあここまでは言ってあげてもいいでしょう、そんな感じがアガサの声の調子に現われている。そうか、月と言えば空に浮かぶあの月だけを思い描いていて、一月、二月、という時間の運行の方はすっかり忘れていた。昔は陰暦、つまり月の動きを計る「月読み」こそが暦だったのだ。

私の頭の中にも、いちばん上を起点にして、ぐるっと右にひと巡りする円がディスプレイされた。そしてそこに、時計の文字盤のように十二の目盛りを入れる。十二支であれ、八卦《はっか》であれ、まずこの円を描くことができれば、何かが動き始めるはずだった。

が、ことはそう簡単にはいかない。私の状態はまるで針がない時計のようなものだ。兎はいったいどこへ隠れているのだろう。

真相を知っている男がいた？

ヒントは思わぬところに転がっていた。『風土記《ふどき》』「因幡《いなば》国逸文」である。注に「古事記の説話・文辞に基づき、加筆したものの如《ごと》くである」とあるように、後世のものであることは明らかだが、その加筆なるものが面白い。要約すると次のようなことが書かれている。

「竹草《たかくさ》の郡《こおり》の竹林《たかばやし》に、老いた兎が住んでいた。ある時洪水になり、兎は竹の根に乗って流され、おきの島に着いた。兎は元の住処《すみか》へかえりたがったが、海を渡るすべがなかった」

以下鮫《さめ》に出会うところからは、古事記と同様である。

とにかく、ここのところを読むと、初めて見えてくることがいくつかある。まず、兎はもともと気多前《けたのさき》の方に住んでいて、そちらに戻りたかったのだという設定。ただどこかの海の向こうに行ってみたいというのとはわけが違う。故郷に帰りたい一心であったからこそ、どんな手を使ってでも、必死になって亙ろうとしたということになる。

『風土記』の兎が年老いた兎であることも、意味深長である。私はいつの間にか勝手に若い兎、それどころかいたずらっ子の兎というイメージを描いていた。確かに望郷の念を強調したい場面では、老いた兎の方がよりふさわしいだろう。若いうちは異国へ渡ってもすぐ馴染《なじ》むが、それでも年をとるとやたらと故郷が恋しくなるという話はよく聞かれることである。

もとの住処が竹林ということにも、実は大きな意味がある。竹というのはまぎれもなく八卦の水を象徴しているのだ。易では水は坎《かん》（穴）であり、また矯鞣《きようじゆう》（曲げ撓《たわ》めること）なものとして捉《とら》えられている。竹もまた中が空洞（坎）になっており、しなやかに撓む。以前に私たちは、『竹取物語』も「坎為水《かんいすい》」の物語として解き明かしたことがある。ともあれ、竹は水のシンボルとしてぴったりなのである。

さて、水といえば方位としては北だ。考えてみれば、気多前をキタのさきと読むことは、少しも無理がない。すると気多前は、北の先端ととれるのである。

北は水、十二支でいえば子《ね》に当たる。子こそは、十二支の巡りの輪のスタート地点であり、またゴールともいえる。やっと私たちのレーダーも、兎の動きをキャッチし始めた。兎は子の気多前から流されて、淤岐《おき》島にたどり着いたのだ。淤岐島は、何を指していて、どこにあるのだろうか。

この島は、日本海の隠岐《おき》島なのか、単に海の沖の島なのかは不明とされている。私は、どちらにとっても構わないと思う。ここでは物語世界での位置を大事にしたい。

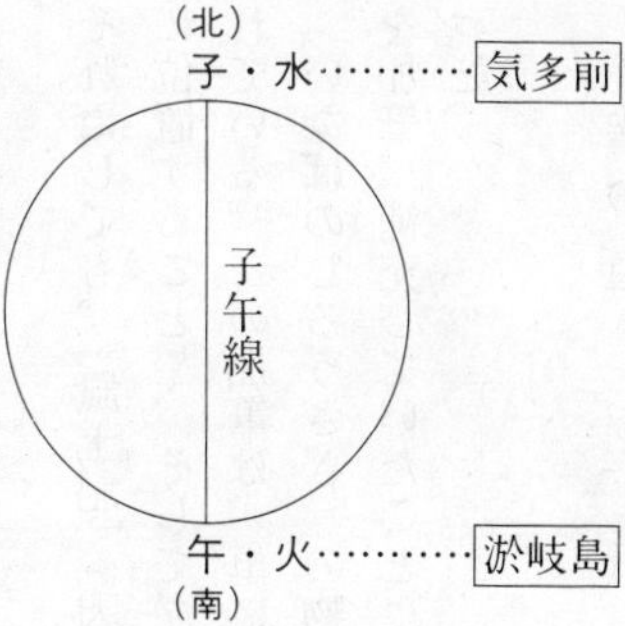

「子」を出て「子」に帰る時の折り返し地点、それは十二支の円上でいえば、対極に位置する「午《うま》」の位置をおいては外にない。

オキという音を持つことばには、炭火の燠《おき》もある。炭、薪《まき》などの燃えさしだ。これは午＝火にも対応する。これで気多前と淤岐島を「子午線」で繋《つな》ぐことができるぞ、と思った。「子午線」はその名の通りに子と午を結び、円を左右に二分する。午は陽から陰への境目として、重要なポイントである。普段何気なく使っている午前、正午、午後といったことばにも、その痕跡《こんせき》が残されている。

それにしても、『風土記』「因幡国逸文」とは何だったのだろうか。気多前が北の起点に位置することや、そして淤岐島から帰る兎であることなどを、それとなく教えてくれている。この加筆は、単に新たな別の部分を付け加えたものではなくて、古事記の「いなばのしろうさぎ」の物語そのものの中に、その真相を読み取った人物が、それを加筆、補充していたことになる。これは私たちにとって、絶好のガイドブックになった。

陰の道

さて、兎を呼び戻そう。子の位置から流れ流れて、午にたどり着いた兎は、是が非でもまた子に帰らなければならなかった。十二支の巡りが止まってしまうということは、易では死ぬことに相当する。けれども午から子への復路は、前半の陽の道に対して、陰の道と呼ばれる険しい道程である。一日の中でいえば、日が陰り、だんだん暗く冷えてくる時間。一年でいえば日が一番長い夏至から、徐々に夜が伸び、寒くなっていく冬至までの時期を指す。

「行きはよいよい帰りは恐《こわ》い、恐いながらも通りゃんせ通りゃんせ……」

頭に何やらそんな唄《うた》が響いてくる。陰の道を通るのは、ただでは済みそうにないのである。

十二支の巡りに対応する易の卦《か》がある。消息の卦と呼ばれる十二月卦だ。一年の陰陽の消長をひと月ごとに卦で表わしたもので、卦の形の変化を見ていくだけでも、とてもわかりやすい。しかも、それぞれがストーリー性を持ってつながっている。では兎の帰り道にあたる陰の道を見てみよう。

まず、午の月に当たる卦は「天風姤《てんぷうこう》」(䷫)。前の月の全陽(䷀)に、一陰が下に現われ始めた形。姤は「遇《あ》う」ということ。

次の未《ひつじ》の月は「天山遯《てんざんとん》」(䷠)。一陰が二陰に増えている。こうして下から陰の気が陽の気を侵食していくのである。遯《とん》は「逃れる」という意味。

そして申《さる》の月、「天地否《てんちひ》」(䷋)。陰陽真っ二つに分れて通じ合えない卦だ。閉塞《へいそく》した「暗黒時代」の意とある。

次は酉《とり》の月、「風地観《ふうちかん》」(䷓)。とうとう陰が陽を凌《しの》いだ。観(觀)は「示す」という意。

一陽が辛うじて残ったのが戌《いぬ》の月、「山地剥《さんちはく》」（䷖）である。剥は「剥脱《はくだつ》」。ついにすべて陰の亥《い》の月、「坤為地《こんいち》」（䷁）。そう、大国主神、地の神に象徴される純陰だ。「大人物に助けられる」の意。ここに極まる感じがするが、片時も留まることはない。ゴールは次の月である。

子の月、「地雷復《ちらいふく》」（䷗）。全陰の中に初めて一陽が萌《きざ》す。これが俗に言う「一陽来復《いちようらいふく》」である。春を迎えるめでたさと解釈されているが、それだけではないだろう。終着点が起点となることで、再び巡り続けることができるのである。その恒久の営みこそが、易の理念だったに違いない。

「䷫」「䷠」「䷋」「䷓」「䷖」「䷁」「䷗」、午から子に亙るルートを辿《たど》りながら、消息の卦を並べてみた。あらためて眺めていたら息が止まるほど驚いた。姤―遯―否―観―剝―地―復。「いなばのしろうさぎ」の話の筋がそのまま全部あるではないか。はやる気持ちを抑えながら、ひとつひとつボタンを掛け合わせるようにしてみた。

「天風姤」、淤岐島から気多前に帰りたがっていた兎。けれども自力では亙ることの

〈消息の卦（月は旧暦）〉

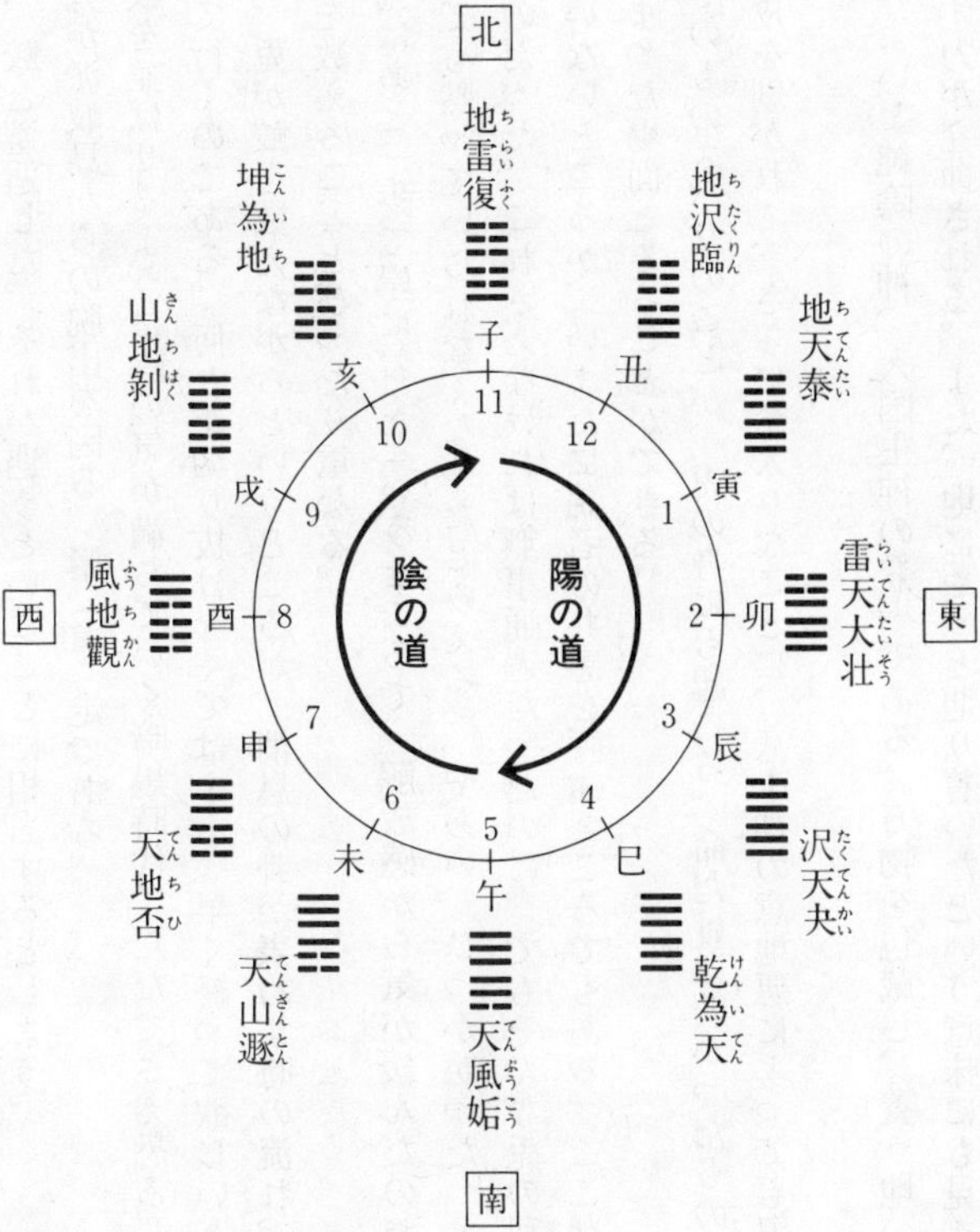
北
地雷復《ちらいふく》
地沢臨《ちたくりん》
地天泰《ちてんたい》
雷天大壮《らいてんたいそう》
東
沢天夬《たくてんかい》
乾為天《けんいてん》
天風姤《てんぷうこう》
南
天山遯《てんざんとん》
天地否《てんちひ》
風地観《ふうちかん》
西
山地剝《さんちはく》
坤為地《こんいち》
子 11
丑 12
寅 1
卯 2
辰 3
巳 4
午 5
未 6
申 7
酉 8
戌 9
亥 10
陽の道
陰の道

できない兎が、鮫と邂逅《かいこう》した。それが遇うということに相当するとしよう。

「天山遯」、兎が淤岐島からの脱出を図る。遯（遁《とん》）走である。

「天地否」、鮫を並ばせるように陰の気が満ちていく暗黒時代。ただでさえ恐ろしい鮫の背を渡って行くのである。何とか切り抜けなくては……。早く終って欲しいと願う時期である。兎《うさぎ》が鮫を数えながらというところが、消息の卦が表わす時の流れ、つまり暦の月日を数えることとぴったり重なる。

「風地觀」、兎はあと一歩で岸に着くというところで、解放感から気が緩んだのだろうか。どうしても黙っていられなくなったとみえる。「やあい、ひっかかった」とやってしまったのだった。これさえなければ無事通過だったのに。でもそんな兎の利口になりきれていないところが、いまだに読者の共感を呼ぶところでもある。ここは本心を示してしまった場面とみることができる。

「山地剝」、そのものズバリのことが、兎の身にも起こる。命だけは助かったものの、怒った鮫に毛皮を剝《は》がれて、さらに念入りなことに、八十神《やそがみ》の意地悪によっても傷つく。

「坤為地」、いよいよ純陰の神、大国主神の登場である。万物を包蔵し、養う地の神ならではの癒《いや》す力が発揮される。また、地にやっと辿り着いたという意味にも見えてくる。土の化身である兎もやっとひと安心だ。いつも何かに追われているように、ぴょんぴょん駆け続けている兎が、唯一《ゆいいつ》休むことができるのは、土に掘った穴のねぐら、そんな野生の兎の習性とも重なってくる。

「地雷復」、兎は大国主神のおかげで、元通りの身体《からだ》に戻ることができた。

人は病気が治ることを「回復」と言う。古代のそれは、ただ病んでいたところが治るという、現代的で人為的、直線的な捉え方とは基本的に異なっている。易では自然の作用の力を借りながら、巡り巡ってまた帰り来るという円を描いたことばなのだ。「回帰」（もとに帰ること）、「回郷」（故郷に帰ること）などということばも同様である。

こうして、易の卦との見事なまでの重なりを見てきた今なら、はっきりと言うことができる。「いなばのしろうさぎ」のストーリー展開は、易の消息の陰の道に沿って作られている、と。

「山地剝」「坤為地」「地雷復」。この説話はクライマックスを迎えた。剝《はく》すれば、復す。このことばは、そのまま月を形容している。月はどんなに欠けても、やがては満ちることが約束されているのだ。言い換えれば、目いっぱい欠けなければ、剝がされるほどの思いをしなければ、もとには戻れないのである。そんな月の宿命を背負った兎が今ではとてもけなげに感じられてくる。

土用・土の働き

初めの方で書いたが、この説話の大意を、「大国主神が傷ついた兎を治してあげた」というものとして見てきたことを思い出してほしい。それをまず、地の神である大国主神が、陶土の化身である兎を、立派な赤土《はに》に仕上げる話として解釈した。

さらに兎の説話は、易の十二月卦を亙《わた》って行く月の運行の働きを象《あら》わしていた。淤岐島から気多前までの空間移動をしながら、同時に時間軸上の移動をも表わしていたのである。

それにしても、どうしてこのように兎が亙って来たという筋書きが必要なのだろうか。もし赤土作りということがテーマなら、わざわざ午の月から子の月へというコースを、大変な思いをしてまで辿らなくてもよさそうなものだ。単に兎が月の精であるがために付随してしまった話なのだろうか。

この疑問に対する答えは、もう一度土、特に五行における土気の性格を見直すことで返ってきた。

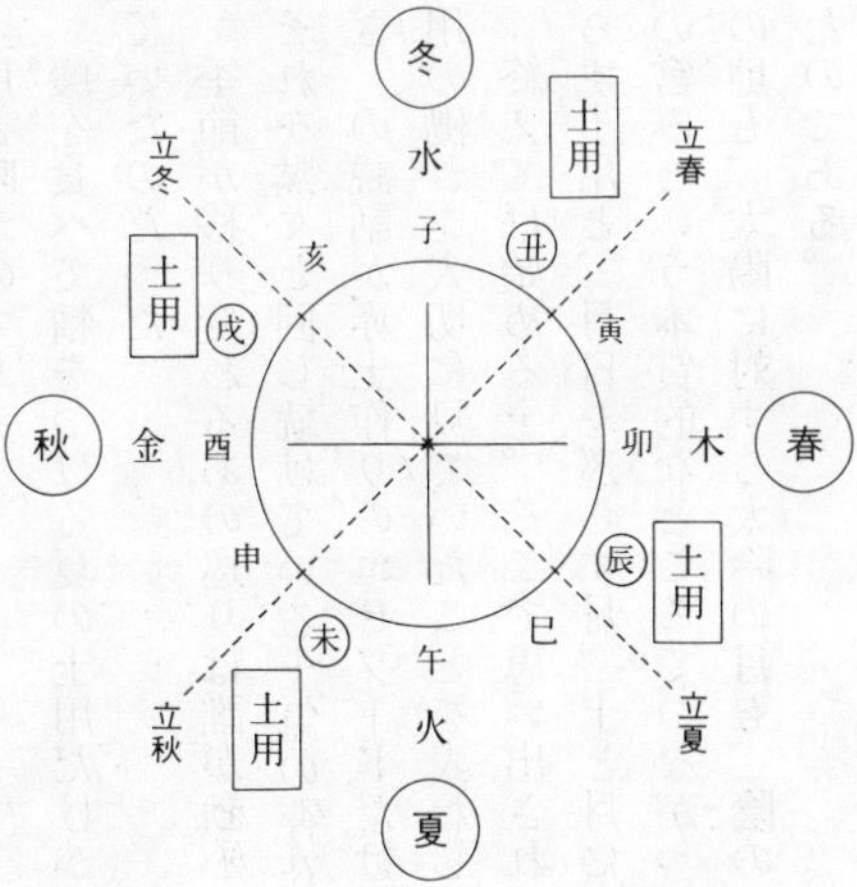

本質的で驚くべきことだが、易ではいつも物事を個別に切り離した形では見ない。常に対象を動きあるものとして、周りとの相互作用の中で捉えている。たとえば月のことも、目に見える月だけではなく、その動き、変化、作用にまで意識が及んでいた。土を単なる土の塊として見るのではなく、土の働きにも着目してみよう。

「説卦伝《せっかでん》」には、

「万物を終え万物を始むるものは、艮《ごん》より盛んなるはなし」

と記述されている。艮とは山のことで、当然土気だ。土が始と終を司《つかさど》る。すべてのものは土から生まれ、また死ねば土に還《かえ》るのだ。今の私たちでもそう思う。だが古代の人々の発想はそこに留まらなかった。その土が時間も動かしていると考えたのだ。

五行の木火《もくか》土《ど》金水《ごんすい》は、四季のそれぞれに振り分けられている。木は春、火は夏、金は秋、水は冬、では土は？　ひとつ余ってしまう。

もちろん余るなんて不行き届きなことがあるはずはない。土気は中央に位置し、特定の季節にではなく、季節と季節の間にその守備範囲があるのだ。そして過ぎ去るべき時を終え、来たるべき時を始めることで、季節の切り換え作業をしている。これを土用と呼ぶのである。

鰻《うなぎ》を食べて精をつける夏の土用だけが有名だが、本当は四季の境目ごとに配置されていたのだった。

季節が移り変わるあの巡りは誰が動かしているのかと問うならば、回り舞台の下でそれを黙々と回し続けている土気の存在が見えてくるのである。「いなばのしろうさぎ」の説話が赤土作りのエピソードだけではなかったのも、土を総合的に捉《とら》えて、土用の働きを大切に見ていたことを表わしていたのだった。

終えては始める土。そこで思い出されるのは、欠けては満ちる月。そして季節を巡らす土用と、月日を巡らす月。土と月には思わぬ共通性があったのである。その無窮の営みという本質的なところでつながっている。考えてみれば純陽の天に対する純陰の地も、太陽に対する太陰の月も、陰の極みということではもともと似た者同士だったのである。

あの『楚辞《そじ》』のことばが鮮やかに蘇《よみがえ》る。

「夜光何の徳ありて、死してすなわちまた育す。その利これ何ぞ。すなわち顧兎《こと》腹にあり」

今度は土の兎の詩としても響いてきた。そして私の中で別々に存在していた月の兎と土の兎が、ようやくひとつに融和したように感じられた。初めは、「なぜ大国主神の説話に兎なのか」という疑問をもって兎を追いかけた。その答えを探っていくうちに、「なぜ月にいるのが兎なのか」ということまでわかってしまった。月にいる兎は、また土の兎でもあったのである。

八足門《やつあしもん》の波うさぎの絵の謎《なぞ》も解けてくる。なぜいるはずのない海原に兎が戯《たわむ》れているのか。なぜその図柄が選ばれて、出雲《いずも》大社にも用いられているのか。それは潮の干満が、月の満ち欠けに連動しているものだからなのである。兎が二羽描かれているのも、満ちる動き、引く動きを表現していたのであろう。

月の兎とうねる波模様は、永遠の繰り返しをテーマに、みごとなハーモニーを奏《かな》でている。

素兎《しろうさぎ》の謎

大国主神、大穴牟遅神《おおなむぢの》の名については、先に書いた。けれども「いなばのしろうさぎ」の題名の由来については、まだ触れていなかった。私たちが触れなかっただけではなく、原文にもまだ登場していなかったのだ。

「其《そ》の身本《もと》の如《ごと》くになりき。此《こ》れ稲羽の素兎《しろうさぎ》なり。今者《いま》に兎神《うさぎがみ》と謂《い》ふ」

本文では兎が治ったところで、このように締めくくられている。神様にまで昇格したのは、一陽来復を達成しためでたさからだろう。気になるのは、稲羽の素兎という名が、ここにきて初めて出てきたということだ。物語が一段落してあらためて命名されたのである。考えてみるとそれまでは、固有の名を持たぬただの兎だったわけだ。

ずっと「いなばのしろうさぎ」と書いてきたのにも訳がある。古事記では「稲羽の素兎」という表記になっているが、『風土記《ふどき》』「因幡国逸文《いなば》」では「因幡の白兎」となっていて、こちらの方が今では一般的である。「稲羽の素兎」という表記にも、きっと何か特別な意味がこめられている。

本居宣長《もとおりのりなが》撰《せん》『古事記伝』の岩波文庫四冊組が再版になり、私たちもとりあえず持つこととなった。初めて手にした時は、ページをちらりとめくっただけで、敬遠したい気持ちになっていたが、どうして、読み出すと結構引き込まれる。少なくとも、いろいろな古事記研究書に引用されている『古事記伝』の断片を読むよりは、ずっと面白い。通して読むと、何か編者の人間臭さのようなものが伝わってくる。宣長にまるで何かに夢中になっているマニアックな男の子を見ているような気さえする。

『古事記伝』には、素兎について次のようなことが書かれている。

「さて此ノ兎の白《シロ》なりしことは、上文に言ハずして、此処《ココ》にしも俄《ニハカ》に素兎《シロウサギ》と云《イハ》るは、いさゝか心得ぬ書《かき》ざまなり。故レ思フに、素はもしくは裸《アカハダ》の義《ココロ》には非《アラ》じか。若《モ》シ然《サ》もあらば、志呂《シロ》とは訓《ヨ》ムまじく、異訓《アダシヨミ》ありなむ。人猶《ナホ》考へてよ」

つまり、ここにきて急に白兎と言うのは変である。素は裸の意味ではないか。もしそうならシロとは読まずに、違う読み方があるだろうというのである。結びは「誰かもっと考えて欲しい」と切実に訴えているように響く。

『古事記伝』には、よくまあこんな細かいところにまで気づいたなあ、と感心させられる記述が随所にある。このように、言われてみれば変だよねえ、と私たちもいっしょになって考え込みそうな、鋭い突っ込みも多々あるのだ。

確かにそれまで、この兎の色の指定はなかった。兎の毛色には、白、黒、灰色、茶色など、本当はいろいろな種類がある。どうして私たちは今まで、白い兎だと思い込んでしまっていたのだろうか。

宣長の仮説のように、素をアカハダの意味にとることもできなくはない。素っ裸という言い方もあるくらいだ。けれども、毛皮が元どおりになったり、めでたしめでたしの後で、おもむろに名付けられたのだから、赤裸だけではどうかと思う。

「素」にはもともと染色する前の白い生地という意味があるので、「素」をしろと読むことには、問題はない。けれどもただの白ならば、なぜ単純に白の字を用いなかったのだろうか。古事記でも、色を特定する場合なら、白犬や白鹿《はくしか》といった表記が普通である。

「素」の字を用いているその訳は、兎を月の精と見ているからなのではないか。「素《そ》月《げつ》」「素光《そこう》」「素彩《そさい》」「素景《そけい》」、これらはすべて月の白い光を表わしたことばだ。また、「素娥《そが》」や「素蟾《そせん》」も月そのもののことだ。

月は坎《かん》（水）卦《か》に属している。易では水はいろいろなものを象徴するが、九星図（九つの星に、五行や八卦《はっか》を配当したもの）では白である。ちなみに兎のシンボルの長い耳も、坎卦に属する。こうしたことを考え合わせると、せっかくの本居宣長の指摘ではあるけれど、素兎が月の光を浴びているかのように、白い兎として浮かび上がってくる。では、次は稲羽ということばとの係わりについて考えよう。

稲羽という枕詞《まくらことば》

「いなばの」といえば、「しろうさぎ」、「しろうさぎ」といえば、「いなばの」というぐらいに、この二つのことばは切っても切れない関係にある。まるで枕詞と被枕詞のようだ。私たちはすでに、「枕詞＝被枕詞」というルールが成立するということを立証した。たとえば、「あをによし」という枕詞は、決まって「なら」ということばに掛かり、二つのことばは、共通の意味で密接につながっていた。

いなばは、古事記でのように稲羽と書かれた場合、この表記は以下に解読するように火を意味するのだ。その火の象徴の稲羽がなぜ月や白や水を暗示する素兎に掛かっているのか。

稲ということばについて考えようとすると、「稲妻《いなずま》」「稲光《いなびかり》」「稲荷《いなり》」といった摩訶《まか》不思議なことばがいろいろ浮かんでくる。なぜ稲の奥さんがカミナリなのか。またイナニをイナリと読むのはどうしてだろう。

稲妻は雷の電光のこと、つまり火であり、八卦の「離《り》」に含まれる。「離」という文字は今ではハナレルという意味だけが強調されているが、本来はツクという正反対の意味も合わせ持っている。もともとは二つ並んでいる状態をいう。それは見方によっては二つくっついているともいえるし、二つに分かれているともいえるのである。漢字には、同じひとつの字の中にこうした対称的な意味を持つものが多い。

ともあれ「離」を火と為《な》すのは、火が何かに燃え付くものだからだ。稲妻の妻も、夫につき、並ぶという意味である。稲もまた、稲穂のびっしりと連なり並んだ状態であり、立派に「離為火《りいか》」を表わしている。本来の読み方は、カやニである稲荷の「荷」を、なぜ「り」と読むのかということも、離の音を暗示しているからではないか。「荷」の字には、高く上げるという意味があり、これもまた、高く上がる火気にふさわしい。

お稲荷さんは何の神様かというと、まぎれもなく火の神様なのである。だからこそ、火のように赤い鳥居が、これまたズラリと列《つら》なり並んでいる。それに今ではお稲荷さんといえば、欠かすことができないのが、神様の使いの狐《きつね》とお供え物の油揚げである。焼き色のことを、今でもこんがり狐色などというではないか。昔ながらの油揚げも、火のよく通った食材の代表である。

狐が化けるというのは、めまぐるしい変化こそが火の特性だからだ。「狐日和《きつねびより》」も変わりやすい天気のことである。また、火は何かに燃え付くものなので、「狐憑《きつねつ》き」などということばも生まれた。このように、狐の正体を火と見ていたということは、身近なことばの中からいくらでも見つけることができる。

では「羽」の方はどうだろう。これも二枚の羽が付いたり離れたりする「離《り》」そのものであり、羽ばたくことで火気のように上昇することを思い浮かべれば、「離為火」の易のことばを鮮やかに表象しているものと見ることができる。

このようにどこから見ても火を表わしている稲羽が、水の象徴の素兎ということばに掛かるから悩んでしまうのである。

隼《しゅん》さん登場！

「あんたたち、自分たちの出した本ぐらいちゃんと覚えておきなさいよ。隼さんがヒントを下さっているじゃないの」

こんな時にこんなことを言ってくるのは、アガサしかいない。

「えっ、隼さん？」

作家の赤瀬川隼氏は、たまにトラカレにふらっと現われる。そういえば私たちの『額田王《ぬかたのおおきみ》の暗号』が文庫本になる際に、解説をお願いしたのだった。それをあわてて読み直すと、こんなことが書かれていた。

〈藤村由加に対して「まったくの素人《しろうと》」などと失礼な言い方をしたが、僕としては讃《さん》辞《じ》のつもりである。素人の「素」は文字どおり白である。——中略——「素」「白」は面白いことに「赤」に直結する。赤ちゃん、赤ん坊である。「赤」はもちろんあかあかと燃える火に発するが、赤ちゃんの「赤」は「赤裸々」という形容のように、はだかでむきだしのさまを表すのだろう。素手《すで》のことを赤手とも書く〉

素が赤に直結する！　それは、漢字字典で素を引いても、白を引いても、直接的にはどうしても引き出せなかった意味だった。でもそう言われたとたんに、無理なく納得できる。やはり、ことばを結び付けていくのは人間で、辞典はそれを記述する道具にすぎないのである。

とにかく「素」に、火の色である赤を見ることができるのなら、稲羽ということばに、すんなりとあてはまる。

赤手と素手が同じで、赤裸と素っ裸も同じ、それに赤貧と素寒貧《すかんぴん》などということばもある。素という漢字の本来の意味は、「もと」や「白」であり、まったく何もないという意味にとるのは、日本特有のものであるらしい。それでも、素にまっさらな、まだ何もないという意味が派生するのはわかる気がする。が、「赤」にもなぜ、そのように全く何にもないという意味が生まれるのだろうか。

それは、火の性状を空虚なものとして見ているからなのである。☲の象《かたち》を火とするのも、火が中は空虚で、外が明るいことによる。

こう考えてくると素兎は、赤兎と見ることもできる。さらにこの兎が土の化身であることも考え合わせると、赤土と言い換えることができるではないか。赤土《はに》は、陶器作りに欠かせぬ最適な土のことだった。けれども赤土は、セキドと音読みすると、草木の生えない荒れた土地の意味になる。赤土は、訓で読むか音で読むかで、意味が正反対になるのである。

相反する意味が同居することばで、両方の意味を表わそうとしたのではないか。すなわち、ボロボロに荒れてしまった土のように赤裸になってしまった兎と、立派な赤土として生まれ変わった兎の両方をである。

赤土 ＜ はに(陶土)
　　　 セキド(荒れた土)

素 ＜ 白
　　 赤

素には白と赤の対照的な二つの意味があり、そして赤土にも、はに、と荒れた土の対照的な二つの意味がある。そのこと自体、ツクとハナレルの二面性を持つ「離」のスタイルに倣《なら》っているといえるだろう。ただ素兎と書いただけでは、赤土の方の意味のことばをほのめかすことはできない。素兎に赤土の意味も透視するように促しているのが、火を象徴し、地名ともとれる稲羽ということばだった。

土の存在

鳥取県白兎《はくと》海岸の白兎神社に行ってみることにした。海を背にして階段を上りきると、横手の一角に、親切にも神話に因《ちな》んで蒲《がま》が植えられていた。細長く不揃《ふぞろ》いに生えている葉の間に、蒲の穂が見え隠れしている。水辺の絵などではよく見かけるが、実は私が実物の蒲を見たり触れたりするのは、これが初めてだった。

天然記念物ででもあるかのように珍しがる私に、

「こんなもん、うちの田舎に行けばいくらでもあるよ」

と仲間が呆《あき》れ顔で言った。

急に気が大きくなった私は、蒲の穂を一本失敬した。焦《こ》げ茶色でシシカバブのような形をしており、表面は案外堅い。びっくりしたのは、それを手のひらにほぐしてみた時である。穂の中身は薄茶色で柔らかく、植物というよりは動物のよう、まさに兎の和毛《にこげ》みたいなのだ。ほわほわとしていながらも、折からの小雨の湿り気を帯び、そっと撫《な》でるとまるで息づいているかのようである。

「わあ、兎だ」

私たちは歓声を上げて、代わる代わるほおずりをしてしまった。より良い陶土を作るために、蒲の穂を混ぜることがあると聞いた時には、なるほどと頭で理解したが、実物を手にした時には、感覚的に、ごく自然に兎に結び付いてしまったのである。

白兎神社そのものは小さい社だった。特別な行事があるとき以外は、無人であるらしい。木々の種類の多さを誇る小高い境内の一角に、ちゃんと御身洗池《みたらしいけ》があった。もちろん兎がその身を洗った真水に見立ててあるのだ。

私は移動中に車窓から見た湖山池《こやまいけ》を思い出していた。淡水湖であるが、冬の高潮の際には、海水が川を逆流して半塩湖となってしまうというのだ。この白兎神社の辺りも塩害には苦しめられてきたらしい。田畑の土は、塩気が強くなると作物がやられてしまう。沿岸の住民は、塩水と真水とのせめぎ合いを、いつも気に懸けているということも素直に理解できたのである。

最近、私は土を見る目が変わってきた。大国主神や稲羽の素兎《しろうさぎ》とお近づきになったお陰である。毎日行き帰りに見る街路樹や住宅の植え込み、神社の大木から路傍の雑草まで、その緑の変化には、私とてもともと気づかなかったわけではない。

たとえば、秋には黄金色になって散る大きなプラタナスの葉が、春の初めに若緑の小さな葉を芽吹いている様子は、何度見ても感動的である。敷石を割って出て明るく咲くタンポポの花にも心から拍手を送りたくなる。けれども私は木々や草花を生み育てているものが土だったことまでは、深くは考えたことがなかった。

常に大地とじかに親しんでいる人にとってはこれは自明のことだろう。けれどもそうでない私は、剝《む》き出しの土を見る機会すら少ない。毎日食べる米も野菜も土から収穫されていること、土に生活を支えられていることが、頭では何とかわかっているのだが、実感できなくなっていたのだ。

改めて土を意識して、周りを見回すと、私は土の力に圧倒されてしまうばかりである。この地上に生を享《う》けるものは、ひとつとして地の力から無関係なものはないということに気がつく。これまで見ていた同じ景色が、こんなにも生命力に溢《あふ》れたものに見えるとは。

緑がいっそう鮮やかだ。

旅の始まり

兎を追いかけて不思議の国へ行ったアリスではないけれど、私たちも兎を追いかけるうちに、思いもかけない世界に踏み込んでいた。そこでは「自然」が主人公であり、それが易によって描かれていた。

もしこれが易の理《ことわり》が剝き出しに書かれている書物だったなら、はたして私たちはこれほどまでに興味を持っただろうか。童話的でさえあり、とっつきやすい兎の物語になっていたからこそ魅《ひ》きつけられ、深層の意味を探るまでに至ったのではないか。説話だからといって中身の質を落としているわけではない。易に深く精通している人たちだったからこそ、このように柔かく表現できたのにちがいない。そう、古事記の作者たちは、陶器作りをするように、よく捏《こ》ねに捏ねて、少しひねったり、整えたりしながら、大国主神や「いなばのしろうさぎ」の説話を作り出していったのである。

兎はひと巡りの旅を終えた時、大国主神に告げる。

「八十神《やそがみ》たちは八上比売《やがみひめ》を得ることはできません。袋を背負ってはいても、あなたが比売を得るでしょう」

大国主神に助けられた兎が、お礼のように贈ることばは、と前はそんなふうに思っていた。今は、

「これからは、いよいよあなたの番です。あなた自身の命懸けの国作りの旅が始まるのですよ」

という響きを伴って聞こえてくる。

八上比売が八十神ではなく、大国主神を選ぶということが、どういう事態を招くこ

とになるのか、兎にはそこまでわかっていたのだろうか。

大国主神の先行きを予言していたのは、このひとことの台詞《せりふ》だけではない。「いなばのしろうさぎ」の説話全体が、大国主神の説話の予告編となっている。易の巡りに沿ってひたすら進んで行くためのバトンは、兎から大国主神へと手渡されたばかりである。

袋を背負って黙々と行く大国主神は従者の象徴に見える。その主《あるじ》は誰なのだろう。八十神か？　いやそんなことはない。真の主は自然の理なのである。それに従うことこそが治者の道だ。

大国主神は、何事もなかったように赤土がぎっしり詰まった重い袋をよいしょと担《かつ》ぐと、また八十神たちの後を追って、黙々と浜辺を歩き始めた。そんな大国主神の後ろ姿を、兎はずっと見送っていた。

険しい道のり、けれどもそれを乗り越えてこそ、彼は純陰、「坤為地《こんいち》」の神として大成できる。今はまだ赤土作りを終えたばかりではあるが、やがて大きな器の人物となって、国を治める日がくることだろう。

兎の想《おも》いは、寄せては返す波の音に乗って、遥《はる》か彼方《かなた》へとこだましていった。

第三章　やまたのおろち

酒壺《さかつぼ》に誘われて

ＪＲの宍道《しんじ》駅から出ている木次《きすき》線に乗って、奥出雲《おくいずも》へ入っていく。窓越しに風景を少し垣間見《かいまみ》た私たちは、木次の駅で降りて、斐伊川《ひいかわ》の川沿いを歩いてみることにした。その昔、須佐之男命《すさのおのみこと》がこの川の上流に天から降り立ったというのである。川面《かわも》に箸《はし》が流れてくるのを見たスサノオは、さらにその上流に人が住んでいるに違いないと思いそこに向かった。それが、あの「やまたのおろち退治」の物語の発端だ。

桜並木になっているこの道は、春の頃には薄ピンクの縁取りとして斐伊川を飾るのであろう。しかし、今は葉も黄ばみ初秋の情景の中にあった。

しばらくは古《いにしえ》を想《おも》い、斐伊川の川面を眺めた私たちは、その風景をしっかりと目におさめ、次の地に向かうことにした。こんな時、いつもガイドブックを丹念に調べてくれる仲間がいる。ここから程遠くないところに八口《やぐち》神社という、スサノオが八俣《やまたの》大蛇《おろち》退治に使った酒壺を祀《まつ》っている神社があるという。日頃、お酒を飲む機会が多い私たちだから、ぜひともそこには寄らなければというのである。

酒壺というだけで、私たちも妙に関心を持ってしまった。そこは、地元のタクシーの運転手さんも耳にしたことのない社らしく、地図を見ただけではなかなかわからない。あちこちで土地の人に聞きながら山の中に入っていく。だんだん狭くなっていく畦道《あぜみち》を登って行くと、道の脇《わき》に野猿がいたりして、何とものどかな風景である。しばらく進むと車が通れる道は行き止まりになった。

やっと人が通れるほどの道が、小さな棚田をぐるりと囲むように続き、それはやがて山の社の入り口につながっていた。真新しい御幣《ごへい》がぶらさがっているのにも、その時私たちは特に不思議とも思わなかった。鳥居から続く階段があまりにも急なため、上の風景は何も見えない。息をはずませながらもおしゃべりを続け、ようやく頂上に出た私たちは、思わず口を噤《つぐ》んだ。人がいる。それも十数人も。何とその日は、八口神社の年に一度のお祭りの日だったのである。小ぢんまりしたスペースに社があり、神主さんの祝詞《のりと》をあげる声が、笛と太鼓が奏《かな》でる独特のメロディをバックに響いてきた。

スサノオがおろち退治に使った八個の酒壺は、人が触ると祟《たた》りがあると言われていた。

た。ある時、誰かがそのひとつに触ってしまい、その祟りで疫病《えきびょう》が流行したらしい。それを鎮《しず》めるために壺を埋めたのがこの社の由来だという。

もともとはお祭りをしていたのが、いつか途絶えてしまい、それが、現在の氏子さんたちのたっての願いで復活したというのである。よりによって、そんな機会に出くわすとは。神主さんとわずかな氏子さんたちだけの厳かな祭祀《さいし》に、私たちも神妙な顔をして連座することになったのだった。

目をつむって、祝詞に耳を傾けてみると、風と木々のざわめきもいっしょに聞こえてくる。この風は古代も今も同じように吹いていたのだろう。それが何か神秘的なメッセージのように感じられた。

スサノオ誕生

私たちは、いつか大国主神《おおくにぬしの》とともに長い旅をすることになった。

そうなると、出雲を舞台としておろち退治という派手な役を演じた神、スサノオを忘れるわけにはいかない。大国主神はそのスサノオの血をひく神なのである。となると当たり前のことだが、大国主神の話には、スサノオの存在が大きく関わってくる。

私たちは旅の途中ではあるが、少しスサノオの物語に寄り道をしなければならない。

神々の出生の説話は不思議な謎《なぞ》に満ちている。スサノオもその例に漏れない。神世七代《かみよななよ》の神として生まれた伊邪那岐神《いざなきのかみ》と伊邪那美神《いざなみのかみ》は、結婚して国生みの後、大勢の神々を生んでいった。最後に燃えさかる火の神を生んだことで、イザナミは死んでしまう。その亡《な》き妻を追ってイザナキは黄泉国《よみのくに》（死者の国）までやってくる。

イザナミは、黄泉国の神と相談してくるから、それまでは私を見ないでくれという。見るなと言われれば見たくなるのが人情だ。神とて同じらしい。イザナキはそのことばに背き、イザナミを見てしまう。と、すでに黄泉国の食事を食べた愛《いと》しい妻は、見るも無残な恐ろしい姿に変わり果てていた。驚いて逃げ帰るイザナキを、イザナミは追いかける。それを何とか振り切って戻ってきた。

その後段の話である。イザナキは汚い国に行ってきたからということで、禊《みそぎ》を始める。持っている物や身につけている物を次々に脱ぎ捨て、禊をしていく。その禊によって沢山の神が生まれていったが、最後に貴い三柱《みはしら》の神を得る。左の目を洗った時に天照大御神《あまてらすおおみかみ》、右の目を洗った時に月読命《つくよみのみこと》、鼻を洗った時に建速須佐之男命《たけはやすさのおのみこと》が生まれたというのである。

そして、鼻から生まれた子ども、スサノオを主人公として神代の物語は進んでいく。

やがてスサノオは、海原を治めなさいという父のことばに抵抗して、激しく泣き続ける。なぜかスサノオは妣《はは》の国、根《ね》の堅州国《かたすくに》に行きたいとごねにごねて父の怒りを買ってしまう。こうして、天の国から追放されてしまうのである。

ここからスサノオは始末に負えぬ乱暴者になっていく。姉であるアマテラスのところに行き、反逆心を持っていないことを証明したというのに、田の溝を埋めたり、屎《くそ》をまきちらしたり、乱暴狼藉《ろうぜき》のしたい放題をする。挙げ句の果てには、皮を剝《は》いだ馬を服屋《はたや》に投げ込み、そのせいで服織女《はたおりめ》が死んでしまう。

日の神のアマテラスは恐れて、とうとう天の石屋《いわや》にこもってしまい、世界は悉《ことごと》く闇《やみ》に包まれてしまった。天の神の智恵《ちえ》で何とかアマテラスはまた石屋から出てくることになるが、今度こそ本当にスサノオは天の国から追い払われてしまうのである。

そして、出雲の国の肥《ひ》の河上、鳥髪《とりかみ》という、今の船通山《せんつうざん》ではないかと言われているところに降りてきたという。

鼻から生まれた神、スサノオ

これらの説話を読み解くには、何といってもこのスサノオなる神の正体を探らなければならない。それには、この神の出生の説話に遡《さかのぼ》ることが必要だろう。しかも、スサノオが三貴神の一人として生まれたことを考えると、まずはここでは三柱の神を一《ひと》括《くく》りにして考えなければならないと思った。

アマテラスは左目、月読は右目、スサノオは鼻を洗った時に生まれたと書かれている。日の神と考えられているアマテラスは目から生まれ、それも易では陽である左の目からだった。

陰にあたる右目から生まれた月読は文字通り月の神になるが、月は「説卦伝《せっかでん》」では水（坎《かん》）にあたっている。陽と陰が左目と右目に、日と月、火と水という対になっているのも自然であろう。こうしてこの二神の神格はとてもわかりやすく、わりとスムーズに解けていった。

では、最後の鼻から生まれたスサノオをどう考えたらよいのか。一般の古事記の注釈では、勇猛に荒れすさぶ男神で、嵐《あらし》の神と書かれている。スサノオという音面《おとづら》からも、その行動からもそのように解釈されているのはよくわかる。

それではそのスサノオの行動と、鼻から生まれたという関連はどう考えたらよいのか。

鼻から出るのは息である。息だから激しく荒れる嵐という連想もわからなくはないが、それだけでは何か物足りない。アマテラスと月読が左目右目、陽と陰というきれいな対称として生まれているだけに、その次に続くこの神もどこかに位置するはずだ。実は、アマテラスと月読が陽と陰の対称として生まれていたということの中にそのヒントがあったのである。

太極から始まり陰陽二気に分かれ、それがさらに陰陽に分かれと対称的に進み、八卦《はっか》が生まれる。ただ、ランダムに並んでいるのではなく、生成の秩序に従って位置が整然と決まっているのである。

水は月読、火はアマテラスだから、この二神を八卦の並びの上に置き、円で囲んだら顔に見えてきた。

鼻は顔の真ん中で、両目に挟まれたところにある。私は、そんな漫画遊びみたいなことをしているうちに、思わずあっと声を上げていた。

鼻から生まれたスサノオは、火と水に挟まれた所に位置する雷と風の神だったのではないか。この構図はあまりにもぴったりである。両目の中心に、鼻が見事に現われたのだ。

風と雷の八卦の組み合わせには、増やす意の「風雷益《ふうらいえき》」とその対の「雷風恆《らいふうこう》」がある。恆は恒久性を示す意だ。ここでいう恒久性とは、四季が移り変わっていくことの中にある変わらない巡りで、太陽、月、星が常に動き変わっていく無限の変化の中に存在している法則性である。鼻は息をするところ、吸っては吐いて、吐いては吸ってと、空気が常に出入りする場所だ。この繰り返しの秩序こそが、生きているということの証《あかし》であろう。

鼻から生まれたことを考慮するとスサノオは、「雷風恆」の神と考えられるのではないか。

神代の時間

さらにその名前からも雷風が見えてくる。スサノオのスサは、荒《すさ》むと考えられているが、この「荒む」は「進む」と同じ語源なのである。古代人は物事がどんどん進行していく様子を、荒れすさぶ状態と見ていた。つまり、スサノオは「進む男」ということになる。スサノオの前についている「建速《たけはや》」も進む男のスピード感を言い当てており、これに勝る枕詞《まくらことば》は思いつかない。

「進」の解字を見ると「辵（あし）＋隹（とり）」だった。足は「説卦伝」では雷に当てられているし、鳥は風の象《かたち》である。その名からも雷風の神が見えてきた。雷は風に乗って速く走り、風も雷によって力を増す。常に互いに助け合って働いているところに古《いにしえ》の人々は恒常性を見ていたのである。

日も月も常に巡っていくものだ。アマテラス、月読はそういう意味ではどちらも恒久性を象徴しており、いわゆる無限の時間の流れを表象している。神代の中に流れる時間は、常に具体的に目に見える自然の中にあった。スサノオは日と月の神とともに、これまたそれらの巡りを持続させている大きな秩序の神として誕生したのだった。

それにしても、イザナキの顔の左目と右目と鼻に八卦の並びを重ねるとは……。いったい、この並外れた想像力はどうだろう。子どもが絵を描いているような感覚でもあるけれど、八卦に通暁《つうぎょう》していたからこそできる芸当である。思わず唸《うな》ってしまう。人間の本当の遊び心とはこういうものなのではとも思えてくる。

八俣大蛇《やまたのおろち》

スサノオのおろち退治の話は、これも大国主神の兎の話と同じで、誰もがどこかで知っている物語であろう。私は小学校の授業で、アニメの映画で見たような記憶がある。御角髪《みみずら》を結った若いスサノオが、八個も頭があるくねくねと暴れまわるおろちを相手に戦うシーンは、子どもの眼にもとても印象的だった。英雄が怪物のようなおろちと戦う恐ろしい話というイメージを持っていたが、そもそも古事記にはいったいどのように描かれているのか。

スサノオは出雲の鳥髪《とりかみ》に降り、肥川《ひかわ》（斐伊川《ひいかわ》）に箸《はし》が流れてくるのを見つける。その箸を見て、この川上には人が住んでいるに違いないと思い、たずねて行くと、ひとりの乙女を中にして老夫婦が泣き崩れていた。泣いている訳を聞けば、その老夫婦は、「私の名前は足名椎《あしなづち》、妻の名前は手名椎《てなづち》といい、娘は櫛名田姫《くしなだひめ》と申します。実は、私たちには八人の娘がいましたが、高志《こし》の八俣大蛇が毎年やって来ては暴れ狂い、ひとり、またひとりと奪っていきました。今年もまたその恐ろしい時期が来たのです。最後に残ったこの娘、櫛名田姫も奪われてしまうので泣いているのです」

足名椎によれば、その大蛇の姿は次のようなものだった。

その目は赤かがち（赤いホオズキ）のようで、身一つに八つの頭と八つの尾っぽ。身体《からだ》には苔《こけ》や檜《ひのき》、杉の木が生えていて、その長《たけ》は八つの谷八つの丘にまたがっていて、腹を見れば、いつも血にただれている。

それを聞いたスサノオは老父に、

「あなたの娘を下さい」

という。ところが、老父は、

「でも私はまだあなたの名前も知らない」

「私は天照大御神の弟で、天より降りてきた」

とスサノオが名乗ると、

「では娘を差し上げましょう」

ということになる。

早速スサノオは娘の櫛名田姫を湯津《ゆつ》爪櫛《つまぐし》に変えて、髪にさす。そして足名椎、手名椎に次のように命じるのだった。

「八回繰り返して醸造した強い酒を用意し、垣根をめぐらせ、そこに八つの門を作り、門ごとに桟敷《さじき》を整え、そこに酒を盛った酒船を置いて待て」

そのことばに従ってすべての用意が整い待っていると、足名椎のことばどおりに八俣大蛇がやってくる。術中にはまった大蛇は酒を飲み干し、酔って眠ってしまう。それを見定めたスサノオは十拳剣《とつかつるぎ》を抜き、大蛇を斬《き》り殺した。尾を切った時に刀の刃が欠けたのを怪しく思い、尾を割いて見ると、そこから都牟《つむ》刈《がり》の大刀が出てきた。スサノオはその刀を天照大御神に献上する。これが三種の神器のひとつ、草薙《くさなぎ》の大刀である。こうしてスサノオは櫛名田姫とめでたく結婚して、須《す》賀《が》の地に宮を建てた。

ここで何といっても目をひいたのが足名椎による八俣大蛇の描写である。普通の大蛇でも恐ろしいのに、身一つに八頭八尾……、頭と尾が八個もあるというのだ。想像上の大蛇にしても、なぜ作者はそこまで異様なモンスターの姿に描いたのだろう。

大蛇を見た!

蛇は古くから水霊とされている。現在でも水道の先を蛇口と呼んでいるが、これも水霊=蛇という伝承に由来しているものだろう。水は形がなく、どんな器にも入ることができるしなやかなものである。易経にも「水ほど矯揉《きょうじゅう》なものはない」と書かれている。

水の卦《か》である坎《かん》は穴を表わし、特に水源の穴を示している。これは、くねくねと体を曲げてどんな隙間《すきま》もくぐり抜けていく蛇の特性そのものに重なってくる。また、曲がりくねって流れている川の流れを、「蛇行している」という。広大な平野を蛇行する川は、正に蛇が地を這《は》いまわって動いているようでもある。

私たちも大蛇を古代人同様、水霊として考えることができるが、ここに登場するのはただの大蛇ではない。八つの頭に八つの尾っぽ、そして、あの恐ろしい描写である。

この日も仲間たちと、八俣大蛇についてあれこれと話していた。作者がこのような具象的な大蛇の描写をただいたずらにしているはずはない。それがこれまで記紀を読み解いてきた私たちの確信だ。この大蛇のディテールは何かを物語っているはずだ。

「この間、庭で水撒《ま》きをしていたら、ゴムホースが手からすべって落ちちゃったの。そしたら、水をいっぱい出していたから、ゴムホースがくねくねとのたうち回ってまるで蛇みたいだった。おかげで私はビショビショになっちゃったけどね」

ゴムホースが激しい水圧によって、思わぬ方向に暴れまわる。まるで生きている蛇のようにうねっていたというのである。

「私、八俣大蛇を見てきたわよ！」

その時、アガサが私たちの輪の中にぬうっと頭をつっこんできた。突然の登場にみな驚きながら、アガサが見た八俣大蛇とは何だったのだろうと互いの目を見合わせている。

アガサはそんな私たちのはやる気持ちを知りながら、近くの椅子《いす》を引き寄せて座ると、ゆっくりと煙草《たばこ》に火をつけた。大きくフーッと煙を吐いてからおもむろに口を開いた。

「私の田舎はね、大分県と福岡県の境にある中津という所にあるんだけど、県境には山国川という川が流れているの。

この川の上流に耶馬渓谷《やばけいこく》という所があってね、私には故郷のそのまた故郷という感じがして、帰省するとなんとなく足が向くのよ。この間、久しぶりにその耶馬渓に行って来たの。この夏は雨が多くて、その日も出かける時はいい天気だったのに、耶馬渓にさしかかる頃から急に雨足が強まって、それこそ滝のように降り始めてきたのよ。そんな中を渓流に沿って車を走らせたわ。見る見るうちに川が増水して、渦巻きがいっぱいできて、しぶきを上げながら激流となって谷を流れていくのよ。それはそれは、いつもの景色からは想像も出来ない濁流だったわ」

その時、アガサの頭の中を古事記の一節がよぎったというのである。

「其《そ》の身に蘿《こけ》と檜椙《ひすぎ》と生《お》ひ……」

「其の長《たけ》は谿《たに》八谷《や》峡《たにを》八尾《やを》に度《わた》りて……」

「其の腹を見れば、悉《ことごと》に常に血《ち》爛《ただ》れつ……」

次々に浮かんでくることばをひとつひとつ反芻《はんすう》しているうち、この川の氾濫《はんらん》こそが八俣大蛇だと直感的に思ったのだという。アガサは語り続けた。

川の両岸にある岩石はびっしりと苔むしていて、生い茂っている樹木の枝はまるで水面を覆《おお》うように伸びていた。谷を流れながら、土砂を巻き込んだ濁流は、まるで血のような茶褐色。

「その目は赤かがちの如《ごと》くして」

そのフレーズが浮かぶと、目はどこにあるのだろうと濁流を食い入るように見つめていた。

「そう、赤い色に気を取られていたけど、真っ白い渦巻きがオロチの光り輝く目だったの。川の濁流の中でひときわ激しく渦巻いている水のしぶきの白い輝きが、赤かがちの目だったのよ」

アガサは、手慣れた指先で長くなった煙草の灰を灰皿に落とすと、私たちの顔をゆっくりと見回した。八俣大蛇は、英彦山《ひこさん》連峰の水を集め、耶馬渓谷から山国川へと流れる長大な濁流となって、アガサの目の前に姿を見せたのである。

八俣大蛇とは、自然の中で荒れ狂う川の氾濫を象徴する姿だった。

斐伊川《ひいかわ》の姿

古事記の物語を読むことで、初めて八俣大蛇と出会った私たちとは違って、そこに住む人たちは川の氾濫の様子を、まさに八俣大蛇さながらに見ていたのである。

「出雲の国の水の大半をあつめて西北にながれるこの大河は、幾多の支流を統合し、河口もまた多数にわかれ、年間四万立方坪の土砂をながすという。川床はそこで稲田よりも年々高くなり、ために堤防もまた年々嵩上《かさあ》げをしなければならないのである。そしてひとたび荒れるときは、上流からの鉄分を含む褐色の砂が奔流し、まるで大蛇の血しおがほとばしるようなありさまとなる。斐伊川の川上にすむという八岐の大蛇とは、つまりはこの斐伊川自体のことなのである」

第八十二代出雲国造《こくそう》の千家《せんげ》尊統《たかのり》氏が、その著書『出雲大社』(学生社)の中でこう述べていることを、私たちは後で知った。

斐伊川はその昔、河道が何度も変遷《へんせん》し、今のように宍道湖《しんじこ》に注ぐようになったのは十七世紀になってからのことだという。それほど、この川は太古の時代より、大洪水の度に流れを異にしてきたのだった。

そう言えば地元のタクシーの運転手さんも言っていた。

「昔は、斐伊川の氾濫で宍道湖の水位が三メートルも上がって、見渡す限り一面の海と化したんですよ」

斐伊川の氾濫の恐ろしさは、地元では誰にとっても周知の事実だった。斐伊川に住む八俣大蛇は褐色の激流となって、ある時は日本海に、ある時は宍道湖へと奔流し、その口を八俣に裂いて住民や田畑を根こそぎ呑《の》み込んできたのである。

出雲より松江に向かう一畑《いちはた》電鉄は、わずか二両の電車だった。宍道湖を目前に電車は、斐伊川の川沿いを走る。見えるのは高い城壁のような堤防の斜面だけである。斐伊川とともに暮らしてきた出雲の人々にとって、川の氾濫はまれに起こる天災というよりは、季節がくると常にその危険性を孕《はら》んでいたのだ。高い堤防が、それを今でも思い起こさせてくれる。

谷の暮らし

出雲一の大河とされる斐伊川の氾濫の様子が、私たちにもこうして暴れ狂う大蛇の姿となった今、もう一度その窮状を訴えていた足名椎《あしなづち》のことばに耳を傾けてみよう。沢山いた娘が、毎年やってくる大蛇にさらわれてしまうとは、毎年起こる肥川の氾濫によって、田畑が流されてしまうと言っていたのである。娘の名前は日本書紀では奇稲田《くしいなだ》姫《ひめ》と書かれている。ちゃんとここに稲田があるではないか。そして櫛名田姫の櫛は、櫛の歯のように隙間なく並んだ取り入れ間近の稲田の様を彷彿《ほうふつ》させる。

出雲の斐伊川を訪れた時、小高い山の斜面に上から下へと重なるように、小さな田んぼが段々に隙間なく並んでいた。こんな所にと思うほど小さな場所に棚田は作られていた。

水田というと、私には今まで平野一面に緑の絨毯《じゅうたん》が桝目《ますめ》状になって広がっている風景しか思い浮かばなかった。考えてみればそのような情景は、灌漑《かんがい》の技術が発達し、土地がきちんと整備されてからのことであろう。昔、自然の立地の中では、上から下に水が流れていく棚田の形が最も合理的な稲田だったはずである。

偶然テレビで見た高知の檮原《ゆすはら》にあるという千枚田の風景が忘れられない。棚田が山の斜面に沿って、階段のように延々と続いていた。

古代といっても、そんなに大昔のことではない。本当に小さなひとつひとつの田を慈《いつく》しみ、娘を大事に育てるように手塩にかけて稲を育てていたのだ。

「田という土木構造を造成するには、谷がもっともいい。ゆるやかな傾斜面に、上から棚《たな》のように田を造成して下へくだり、ついには谷底にいたる。ただ、谷底の田はしばしば洪水で流される。家まで流される。そういう危険とのかねあい――二律背反の緊張――の上に日本社会ができあがっている」(司馬遼太郎《りょうたろう》『この国のかたち一』文藝春秋)

司馬遼太郎氏が書いているように、谷底の田は常に洪水の被害に遭うという運命を孕んでいた。

ここにきてようやく、足名椎の本当の嘆きの声が聞こえてくる。

「私には多くの稲田がありましたが、来る年も来る年も、肥川の氾濫で流されてしまいました。今年もまたその時期が来て、最後のひとつになった稲田さえも流されようとしています。なんと理不尽な……」

この大蛇をこの地方で生産されている蹈鞴《たたら》、鉄に見立てて解釈しているものもある。赤かがちという表現から、赤茶色の鉄に結びつけ、鉄が高温で熱せられる様に、恐ろしい大蛇の姿を重ねたのだろう。かなり古代から鉄の生産地だったというこの地方特有の風土に合った解釈のひとつであろう。しかし、大蛇の姿だけに目を奪われていでは、全体の脈絡が見えなくなってしまう。

氾濫の兆《きざ》し

川の氾濫とは、濁流が本来の川の流れを外れて勝手に流れてゆくことである。道なきところに溢《あふ》れ出し、今までとは違うルートが作られる。そんな様子を表わしている易の卦がある。

「火《か》沢睽《たくけい》」である。火は上に燃え上がるもので、沢は水だから下へ浸透していく。互いに反対方向（↑↓）に行く性質のものであるから、そっぽを向くその状態を背くと見ているのだ。川が本来の流れに背いているのが氾濫である。背くという意味を持つ漢字の「乖《かい》」は睽《けい》の癸と音がほぼ等しく、目を乖《そむ》ける、転じて乖離《かいり》の意味を表わしている。

見慣れない乖という字の解字を見て驚いた。

「」

真ん中に二股《ふたまた》に分かれた羊の角があり、両側には左右に分ける印がある。八つの頭に八つの尾っぽ、八俣大蛇《やまたのおろち》はこんなところに潜んでいたのである。

身ひとつに八つの頭と八つの尾。これでは、よほど統制がとれていなければ同じ方向に向かうことは難しい。それぞれが好き勝手な方向にバラバラに向かったら、前にも後ろにも進めなくなってしまう。八俣大蛇の姿そのものが、バラバラに背き合う形で、川が四方八方に溢れ出していくことを表わしていたのだった。

火の性は「説卦伝《せっかでん》」によると離の意である。離には離れるという意味と同時に合わせつくという意味があった。

ここで思い出すのは、スサノオが出雲に降り立って最初に目にした肥川を流れる箸《はし》である。そもそもこの説話の冒頭に、いきなり小さな道具である箸が登場するのは何とも不思議であった。箸は二本がワンセットでくっついたり離れたりすることから、「離為火《りいか》」の卦の代表に選ばれたのであろう。

点滅する赤ランプ

「二本の箸がバラバラにならずに川を流れてくるなんて、あり得ないよね」

と話していた私たちは、出雲空港で思いがけないものを見つけた。それは、五十センチほどの長さの竹がUの字に曲げ撓《たわ》められていたお土産の箸であった。まさしく、くっついて離れている「離為火」の形をしているではないか。今でも大嘗祭《だいじょうさい》では、二本箸でなく、一本のピンセット状のこの形の箸が使われており、箸の原形ではないかとされているそうだ。

実際に一つに繋《つな》がっている箸を見た時は、

「これこれ、これよ」

とみんなで納得してしまった。

川を流れてくる箸は、水の上にある火である。この光景を、スサノオは肥川で目にしたというのだ。

その光景を漢字で置き換えてみると、水イコール沢、水の上に箸イコール火。易の卦「火沢睽」の形に重なってくる。この説話は冒頭から肥川の氾濫を予告していることになる。

スサノオは肥川に流れる箸を見て、その意味を読み取り、川の氾濫を予測して上流に向かったのだ。

肥川は、これまた火川を暗示していたのではないか。肥の右側のつくり巴は、人が何かにくっつくさまの象形で、くっつくことは「離＝火の卦」だった。易を知らなかった頃、火川から「災」という字が見えた。災の字は「巛（川を塞《せ》き止める堰《せき》）＋火」で、この一字の中に川の氾濫がすでに予告されていたのだった。

このように水の上に火がある「火沢睽」の卦が随所に暗示されていたのである。肥川という名前、川を流れてくる箸、八俣大蛇、この物語のいたるところに川の氾濫を暗示する赤ランプが点滅していたのだった。

迫り来る困難

スサノオは川上で老夫婦と出会う。老夫婦は今年も大蛇が来て暴れ狂い、娘をさらっていってしまうという、眼前に迫り来る困難を解決してもらおうとスサノオに窮状を訴えたのである。

肥川の氾濫《はんらん》を表わしていた「火沢睽」に続く卦は「水山蹇《すいざんけん》」である。「蹇」には、足萎《な》えで歩くのは無理とあり、進みにくい、困難であるという意味がある。まさに足名椎《あしなづち》、手名椎《てなづち》の前に、困難が立ちはだかっているではないか。足名椎、手名椎という老夫婦の名前からして、手も足も出ない状況を暗示している。

この名前は古事記の岩波文庫版の注釈によると、「娘を足撫《な》で、手撫でして慈しむところからつけられた名前であろう」とある。しかし今は困難が迫ってきている非常時なのである。

「椎」という漢字は、ずっしりと重い木の槌《つち》でずしんずしんと打ちのめす意を表わしている。打ちのめされ、困難に向かって手も足も出せず動けない状態を、足名椎、手名椎という名前に見ることの方が理にかなっているだろう。

「水山蹇」には、大人物に出会って助力を得るという意味もある。足名椎、手名椎の窮地を救うべく現われたスサノオは、彼らにとってはまさに困難を解いてくれる救世主といってもいいほどの偉大な人物だった。

「水山蹇」の次に続く卦「雷水解《らいすいかい》」には、困難が解けるとある。物事は停滞したままでいることはない。かならず何らかの形で解消されるのだ。ここでいう困難を解くというのは、八俣大蛇を退治することである。言い換えれば肥川の氾濫を治めることになる。スサノオはいったいどのようにして解決したというのだろう。荒れ狂う大蛇を退治するその具体的なやり方に注目してみたい。

水霊を鎮《しず》める

垣を作って巡らし、その垣に八つの門を作り、門ごとにきちんとした桟敷《さじき》を整え、酒の入った酒船を置いて大蛇を待つ。その酒を飲んで酔いつぶれた大蛇をスサノオは、十拳剣《とつかつるぎ》で斬《き》り殺してしまったのである。

おどろおどろしい登場のわりには、あっけない最期《さいご》だ。八個も頭があるのだから、どれかひとつぐらい、お酒を飲まずに正気を保っているぐらいの智恵《ちえ》があってもよさそうなのにとつい考えてしまう。でも、話の筋から考えるとこの大蛇は無類にお酒が好きだと見える。その好物のお酒が置かれたのだから、これはもう酒船にまっしぐらだったのもうなずける。

スサノオが足名椎に言ったことばをもう一度、思い出してみたい。丁寧にお酒を造り、きちんと桟敷も作り、ずいぶんと立派なもてなしである。トリックのためにちょっと仮設したというものではなさそうだ。やたらと丁重だなというのが初めの素直な印象だった。

今でもそうだが、酒は祭祀《さいし》には欠かせないものである。神聖なお神酒《みき》は神に捧《ささ》げられるものだった。それも大蛇のために用意されたお酒は八遍も繰り返し繰り返し醸造された、今風に言えば大吟醸酒である。

易の卦には「火沢睽」と並んで川の氾濫の様子に重なる意味を表わしているものがある。「風水渙《ふうすいかん》」だ。渙には飛び散る意とその飛び散ったものを集めるという意がある。この卦の形は風が上で水が下にあるから、風が水の上を吹き渡れば表面の水はいっせいに散るという意味を示している。激しい風が吹き荒れ、川の水は四方に飛び出していくのだ。

「説卦伝」によると、風は五行の木に相当するから、水の上に木（風）がある形となる。

水の上に木といえば、これまた八俣大蛇だ。川面《かわも》に覆《おお》い被《かぶ》さるように生えていた両岸の木々と苔《こけ》むした岩。これはまさに、八俣大蛇が、その身に苔と檜《ひのき》や杉の木を負っている姿の描写と重なってくる。

また、この卦には具体的に廟《びょう》（祖先を祀《まつ》る堂）を建てて祀るという意がある。それにより散乱している霊魂を集め、離散を食い止めるという。仮にも粗相がないように、丁重な上にも丁重に祀るのである。スサノオの行為はトリックどころか、最高のもてなしをして神を迎え、その怒りを鎮める神聖な行為だったのだ。飛び散った霊魂を集めて、本来の納まるべきところに静かに納まってもらう。川の氾濫は、水霊の怒りだった。その霊の怒りを鎮めるために、厳かに易の定めにのっとって霊魂を祀ったのである。

川を切る

ところで、スサノオは最初、肥川の川上、鳥髪《とりかみ》の地に降りてきたという。今の船通山といわれているところである。鳥は風の象《かたち》で、髪も長くてしなやかであることから、共に風の象に重なってくる。風はどんな遠い所へも行けるところから長いものを表わしていたのだ。

鳥髪は風（巽《そん》）の卦にあたるのである。この説話は雷風の神にふさわしい、風の卦で始まっていた。次の卦が沢（兌《だ》）の卦で、潤《うるお》いの水と続く。鳥髪を源とした肥川の水の流れであろう。そして、その次の卦が「風水渙《ふうすいかん》」だったのだ。川の流れのように「巽為風《そんいふう》」「兌為沢《だいたく》」「風水渙」と話は続いている。

さらにものは離散ばかりはしていられないから渙の次に止まる意の「水沢節《すいたくせつ》」の卦が続く。沢が水を受け入れるには限界がある。節度が要求されるのだ。竹の節のように節目をつけることで、自《おの》ずと止まるが、それは物事に区切りをつけること、切れ目を入れることになる。すなわち大蛇を切って退治することにつながるのである。

この大蛇は川の氾濫であった。川の氾濫を切るとはどういうことであろう。溢《あふ》れくる激流をゆるめて氾濫を止めるとは、言い換えれば「治水」を行うことではないか。天から降ってくる雨を止めるわけにはいかない。その恵みがなければ私たちは生きてはいけないのである。

だが、水の流れを人工的に調節し、溢れる水をうまく流れるように道（水路）をつけたり、高い堤防を作って水が溢れないようにすることならできる。治める意であるこの見慣れた漢字「治」には氵（さんずい）が付いている。本来の意は河川に人工を加えて流れを調節することとある。治水をするという具体的な行為が、谷の国を治めていく上での原点だったのだ。それが国の政治を行なって、世の中を秩序正しく治めるという広い意になっていったのだった。

古事記の記述に戻ってみよう。

「垣を作って巡らし、その垣に八つの門を作り、門ごとに桟敷を整え、酒の入った酒船を置いて大蛇を待て」

当時の治水技術など知る術《すべ》もないが、今、私にはこの表現がこんなふうに読める。

「土嚢《どのう》か何かでしっかりと堤を作り、その要所ごとに水門を置いて水流を調整し、洪水に備えよ」

古来、世界の文明の発祥は川を拠《よ》り所とした。当然、洪水もあった。黄河の洪水を治めたことで夏《か》の始祖《しそ》とされている伝説上の聖王に禹王《うおう》がいる。禹王は黄河の治水に一生を捧げたとされている。国作りの原点ともいえる治水事業は、聖王の器にのみ可能な大事業だったのだ。

「禹」という字は、頭の大きい大とかげの象形である。体をくねらせた龍神《りゅうじん》を表わしている。水神である龍が治水の聖王に祭りあげられているのだった。

谷は洪水による危険はあったが、同時にその洪水によって、大量の土砂が運ばれ肥《ひ》沃《よく》な土壌も作られる。洪水の危険と戦いながら、国作りが行われていったのだ。出雲では、斐伊川《ひいかわ》が氾濫する度に大きな被害があった。松江藩政の時代より今に至るまで治水が政治の最重要な課題となってきたという。

古代は出雲に限らず、どこの地においても、治水が国作りにとって何にも増して重要なことだった。

それがスサノオによる「やまたのおろち退治」説話が語っている中身の真相だったのである。

大蛇と剣

スサノオは十拳剣で大蛇を切り散らし見事に退治したが、尾を切った時に、中から都牟刈《つむがり》の大刀が出てきた。そこでなぜかスサノオは、その大刀をアマテラスに献上する。これが草薙《くさなぎ》の大刀で三種の神器のひとつとなる。日本書紀ではさらに、「一書《あるふみ》に云《い》はく、本《もと》の名《な》は天叢雲剣《あまのむらくものつるぎ》。蓋《けだ》し大蛇《をろち》居《を》る上《うへ》に、常《つね》に雲《くも》気有り。故以《ゆゑも》て名《なづ》くるか」と別名が書かれている。

天叢雲剣という名の由来は、大蛇の上には常に雲があるからと説かれている。大蛇の上に雲があるというのはすぐにわかるだろう。大蛇は水霊だった。水の上に雲があるのだ。

水は水蒸気になって上空に昇り、その水蒸気の固まりが雲となる。その名を持つ剣は水霊の象徴だった。八俣大蛇のしっぽに剣があったのも、剣が水霊のシンボルだったからだ。その剣を天の神に献上したというのも、水は巡り巡って天に戻っていくものだからなのである。雲と大蛇と剣は、水という同じ意義でともに包含されているものだった。

剣の働きは物を切ることである。そして、水もまた自然の中で、鋭い刃物になり得たのだ。ポタポタと落ちてくるような水ではイメージできないが、それこそ荒れ狂う水である。山の岩石をも打ち砕いて噴き出てくるような水、木々を真っ二つに裂きながら流れる濁流。

現代のハイテク技術でも、この水の力を使って堅い鉱物を切ることに使っているという。たおやかな水は、同時に自然の鋭利な剣でもあったのである。

それにしても、「水」とは何とも不思議な存在である。

地中の水源から湧《わ》き出してくる水は、山の谷間を流れ、川となり海に流れて行く。

決まった形があるわけではなく、入り込んでいく場所次第でどうともなる。どんな隙《すき》間《ま》にも浸透していき、簡単にいろんなものと混ざっていく。

水蒸気は上昇して雲となり、そこから雨がまた地上に降りそそぐ。朝の冷たい温度では草木の露となって光り輝く。百度を超えれば沸騰《ふっとう》し、零下になると氷という形態に凝縮する。また、人の体の約七割は水だそうだ。私たちが生きていくのに欠かせぬ水は、さまざまに姿を変え、この自然の中を巡っているのである。

巡りの実現

「雷風恆《らいふうこう》」の神であるスサノオの姿がだいぶはっきりとしてきた。

八俣大蛇《やまたのおろち》退治も、「恆」の神だけができる技だったのである。水の性質を知りつくし、谷の水を決まったルートに従って流すことを実現しようとしたのだ。八俣《やまた》にわかれ、年ごとに稲田を呑《の》み込んでいくという火の川の支流を本流から切り分け、本来あるべき正しい水の道に導いてやる。それがこのスサノオ神話だったのである。

この説話には、たくさんの易の卦がそれこそ川のように流れている。どうしてこんなにたくさん易の卦が出てくるのか。ここまでくると、それ自体にも意味があったのだということが見えてきた。ひとつの易の卦が始まっては終わり、終わることで次の卦の意味が始まる。その易の卦の巡りにこそ、スサノオの神格である「恆」の姿が具象画のように見えてくるのである。

自然は巡り、無限に変化していくものだが、その変化の背後には、ある一定不変の法則が存在している。古事記の作者たちはその法則性を、易の卦が次から次へと続いて現われてくる描写によって浮かび上がらせようとしたのである。次々と変化していくのが、雷風の姿だった。ひとつの易の卦が終わることで次の卦につながり、そしてまた続いていく。この易の並びそのものが「恒久」を実現していく力だった。

正式な結婚とは？

ところで、八俣大蛇退治の前にスサノオの結婚に関わる記述がある。さあこれから大蛇を退治しようとする大事を前に、スサノオは「櫛名田姫《くしなだひめ》を下さい」というのである。娘と結婚させてくれることを大蛇退治の交換条件にでもしたのだろうか。

実は、スサノオと櫛名田姫は、日本で初めて正式な結婚をした夫婦として、八重垣《やえがき》神社に祀られている。そのためこの神社は縁結びが看板で、結婚式場があったり、参拝客も若いカップルが圧倒的に多く、何やら今風の明るい雰囲気の神社である。境内の奥には鏡の池というのがあり、薄紙を求めて自分で銅貨を載せ、その池に浮かべて、紙の沈む早さで結婚の縁が近いか遠いかを占うのだそうだ。

こと結婚となると、やはり気になる年代だ。占いだから軽い冗談よと言いながら、みな結構真剣になっていたりする。おばさん世代のトラカレ生も若者たちに刺激され、息子の分と言ったり、第二の人生占いなどとうそぶいて楽しんでいる。スサノオと櫛名田姫がこの光景を見たらどう思うだろう。

境内にある宝物収蔵庫にはスサノオと櫛名田姫なる障壁画があった。古色蒼然《こしょくそうぜん》としているけれど、櫛名田姫の像は色もついていて保存状態もかなりいい。スサノオの表情も荒ぶる神というより、どこか人間っぽく、めでたい結婚の話題に向いた何ともハンサムな風貌《ふうぼう》である。

「正式な結婚って、どんな結婚を指すんだろう」

「正式ったって、櫛名田姫の意志を聞いているわけじゃないしねえ」

タクシーの中でその話をしていたら、運転手さんがいとも平然と言った。

「はじめてちゃんと親に言ったからだよ」

「言われてみれば当たり前のことかもしれないけど、結婚を決めた二人にとって重大なことは、それぞれの両親の許しを得ることだったのよ」

ここぞとばかりに強調するのは、すでに主婦になって久しい仲間たちだった。

本人同士ということもあるけれど、何と言っても大事なのは親の承諾を得ること、それがその結婚の正当性を決めるというのである。確かにスサノオは大蛇退治のドサクサに紛れることなく、その前にきちんと老父に「お嬢さんを下さい」と申し込んでいた。

危険迫る緊迫の時にもかかわらず、どうして、スサノオは櫛名田姫と結婚したのかという疑問がまだ残る。それを解くカギとなるのが易の卦だ。結婚について述べている卦がある。

「風山漸《ふうざんぜん》」で、漸はすすむ、正す、正しい結婚という意味を表わしている。正しい結婚によって間違うことなく家を正し、ひいては国をも正しく治めることができるというのだ。易ではその進め方がポイントになっている。「漸」の進みかたはゆっくりじわじわといくこととある。ゆっくり進むというのは必要な手続きを飛ばさず、ひとつひとつ慎重にやっていくことで、その結果、事はスムーズに運ぶのである。

物事を治めていくのに大事なことは、正当な手順を踏んで進行していくことである。正しい道への転換は、偶然だけではこと足りないというのだ。易ではそこに至るプロセスが問われるのである。

結婚という夫婦の道は、水が浸すように諸事が恙《つつが》なく進むことで、それがこよなくめでたく、その持続が家を築き上げるということになる。それを基に国をも築いていけるものとして夫婦の道を捉《とら》えている。夫婦の関係も本来的には恒久なものなのだ。

雲立ち騰《のぼ》りき

めでたく肥川の川上で大蛇を退治したスサノオは、結婚した櫛名田姫との宮を作る場所を求めて、出雲の須賀《すが》の地に至る。そこで、

「吾此地《あれここ》に来て、我《あ》が御心須賀須賀斯《すがすがし》」

といって宮殿を造ったというのである。

さらにスサノオは、雲が立ち昇るのを見て、

八雲《やくも》立つ　出雲《いづも》八重垣《やへがき》　妻籠《つまご》みに　八重垣作る　その八重垣を

という歌を詠《よ》んでいる。

私たちが須我《すが》神社を訪れた日は、どんよりとした空模様であった。ほとんど日が射《さ》さぬ、雨多き地といわれる出雲である。私たちが訪れている間も、太陽はわずかしか顔を出さなかった。そんな出雲では、「我が御心須賀須賀斯《すがすがし》」といったことばは、誰の口からも出てきそうもないのである。

どんよりとした出雲の空と、八雲立つという情景と、すがすがしい心という矛盾した状態が重なり合うには、いったいどんな風景を思い描けばよいのだろうか。

「八雲立つというからには、やっぱり夏の入道雲だと思うな」

「でも、いつも曇っている出雲に、モクモク湧き立つ入道雲なんてマッチしないよ」

頭の中にそれぞれの雲のイメージを描いてみるが、どんより曇った空にも、そこに立ち昇る入道雲にも、すがすがしいということばはおよそ似つかわしくない。

ふと、「八雲立つ風土記《ふどき》の丘」で見た風景が思い浮かんだ。その日は小雨が降り続いて、いくらか肌寒い日だった。少し坂になっている小道を歩きながら、向かい側の小さな丘を見ると、地面から立ち昇った水蒸気が、まるで雲のようにたなびいていた。その風景は、電柱や建物を除けば、まさに古代そのものだった。あれならスサノオもきっと「すがすがしい」と詠《うた》ったに違いない。そう思いながら古事記をめくっていたら、次の一文が目に飛び込んできた。

「其地《そこ》より雲立ち騰りき……」

なんだ、ちゃんと書いてあるではないか。空に浮かんでいる雲とは最初から書いていなかった。空にではなく、その地よりとある。地より立ち昇る雲だったのだ。間違いなくそれは山々から煙が立ち昇るように湧き上がる雲で、山間《やまあい》に見られる、谷間から湧き立つ水蒸気である。山と川の多いこの地全体がひとつの大きな谷の国といえるだろう。雨がよく降るというこの谷の国を象徴するのは、谷あいから湧き立ち昇る水蒸気なのである。

スサノオは、幾重にも層をなして立ち込める水蒸気を、宮殿を八重に包み込む雲の垣に見立てたのだ。妻を迎えた夜明けに、薄い木漏れ日が射し、立ち昇る朝もやの中で「八雲立つ　出雲八重垣　妻籠みに……」と詠ったのだった。

この歌があることから須我神社は三十一文字《みそひともじ》の和歌発祥の地といわれている。スサノオが肥川に箸《はし》の流れるのを見たとされる地から、はるか東へ行った所にこの宮はある。石段の上にひっそりと建つ大社造りであった。和歌発祥の地ということで、歌人の祈願の場所になっている。せっかくのチャンスだからと出雲の風景でも和歌に詠ってみようと、気軽に社殿の前に置かれた文庫を開けてみた。

そこには、驚くほどの達筆で、厳かにしたためられた短冊《たんざく》が奉納されている。気がつくと、神社の横の壁にも歌を詠んだ短冊がびっしりと並んでいた。気軽に考えていた私たちは気遅れし、思わず文庫を閉めてしまった。

八雲立つ出雲

この地を「八雲立つ出雲」と詠んだのは、スサノオだ。出雲という名は見た通り、雲が出るである。八雲立つも雲が湧き出る様で、この地を考えるのに、私たちも雲をはずしては考えられなかった。

雲は雲でも空高くにある雲ではなく、あの谷より立ち昇る水蒸気、木々の上に霞《かすみ》のようにたなびく雲のことだった。スサノオをして、「我が御心須賀須賀斯《すがすがし》」と言わしめた清涼感溢《あふ》れる雲が生まれる地だったのだ。

出雲の地名起源について『出雲国風土記』では、スサノオではなく、八束水臣津野《やつかみずおみつのの》命《みこと》が「八雲立つ」と言ったので、「八雲立つ出雲」と呼ばれるようになったと書いてある。どちらにしてもイヅモという語の説明にはなっていない。

八束水臣津野命は、国引き伝説で知られている。出雲の国は昔はこのような形ではなく小さな国だったのを、いろんなところから土地を引っ張ってきてくっつけたので、今のような島根半島の形になったのだというなかなかスケールが大きい伝承だ。実際に、出雲の土地は太古の地形と大分違っていて、次々に湖ができたり、浜が繫《つな》がっていったりしている。

八束水臣津野命、この名から見えてくるのは、八方の水を束ねるの意である。水に関係していることは間違いない。

出雲の語源解釈は沢山ある。国引きした四ヵ所に本土を加えて、イツオモ（五の面）からイツモの意と取る説、アイヌ語の岬を表わすエンルムからイツモになったというアイヌ語起源説、イツ（美称）藻とする説などなど。また、イデクモ（出雲）のデクが詰まってイヅモになったという本居宣長《もとおりのりなが》の説などいろいろだ。印象としてどれももうひとつ決め手に欠ける。

地名というのは、その自然の景観の特徴や、その地に伝承される何らかの意味を背景に命名されているものがほとんどであろう。とすると「出雲」という地名も、出雲の地に誰もが見る自然の姿に後押しされて生まれてきたに違いない。

もう一度、スサノオが宮作りの地として選んだ雲湧《わ》き立ち昇る出雲に立ち戻って考えてみるべきではないか。出雲は地名であり、八雲立つはその地名にかかる枕詞《まくらことば》とされている。

「八雲立つ出雲」、地より湧き立つ雲が示すのは谷であった。雲が谷を表わすものであることは、漢字の熟語からも明らかである。「雲根《うんこん》」は雲の生じる元、山の谷であり、「岫雲《しゅううん》」とは山の洞穴から湧き起こる雲と、雲が湧き起こる谷間のことを言う。山間の谷の国、その地から雲が生じ、湧き立つことを「出雲」と名づけたのではなかったか。

朝鮮の古語ではクモ（구모）という音は「穴」の意味である。その同音クモが日本

では「雲」を表わしている。朝鮮語の「穴」から生じるものに日本ではその音をつけたのである。

出雲と書いてイヅモと読むには雲をモと読まねばならない。しかし、雲と書いて「モ」と読むには、やまとことばの範疇《はんちゅう》だけでは探りきれない。「モ」を朝鮮語の「모《モ》」、即《すなわ》ち「角、隅」ととったらどうなるだろうか。スミ、クマ、クボミを表わす「角」は、中国語の上古音では kuk であり、これは「谷」と同音である。

こう考えると八束水臣津野命の水を束ねるという意は、具体的には谷のことを指していたのではなかったか。水源である谷の神が、谷から生じる雲の地として出雲と命名していたのではなかったか。

谷と水

雲というと空ばかりを見上げているのが習いになっている私たちに比べて、古代の谷住まいの人々にとっての視点は、もっと根元の方にあった。視点をちょっと変えれば、雲と谷はごく自然に結ばれる。谷から湧き出る水によって万物は育《はぐく》まれる。そこから湧き上る雲もまた、水の循環の象徴である。そんな豊かな水に恵まれた地が出雲だったのだ。

イヅモは恆《こう》の神、スサノオにとって、またとないふさわしい舞台だった。その地で八俣大蛇《やまたのおろち》退治を終えたスサノオが何かを私たちに語りかけているようである。

「イザナキの鼻から生まれた私は、雷風恆《らいふうこう》の神だ。循環していく中にある法則を司《つかさど》っている。肥川の治水、正しい手続きを踏んでの結婚、どちらもその法則に従ってのことだ。この谷の国出雲の地に降り立ったのも、〝谷神《こくしん》は死せず、是《こ》れを玄牝《げんぴん》（万物を生ずるもと）と謂《い》う〟（『老子』）と言うように尽きることのない恒久の力を見たからである。恆という抽象的だが、もともと抽象的な神などいない。水という具体的な自然の現象の奥底に、法則は隠されているのだ」

スサノオの旅は、妣《はは》の国、根《ね》の堅州国《かたすくに》まで行くことであった。記紀にはどのようにして辿《たど》りついたかは書かれていない。それが突然、大国主神の話の中で、根の堅州国の住人としてスサノオが再び登場する。「雷風恆」の神なるスサノオは、今度はどんな働きをするというのか。

私たちが見た斐伊川《ひいかわ》は、静かに流れる川であった。川面《かわも》の風は意外と強かったが、穏やかな表情を見せていた。その源流は山奥にある。恐らく、草々が生い茂った谷間に混々と水が地中から湧き出している小さなスポットがあるはずだ。

スサノオからのメッセージを胸に、そろそろ大国主神との旅に戻ることにしよう。

第四章　再生復活の力

大国主神《おおくにぬしの》殺害の企て

「いなばのしろうさぎ」の話を独立した物語のようにしか思っていない人も少なくないだろう。私も記紀万葉の世界に足を踏み入れるまでは、この説話が大国主神の物語の序曲だったことなど知りもしなかった。

「いなばのしろうさぎ」の締めくくりは、あの兎《うさぎ》の、

「大国主神こそが、八上比売《やがみひめ》を得るであろう」

という予言だった。

これから大国主神の身の上にどのようなことが起こるのか。説話の筋をたどってみよう。

あの兎の予言は的中する。八上比売が、八十神《やそがみ》たちの求婚に対して、

「私はあなたたちの言うことなど聞きません。大国主神と結婚します」

ときっぱりと言い放つ。女にしては、ずいぶんはっきりしたものの言いようだ。

私たちにとっては小気味よく響くが、八十神たちにしてみればそれどころではない。逆上した彼らが、物凄《ものすご》い形相でいっせいに振り返り、大国主神に憎悪《ぞうお》と嫉妬《しっと》の眼を向けるというような息を呑《の》む瞬間であったに違いない。だがさすがの八十神も八上比売の面前で、大国主神を始末することは憚《はばか》られたようだ。大国主神殺害を企て、場所を伯伎《ははき》（伯耆《ほうき》）国の手間《てま》の山本に移す。

八十神は大国主神に、

「赤い猪《いのしし》がこの山にいる。俺たちが追い落とすから、お前はそれを待ち受けて捕らえろ。もしそうしなければ必ずお前を殺してやるからな」

と言うと、猪によく似た石を火で焼き、転がし落とした。大国主神は、それを受けて、石に焼かれて死んでしまう。

「えっ、死んじゃうの⁉」

主人公に死なれてはお話はそれまでだ。

でもそこは神様、みごとに蘇生《そせい》する。ただし神々の助力あってのことである。母の神が嘆き悲しみ、天に昇って神産巣日神《かみむすひのかみ》のもとへ参り、救いを求める。願いは聞き入れられ、天から蚶貝比売《きさがいひめ》と蛤貝比売《うむぎひめ》が遣わされた。そして死んでいる大国主神に赤貝の粉と、蛤《はまぐり》の汁を合わせて塗ったところ、「麗《うるは》しき壮夫《をとこ》に成りて」蘇《よみがえ》ったというのである。

だがこれで諦《あきら》めるような八十神たちではない。なにしろ通りすがりに、けがを負った兎までこっぴどい目にあわせるような、底意地の悪い神様たちである。謀《はか》ってまた大国主神を山に連れて行き、切り伏せた大木の割れ目に、茹矢《ひめや》（楔《くさび》のようなもの）を打ち、その隙間《すきま》へ入らせると、楔を外して挟み殺してしまった。それを知った母の神が泣きながら彼を捜し出し、その木を裂いて引きあげると、ふたたび蘇った。

いつまでこうして助けることができるだろうか。母の神は、しまいには本当に殺されてしまうのを恐れて、彼を木国《きのくに》の大屋毘古《おおやびこ》神のもとに託すことにした。それでも八十神は執拗《しつよう》に追いかけて来る。弓に矢をつがえ、大国主神を出せと激しく要求する。大屋毘古神は、大国主神を木の俣《また》からこっそりと連れ出し、告げるのだった。

「須佐能男命《すさのおのみこと》のいらっしゃる根《ね》の堅州国《かたすくに》に行きなさい。必ずや議《はか》って下さるでしょう」

なんだか昨今のいじめ問題ともオーバーラップしてくるようだ。

この大国主神の受難の説話は、古代の成人式が投影されたものではないか、という説がある。子どもから大人になるための通過儀式として、厳しい試練が課せられ、それをクリアした者だけが大人としての仲間入りを許されるというものだ。それを一国を治める君主の即位式にも重ねている人もいる。いずれは国作りを進めていく大国主神であるから、それはそれで筋の通った話だろう。

土器の試練

私たちがこれまで見てきた大国主神は、抽象的な神でもなければ、君主でもなかった。「いなばのしろうさぎ」では、兎を具体的な陶器を作る赤土《はに》の化身として、やがて陶甄《とうけん》となるべく運命づけられた人物を描いていた。「陶甄」とは陶器を作ることと、聖王が天下を治めることの意味を合わせ持っているということは前にも書いた。「薫《くん》陶《とう》」「陶冶《とうや》」などと古来優秀な人材を養成することを、陶器作りになぞらえたことばは多い。ひとえに製作工程の難しさゆえであろう。

「大器晩成」などということばは、現代でも馴染《なじ》みが深い。手間を省かずじっくり時間をかけて大きくて立派な陶器を作ることに、大きな人物を育てていくということを重ねていた。今の私には、このことばはそのまま、八十神たちに遅れてゆっくりと歩いて行く大国主神の姿にダブってくる。

地（土気）の神、大国主神の成長を語るとき、土器、陶器作りにまさるふさわしい譬《たと》えがあるだろうか。兎に、そのための立派な赤土を作ることを暗喩《あんゆ》し、天下を治める聖王となるべき大国主神の成長を予見している。赤土の詰まった袋をかついだ神の姿、それが象徴しているのは土器の「成形」を終えた段階といえないか。土の詰まった袋と土器を同じと見ているのだ。

それに続く話として、先ほどの八十神の迫害のくだりを捉《とら》えれば、そこには自《おの》ずと見えてくるものがある。陶器は「やきもの」と呼ばれるくらいで、焼かれなければただの粘土である。成形の次に待っているのは「焼成」だ。それがあの赤い猪事件に表現されていると私たちは考えた。

赤い猪、と見せかけて実は真っ赤に焼けた大石だった。その正体は陶器を焼く窯《かま》だったのだ。高熱の窯の中で焼成される陶器の試練が、火傷《やけど》による神の死として描かれていたのである。火と土との微妙なバランスが要求される焼成の段階で、多くの土器は壊れ死んでいく。土器にとっては最も厳しい、生き残りをかけた試練の工程である。

炎に包まれて

彼がおびき出されたという「伯伎国《ははき》（伯耆）の手間《てま》の山本」も、まさに陶窯《とうよう》（陶器を焼く窯）そのものを暗示していたのだった。ハハキ（ホウキ）は母（坤卦《こんか》）にかけているのだろう。手間は、「説卦伝《せっかでん》」にもあるように、手は止める働きが山と同じと見なされるので艮《ごん》（山）卦。手間の山本は、山の山ということになる。

実際の陶窯はもともとは山の斜面を利用して造られていた。陶窯の原型といわれる登り窯がそれである。窯の立地条件は、赤土の入手が容易なだけではなく、燃料になる木材も大量に確保できなければならない。真っ赤に焼けた大石は、その窯に火が入り、盛んに燃えている様の象徴だったのである。

出雲《いずも》に行った折、ぜひにと言う仲間の声で実現したのが窯場の訪問だった。斐伊川《ひいかわ》に程近い窯場のいちばん奥に、登り窯が在った。登り窯は名前の通り、山肌に添って、下から上へと階段を登るように、蒲鉾形《かまぼこがた》の窯が連なっている。傾斜地を利用するため下から順に火を入れ加熱していくことで、それまでの独立の窯に比べ、断然熱効率が良い。

一回の窯焼きに、松の割り木を四百束も使うので、かなりの煙が出て、今ではこんな山間《やまあい》でもなければ不可能だという。

私たちが行ったときは火が入っていなかった。がらんどうの窯は、むしろひんやりした洞窟《どうくつ》のような印象だった。だが、ここにひとたび火が入れられたら、紅蓮《ぐれん》の炎の中でどんなにか壮絶なドラマが展開していくことだろう。この幾重にも繋《つな》がった窯の口から、炎の束が噴き出る様は、美しくも恐ろしい。それこそ神々《こうごう》しいような光景であろう。

陶器を焼くのは寝ずの作業で、一時たりとも目を離すことが許されない。炎の微妙な色合いの変化を読み取って、焼き加減を計り、薪《まき》の量を調節する。長年の経験によってしか培《つちか》われない勘と技の真剣勝負である。

人知を超える

さて土器の焼成、つまり大国主神が大火傷を負った後に二人の貝姫が現われ、治療を施した。貝殻の粉を蛤《はまぐり》の汁で溶いて塗ったとあり、火傷に対する古代民間療法のひとつと注釈されている。

その効き目のほどはともかく、この薬が陶器作りの何に当たるかはもう言うまでもない。釉薬《ゆうやく》（うわぐすり）だ。ただ単に息を吹き返すのではなく、「麗しき壮夫に成りて」とわざわざ書かれている。

生の土は高熱によって、堅く焼き締められ、さらに釉薬を施されて、見事な変身を遂げるのである。これが、天の使いによる火傷の治療のお蔭《かげ》で、前よりもハンサムになったというだけのお話だったら、単なるおとぎ話である。

話のこのくだりを、粘土の器が焼かれ、素焼きの土器に釉薬が塗られ、見違えるような陶器が作り出されるという陶器作りの履歴として見ると、一気にリアリティを帯びてくる。ここでは釉薬は高熱での焼成に耐えた土器の、大火傷を癒《いや》す薬に見立てられている。いかにもやさしい眼差《まなざ》しである。

薪で焼いた陶器は、ひとつひとつが独自の複雑な表情を持つことになる。どんなに重労働の作業であっても、その予想もつかない陶器の表情に出会うスリルを求めて、人は倦《う》まず飽かずに焼き物を続けてきたのだろう。

陶芸というものは、絵空事の魔法なんかではないけれども、知り尽くされた現実ともまた違う。人知を尽くして、人知を超えている。最後に窯から取り出してみるまでは、全身全霊を傾けて作った本人でさえも出来具合がわからない。それを見届ける瞬間の陶工の鼓動の高鳴りは、古代も現代も何ひとつ変りはない。

ただ古代においては、陶器が権威の象徴として絶大な価値を持っていたということを忘れてはならない。陶甄《とうけん》ということばが存在すること自体、陶器は王者のものだったということだ。古代中国に限らず、日本の近世に至るまで、陶器の茶碗《ちゃわん》一個が城ひとつに相当したとされることすらあったのだから。

なぜそこまで権力者は陶器に固執し、また陶器が王者のシンボルたりえたのか。それは土と水や火などの絶妙なバランスの上に結晶する陶器を、陰陽と五行の理《ことわり》が凝縮したものとして見ていたからではなかったか。

破壊の危機

粘土作り（成形）、焼成、釉薬の工程を経て、大国主神は「麗しき壮夫」として蘇った。美しい陶器の完成をもって神の成長物語は終わってもよさそうだが、そうはならなかった。

八十神の二度目の迫害は何を語ろうとしているのか。大木の割れ目に挟んで殺すというのだから、たまったものではない。それを陶器ととればもっと解《わか》りやすい。ひとたまりもなく無残にも打ち砕かれてしまう。完成した後も、陶器には、常に破壊の危険が付きまとう。ワレモノ注意なのだ。八十神はこの陶器の弱点に目をつけたのである。

壊れない陶器などないが、壊れにくい陶器を作ることは、その頃でも常に課題となっていたはずだ。脆《もろ》い仕上がりの土器に始まり、今度こそはもっと強くと試行錯誤を繰り返していった系譜が、今のニューセラミックスにも繋がるのだろう。

古代日本において、陶器作りの大転換をもたらした焼き物が須恵器《すえき》である。『平凡社大百科事典』によると、須恵器は五世紀中頃あたりに、朝鮮半島の伽耶《かや》地方から陶工集団が渡来して生産を開始したといわれている。河内《かわち》陶邑《すえむら》窯が有名である。それまでのものに比べて格段に高性能の窯を用いて、高温度で焼成した青灰色の堅く焼き締めた土器をいう。延喜式では陶器と書いて、「すえもの」と訓《よ》んだ。

古代朝鮮語では鉄を「斗《スエ》」と言う。須恵器とは鉄のように堅い器の意が込められてのネーミングであろう。それまでの土器に比べると、比較にならないほど壊れにくくなったのである。

大国主神の方も試練の度にだんだん打たれ強くなっていくようだ。

再生復活の力

だが、八十神《やそがみ》はなぜあのような方法で陶器を粉砕しようとしたのだろうか。相手は一人、策を弄《ろう》するまでもなく、八十神の力を以《もっ》てすれば難なく破壊できたはずだ。

この話を読んだ時に、「大国主神タイプの人」というのが話題になった。八十神の仕打ちは酷《ひど》いが、大国主神の方もあまりに不甲斐《ふがい》ない。もうちょっと何とかならないのかというわけである。無抵抗で、策がなく、すぐやられてしまっては、ピンチの度にいつも母親や女の人たちの世話になっている。そのお蔭で危機をうまく切り抜け、ちゃんと出世もしていく。

「いるんだよね、こういうタイプ」

と言いながら、密《ひそ》かにその辺の誰かを引き合いに出したりしていた。

それは私たちが、しどろもどろにしか読めなかった古事記を、なんとかつっかえずに読めるようになり、親しみが持てるようになった頃だった。

私たちとて、いつまでもそこに留まっているわけにはいかない。大国主神とともに少しずつ成長しているのである。少しも逆らうことがない大国主神の態度を、今なら地の神ゆえの柔順さと読み取ることができる。そして母の神が度々登場する訳も、母親が万物を産み育てる地の象徴だからと納得がいく。

「いなばのしろうさぎ」の説話では兎を治療した大国主神が、今度は治療される側になった。いずれにしても、万物を養う地の大きな包容力を治療するというかたちで具体的に表わしていることに変わりはない。兎の皮が剝《は》がされても元通りになり、大国主神が二度まで死んでもまた生き返るという筋書きは、終わっては始まるという土の働き、再生復活のパワーを、そのまま表現し展開させたものなのである。

そのつもりで見ていくと、大国主神の説話は細かいところにまで、土、ひいては地へのこだわりが行き届いている。

例えば八十神が燃えた石を赤い猪《いのしし》と言って騙《だま》すが、十二支の亥《い》は、易の消息の卦《か》の巡りでは、「坤為地《こんいち》」に当たっている。何かことを終わらせるとどめの位置にあるが、それは巡りの輪の中では、新たな始まりを約束するものでもある。猪はこの説話では単なる山に出没する獣ではなく、大国主神を殺し、すなわち土を焼き、再生させる象徴として登場していたのだった。

母の神が助けを求めに行く神産巣日神《かみむすひのかみ》、この神もまた深い係わりがある。誰でも窮地に陥った時に、頼りにするのは繋がりのある大人物であろう。神産巣日神は神々の中でも格が上の上である。一章でも触れたが、神代の冒頭のファンファーレの中で高らかに紹介される神のひとりだ。

「天地《あめつち》初めて発《ひら》けし時、高天《たかま》の原に成れる神の名は、天之《あめの》御中主神《みなかぬしのかみ》。次に高御産《たかみむ》巣《す》日神《ひのかみ》。次に神産《かみむ》巣《す》日神《ひのかみ》。……」

私たちはこの古事記の始まりの部分を、易の太極から陰陽が生まれる始まりの描写と理解した。すなわち、天之御中主神は万物の根源である太極の神であり、次にくる高御産巣日神は陽の神、そしてその次の神産巣日神は陰の神であると考えた。最初の三神をそう解くことで、続く他の神々の正体も秩序立って解けていくのである。ともあれ純陰・坤為地の神である大国主神の、やはり地の象徴である母親が頼りにしたのが、陰の神の元祖であるこの神だった。

大屋毘古神《おおやびこの》

二度目の災難で、母の神が頼みの綱にした木国《きのくに》の大屋毘古神とは、どんな神なのだろうか。

この神はイザナキとイザナミが、国を生み終えて、次に初めて神々を生んでいった十神の中の一人である。これまでは名前に屋が付いているところから、家屋の神格化などと注釈されている。国土は手に入れたから、次に家を建てようとでもいうのだろうか。妙に現実的で不似合いな解釈ではないか。

十神の多くが名義不詳とされているが、神生みの最初は、山や河や海などの自然神であった。屋は家を覆《おお》う屋根の意で、大きい屋根を自然の中に投影すれば、それは山の形に重なってくる。

大屋毘古は山の神だ。山の神だったからこそ、木国に住んでいたことも合点《がてん》がいく。木（紀）国（現・和歌山県）は今も樹木の生産量日本一を誇る地である。その樹木を育て養うのは山である。木国の山の神を頼みとする、それこそ何よりの母心の表われであった。このままではわが子は本当に殺されてしまう。守り養ってくれるようにと樹木の国の最強の山の神に子を託したのである。

五行の木は、八卦《はっか》の震（雷）だ。山の下に雷が震い、草木がみな芽を出すという易の「山雷頤《さんらいい》」が、木国の大屋毘古の正体であろう。「頤」の卦（䷚）は口を大きく開けた形をしており、食べさせ養うという意味である。だからこそ大国主神の母親は、自分の力ではどうにも助けられないと悟ったとき、息子の養い親として、この神を選んだのである。

さて、頼もしい包容力を持つ大屋毘古だったが、八十神たちの勢いの方が勝ってしまう。

「山雷頤」と対をなす易の卦は、「沢風大過《たくふうたいか》」、過度に盛んで棟撓《むなぎたわ》むとある。この卦の形（䷛）は、中ほどがしっかりしているが両端が弱い。つまり屋根の横木が撓《しな》っている状態に見立てられ、人間でいえば重圧に耐えかねていることを象徴している。まさにそれは棟木もたわむほどの八十神の勢いに、もはや託された子を守り切れなくなった大屋毘古の姿そのものといえよう。

大国主神は数々の試練を乗り越え強くなろうとしていた。すなわち強い陶器に生れ変わろうとしていた。ではその強さとはどういうものだろうか。壊れないということだろうか。いや、それは不可能である。壊れにくい陶器は作れても、絶対に壊れないものなど作ることはできない。

大国主神は、二度も死の淵《ふち》から蘇《よみがえ》った。なかなか死なない強さよりも、死んでしまっても、周りの力を借りてでも、生まれ変わる方が、本当の強さと言えるのかもしれない。それこそ何事にも柔順であり、万物を終わらせることによって、始める力を持った地の神らしい強さといえるだろう。

根《ね》の堅州《かたす》国《くに》は黄泉国《よみのくに》？

まだほっとするのは早い。大国主神は逃避行を続けている。今度はとうとう最後の頼みである根の堅州国のスサノオのもとへと向かうのだった。

私たちにとって、根の堅州国は、ずっと謎《なぞ》の国だった。スサノオはイザナキから海原を治めなさいと言われ、

「いやだ、いやだ」

と延々と泣き続けていた。その様子を見てどうしてお前は泣いているのかとイザナ

キが聞くと、スサノオは、

「僕は妣《はは》の国根の堅州国に行きたいんです。だから、泣いているのです」

と言ったのだった。「妣の国根の堅州国」は、このスサノオのことばによって突如、古事記神代の中に登場する。

スサノオの母、イザナミは、すでに死んで黄泉国にいる。妣の字は死んだ母に対して使う漢字とされる。とすると、妣の国＝黄泉国という図式が成り立ち、これまでは妣の国根の堅州国なので、妣の国＝黄泉国＝根の堅州国とされている。

そのスサノオの行き着いた所が、出雲ときているので、話は複雑になってくる。とりあえず出雲はおいて、ここでは根の堅州国について考えてみたい。

本居宣長《もとおりのりなが》の『古事記伝』によると、根の堅州国は地底の片隅と解釈していて、やはり、黄泉国のイメージとダブらせている。根の堅州国から脱出する大国主神を追う場面で、黄泉比良坂《よもつひらさか》に至るという箇所があるので、そう考えるのもわからなくはない。

私たちには、この図式がどうしても納得ができなかった。何やら恐ろしげではあるが、根の堅州国イコール黄泉国とは単純に考えられなかったのである。イザナミも登場しないし、黄泉国を支配している黄泉神《よもつ》の影すらも感じられない。

妣の国ということだけで黄泉国に結びつけてしまうのは短絡ではないか。ではなぜ、スサノオがそう言ったのか。私たちの長い試行は、いつも同じ場所に戻ってくる。なぜ、スサノオが根の堅州国にいたのか。根の堅州国を考えるには、まず古事記で描かれている全体の風景を捉《とら》えなおさなければならない。

高天原《たかまがはら》と葦原中国《あしはらのなかつくに》

古事記、神代の舞台となっているのは、三つの国である。天上にある神々の国、高天原。それに対して現実、生きている人々の国、葦原中国（またの名は豊葦原之千秋長五百秋之水穂国《とよあしはらのちあきのながいほあきのみずほのくに》）。その生者に対して死者の住む国、黄泉国。見事な三次元になっている。これに易を投影すると実に相対的な構図が見えてくる。

高天原は、天照大御神《あまてらすおおみかみ》が治める国だ。アマテラスは太陽神、日の神である。日は火に重なり、易の六十四卦の「離為火《りいか》」が表わす今日、明日と続いて昇る太陽を象徴している。

さらに易の中には、天高く昇る太陽そのものを表わす卦がある。「火天大有《かてんだいゆう》」だ。

太陽が万物を照らす象《かたち》である。天高くとは、文字通り高天原ではないか。天高く燃える太陽が万物を照らすことで、地上の生きとし生けるものは生きていけるのである。その天がすべてのものを所有するのは当然であろう。神々が住む天上の国は、自然に大きなエネルギーを与えてくれる、太陽そのもののことだった。

葦原中国は、日本のいちばん古い名といわれているが、それこそ古来より諸説紛々のネーミングではある。

葦が海辺に繁《しげ》っている光景に負うとか、葦の生命力の旺盛《おうせい》なのに対する上代人の信仰の表われとも説かれている。葦は陽気を多量に含有する植物と信じられていたから、浄土で不老不死の国とされている神仙郷のようなもので、高天原と黄泉国の中間に位置しているなどなど。

本居宣長は、この名は自ら称した国名ではなく高天原からの命名で、天から見た時、葦原の茂る中にあった国だからとしている。これらの諸説をふまえて、このことばを日本国の歴史上の現実の古称ではなく、高天原から名づけたひとつの神話的世界を象徴するものと解釈し、古事記の中で、最も重要な舞台のひとつとして考察を進めている人もいる。

神代、葦原中国が重要な舞台であることは間違いないが、最も大切なのはこのことばがどのような位置にあるのかを探ることだろう。

葦が生えている風景を見たことがあるだろうか。湿地帯の湿原に一面に生えている葦。その上を風が流れると、たおやかにしなる葦の姿が、水面に映し出される。葦は水辺に生える草なのである。葦原とは、水原、水であろう。葦原中国の中は、中央。五行で中央にあたるのは、土、大地である。

葦原―水、中（国）―地となると直感的に「水地比《すいちひ》」という易の卦が浮かんでくる。この卦は人々が互いに比《した》しみ合う意とある。地上に水を撒《ま》けば、水は地に吸われ一体となり隙間《すきま》がなくなる。そのように人々が親しみ助け合って生活していくことが現実の国だったのである。

また、水地一体が関わってくるのは、具体的には水田だ。葦原中国には、「豊葦原《とよあしはら》之《の》千秋長五百秋之《ちあきのながいほあきの》水穂国《みずほのくに》」と長い別名がある。千秋、長五百は長い年月を示し、秋、水穂は実りの象徴といえる。これも水と土がバランスよく親しむことで、豊かな実りを得ることを時間という観点で表現している名前だった。

古代、葦が水辺に生えている風景はいたる所にあっただろう。そして、その辺りに生活している人たちもいたのである。葦原中国は、どこという場所を限定するような狭い意味ではなく、地上の国、「水地比」が表わしている水と地が一体となった場所のことだったのではないか。恩恵も受けるが苛酷《かこく》でもある自然に囲まれて、お互いに助け合ってしか生活できない人々の姿が見えてくる。

葦の根は腐ることなく泥炭化《でいたんか》し、天然の浄化槽の役目を果たすそうだ。どこかの企業でその実験をしていると聞いたが、葦が生えているあたりの水は、他と一線を画することができるほど透明感が違ってくる。葦原の水は澄んだ美しい水だったのである。

神代の国の構図

黄泉国《よみのくに》。この国を覗《のぞ》くには少し勇気がいる。

「黄泉《こうせん》」は、漢字の熟語でもあり、辞書をひくと地中の水とある。黄は五行でいうと、中央、土にあたる。泉は文字通り水である。地が上で水が下、地中に水あるは師なり、とある易の卦「地水師《ちすいし》」が思い浮んだ。葦原中国の「水地比」の逆である。一方は「生者の国」、他方は「死者の国」だ。

この卦は軍隊、戦争を表わす卦とある。古代の兵隊は、農民の中にあり、農閑期に訓練をし、平時は農業に勤《いそ》しむ。農民の中に兵が隠れていることを、易では地の中にある水が地の外に出ることなく不分離である様子に重ねて説いている。

「水地比」の卦が人々が親しみ助け合う意を持っていたのに対し、「地水師」の卦は軍隊だ。軍隊イコール戦争、争いである。古代、戦争は死に直結していたのである。

ここで、思い出すのが、前段の黄泉国の場面だ。亡《な》き妻、イザナミを追って黄泉国に出かけたイザナキは恐ろしい姿になり変わったイザナミを見てしまう。それを見て逃げ帰るイザナキに怒ったイザナミはこれでもか、これでもかと追っ手を出す。その最後に黄泉軍《よもついくさ》が登場する。「地水師」の国と考えると、軍隊がいたのは当然だったのである。

生者の国が、人が親しむ国であるのに対して、死者の国は戦いそのものだった。

このように高天原は「火天大有」、葦原中国は「水地比」、黄泉国は「地水師」の国と考えられるのである。

高天原
（火天大有）
｜
葦原中国
（水地比）
｜
黄泉国
（地水師）

これら、三つの国は対照的に好対をなしており、原点を同じにする三次元になっている。ひとつひとつの国が独立してあるのではなく、この三つでひとつの大きな神代の空間を描いている。その中で展開される神代の説話のすべては、当然、この一枚のキャンバスの上で展開されるはずだ。

終わりは始まり

この三つの国の他に「妣《はは》の国根の堅州国」が存在していたというのである。根は、物事の生じるもと、始まりを示す。始まりとしての根《ね》は、十二支の始まりの子《ね》に重なってくる。十二支の巡りの始まりである。

子には水も重なっている。水の巡りともいえるのである。堅州は、文字通りにとると堅い州、周りをぐるりと水に取り囲まれた中州《なかす》だ。その十二支の輪を、順に追ってみよう。子、丑《うし》、寅《とら》……と、するとその最後は、亥《い》である。この漢字が示す意は、全体に張り巡らされた堅い骨組みだ。つまり、根の堅州国とは、子から始まり亥で終わる、十二支の巡りそのものを表わしているのではないか。

「妣」という漢字は、死んだ母に対して使う語とあるが、視点を変えてみると、死んだことで祖親となることから、祖先の始まりの意ともなる。終わることによって、また始まっていくのである。妣の国とは、そういう意味だったのだ。

根の堅州国に行きたいといったスサノオは「雷風恆《らいふうこう》」の神であった。恒久の神であったが、その恒久さは自然の循環の中に存在するものだった。四季に代表されるような巡りである。

常に変化していくが、その中に変わらない法則があるのである。これは、まさに十二支の巡り、終われば始まる自然の移ろいそのものと言えよう。「雷風恆」の神、スサノオが行きたいと言ったのも、終われば始まる意としての根の堅州国だったのである。

高天原、葦原中国、黄泉国が古事記の中に空間を描いたと考えると、根の堅州国は時間の象徴として存在していたのである。

スサノオのことばにイザナキは、激しく怒り、もうお前は、この国に住まなくていという。天の国、高天原からの追放であった。子で始まり、亥で終わる十二支の輪の「亥」は、消息の卦《か》で「坤為地《こんいち》」と重なっている。地の性状は母なる大地である。妣の国、根の堅州国は、地の位置にも重なってくる。

ここまでくると、出雲との関連も見えてくる。出雲の意は雲が生じるくぼみで、穴を表わす坎卦《かんか》であった。水は、水源の穴から生じるのである。水の巡りも、また終われば始まっていく自然の姿に他ならない。姿を変えながら、常に巡っていく水。出雲の地を舞台とした「地の神」大国主神の話の中に、突然、根の堅州国が登場するのも何ら違和感がなくなってくる。

今見てきたように、根の堅州国＝出雲では決してないのである。根の堅州国は空間的に限定できる場所ではない。大きな巡りそのものを表わす時間の象徴として存在しているのである。

そこで繰り広げられていく物語に私たちは素直に耳を傾け、そこに表象されている意味を見つけていこう。

私たちは、ずいぶん長い間、大国主神を待たせ続けていたようである。彼は、まだ、根の堅州国の入り口に立ったままであった。

第五章　四つの試練

根《ね》の堅州国《かたすくに》で

これから始まるのは、まるでTVゲームのアドベンチャー版である。ひとつの問題をクリアしたら、次の問題へと進んでいく。問題をクリアするための解決アイテムもそれぞれの場面で違っている。実際のTVゲームなら、画面を眺めながらボタンを押していくだけだが、私たちは傍らに置いた易の本と想像力を駆使してチャレンジしていくことになる。

大国主神《おおくにぬしの》が根の堅州国でいちばん最初に出会ったのは、須佐之男命《すさのおのみこと》の女《むすめ》、須勢理毘売《すせりびめ》である。彼女はこれからの冒険では大国主神にとって強力な助っ人《すけと》となる。冒険ものには、なぜか美しい女の人が登場し、主人公との間にロマンスが生まれ、その主人公を助ける例が多い。神代記、大国主神もその例に漏れず、スセリ姫と出会った途端、お互いに何か通じるものを感じ、二人はすぐに結ばれたとある。

彼女は、父に報告に行く。

「大変、麗《うるわ》しい神がいらっしゃいました」

ところが、スサノオは、大国主神を見るなり、

「これは葦原色許男《あしはらしこお》だ」と言い、さっそく無理難題を持ち出してくる。父親による娘《むすめ》婿《むこ》いびりである。神さまの男親も、人間と変わらないらしい。娘の婿には特に厳しくあたり、娘を預けるに足るだけの器量と力があるかを試してみる。


葦原色許男、大国主神のいくつかある名前の中でも、ひときわ異彩を放っている。葦原はまあ問題ないだろうが、その後に続く、色許男が何とも謎《なぞ》めいている。説話を読み解く上で、そこに登場する神の名前は、いつも重要なキーワードであった。この名前が暗示しているものが何かあるはずである。このことを念頭に置いて、まずは、物語の筋を追ってみる。

次々と襲いかかる難題

スサノオは、まず、蛇の部屋に寝るように言い渡す。第一の試練だ。その部屋の様子は書かれていないが、部屋の中に蛇がところ狭しと蠢《うごめ》き、とぐろをまいて、口を開

け、シューッと毒牙《どくが》を剝《む》いているような画面が浮かんでくる。のっけから、身も凍るような場面である。

救出劇は、スセリ姫の手引きによってなされる。「蛇の比礼《ひれ》」といって、今のスカーフみたいな布切れを渡し、

「蛇が喰いついてこようとしたら、このヒレを三回振って、追い払いなさい」

と言うのだ。スセリ姫の言う通りにすると、蛇たちはすっかり大人しくなり、大国主神は、そこで、無事に一夜を過ごすことができた。

第二の試練は、翌日の夜、今度は百足《むかで》と蜂《はち》の部屋で寝ろというのである。うるさい羽音、這《は》いまわる百足。昨夜の蛇の部屋に続き、想像するだけでゾクリとしてしまう。ここでも、またスセリ姫によって、助けの手が差しのべられる。今度は、百足と蜂のヒレを渡すのであった。このヒレを使い、大国主神は前夜と同様に百足と蜂を大人しくさせ、事なきを得たのだ。

次は、鳴鏑《なりかぶら》という矢（鏑の穴に風が入って鳴ることから名付けられた矢）をスサノオが大野に射《う》ち、その矢をとって来いというのである。第三の試練である。

今までに比べて、簡単そうだと思って安心してはいけない。それだけでは済まないのだ。大国主神が、矢を探していると、いつの間にか野に火が放たれ、周りをぐるりと猛火に囲まれてしまったのである。もはや、絶体絶命、試練の中でもクライマックスを迎える。

さすがに、ここはスセリ姫の助けも及ばないようだ。いかに脱出すべきかと思案していると、鼠《ねずみ》が現われ、

「内はほらほら、外《と》はすぶすぶ」

と不思議なことばを言う。これをなぞなぞと考えたらどうだろう。

「内側はうつろで、外側が窄《すぼ》んでいるものはなあに？」

大国主神は、鼠のことばに逃げ場所を察知する。その場所を足でトンと踏むと、穴があり、そこに隠れている間に火は穴の外を焼け過ぎて行った。なぞなぞの答えは「穴」だったのである。今度の試練は、鼠のことばに従ったことで、助けられたのである。さらに、この鼠は大国主神が探していた、鳴鏑も見つけて持ってくる。もっとも矢の羽は、子鼠たちが食べてしまっていたが。

一方、大国主神を待っていたスセリ姫は、野に火が放たれたことで、もう今回は脱出不可能、夫は死んでしまったと思い、葬式の道具を持って野に来て立って泣いてい

た。

そこに、見事鳴鏑まで手にして、大国主神が戻ってくる。スセリ姫はもちろん、これにはスサノオもさぞや驚いたことだろう。

休む暇も与えず、第四の試練が言い渡される。

八田間《やたま》の大室《おおむろや》に呼び入れ、自分の頭の虱《しらみ》を取れと言いつける。ここまでくれば話がそれだけで済むはずがないと、察しはつく。その通り、実際に頭を見ると、虱ではなく、百足がいっぱいいたのである。

髪の毛に、百足がうじゃうじゃ絡《から》みついている様は、かなりグロテスクなシーンだ。これが、最後の試練になるのだが、まあ、とどめという感じであろうか。ここに、再び、スセリ姫の助け舟が入る。牟久《むく》（椋《むく》）の実と、赤土《はに》を取ってきて、渡すのだ。

その椋の実を噛《か》み砕き、赤土を口に含んで唾《つば》と共に吐き出すのである。それをスサノオは、大国主神が百足を喰いちぎって吐き出していると勘違いして、何故《なぜ》かかわいい奴《やつ》ということで、寝入ってしまった。

そこから、根の堅州国からの脱出へと話は進むが、ここでひと息つきたいと思う。

映像化したら、かなりグロテスクなものになるのではないか。現代のホラー映画さながらである。古事記の作者もなかなかのものだ。思わずこちらも身を乗り出して大国主神に助けの手を差し出したくなってしまう。

その解釈をしようとすると話は別だ。ディテールに目を奪われがちで、私たちの間でも、最初の頃はお互いに譲り合って、なんとか自分は関わりたくないという感じだった。

先日、スーパー歌舞伎《かぶき》なるもので『オオクニヌシ』を観《み》に行ってきた。普通の歌舞伎も一幕見しかしたことがない私だったが、それでも、普通の舞台とはだいぶ違うというのは感覚でわかった。宙を飛んでいく場面があったり、いろいろと工夫がされ、なかなか飽きずに楽しむことができた。

根の堅州国をどう描いているのだろうと思っていたら、やはり、黄泉国《よみのくに》として捉《とら》えていて大蛇と大きな百足と大きな毒蜘蛛《どくぐも》が現われ、大国主神と戦うという設定になっている。いかにも活劇風で、古事記で書かれているひとつひとつの試練を、十把ひとからげにまとめて面倒を見てしまうという感じだった。

それにしてもどうして蛇や百足だったのだろうと思わずにはいられないのだ。いったい全体、どうして、こんな試練をスサノオは大国主神に与えなければならなかったのか。後から後から不思議が湧《わ》いてくる。こうなると前にはやっかいに思えた説話の細部が逆に強力な手がかりとなりそうだ。私たちの出番である。

葦原の醜い男

まずは最初に述べた、大国主神の名前、葦原色許男《あしはらしこお》の命名に注目してみたい。これまでもそうだったように、大国主神の神格、「坤《こん》」の意であることに間違いないと思うが、それがどのように表現されているのか。ここでの命名も説話の中に込められているはずである。

この名前を考える時に特筆すべきことは、日本書紀での表記、葦原醜男《あしはらのしこお》だ。シコは、「善きにも悪《あ》しきにも、頑丈で強いこと。強い男の意」とあるが、この表記の醜から、古事記の注釈では、葦原中国《あしはらのなかつくに》の醜い男の意と解釈している。

色許を醜の音表記と見なしているのだ。強い男はまだしも、醜い男というのはいったいどういうことであろう。確か、前の話では「麗しき壮夫《をとこ》」になったという記述があった。いつのまにか醜くなってしまったというのだろうか。

それにスセリ姫も言っていた。

「大変麗しい神がいらっしゃいました」

坤の神であるということを見つける前は、この名前にも、だいぶ悩まされた。それなりに考えた解釈が、話全体の中でしっくりと繋《つな》がっていかなかったのである。シコは相撲の四股《しこ》ではないかと考え、四股を踏むポーズをやってみたのも今では笑い話だ。その時は結構、真面目《まじめ》にやっていたのである。

葦原は、水。醜は、みにくい。実はここに謎を解く鍵《かぎ》があったのである。醜は、みにくいと、その意味に限定してしまっていたが、辞書をじっくりと見ていたら、その他に「類、仲間」の意があったのだ。五経のひとつである『礼記《らいき》』に〝比物醜類〟とあり、よく似たもの同士の意を示している。

葦原醜男は、水と同類という意ではないか。こうなったら、ピンとくるものがある。易の六十四卦《か》の中に類をダイレクトに示す卦があるのだ。「比」である。

「水地比」

水と地は同じ類であるから、比《した》しみ合えると説かれている。地の特性は順であった。巛は川で、川の特性も順だから、巛を仮借して坤の字に用いたとある。地の従順さを、ルートに沿って流れる川の従順さと同じと見ていたのだった。

「水」の類、それは「地」に他ならない。大国主神の神格にちゃんと符合している。

もう少し具体的に見てみよう。古事記ではシコに「色許」の漢字をあてている。音の表記であると見なされているが、すぐ目につくのは色という字だった。「色」の字が鍵ではと思えてくる。

それでは何の色を指しているのか。水の色は五行では、黒である。そして、地の色も易の「説卦伝《せつかでん》」では、純粋に陰の色として黒と説かれている。

水と土は何事にも従う従順さで同列に並ぶものであるばかりでなく、色として同じ黒色を表わしていたのである。

スサノオは、大国主神が水と同じ性状として地であることと、さらにそれが黒い色であることを一目で見抜いたのだ。黒は、暗い、物事に蒙昧《もうまい》であることも表わす。つまり、大国主神は蒙昧であるから、教育されねばならなかったのである。そのことをスサノオは葦原（水）の色許男と呼ぶことで、明らかにしたのだ。

ここでの命名が、地であることをダイレクトに言うのではなく、わざわざ水と同類という言い方で表わしていることに意義があった。水である坎卦《かんか》が持っている度重なる険難の意は、これでもかこれでもかと続く苦難だった。繰り返し続く苦難によって、人は明智《めいち》を得ていくのである。

そして、土としての困難は、陶器作りの困難でもあった。せっかく完成した陶器も常に破壊の危険から逃れることはできなかった。そのためには、より壊れにくい、堅い陶器になることが要求されたのである。大国主神の明智と堅固さが、重なる修練によって啓蒙《けいもう》されていくことを、葦原色許男の名前に暗喩《あんゆ》していたのだ。

黒であることは、純陰の象徴だ。純陰は最も柔順なもので、その属性によって道が啓《ひら》かれていく。ものの道理に素直に従っていくこと、自然の流れに逆らわずやっていくことが、苦難の道を進んでいく時の賢明な方法なのである。

四回の試練の意味

これまで私たちは何度もこの根《ね》の堅州国《かたすくに》のジャングルに迷い込んだ。それは無防備に切り込んだからである。今回は始めに青写真で見当をつけたいのだ。

根の堅州国での試練が四回、この国は、スサノオがいる国であった。スサノオの神格、「雷風恆《らいふうこう》」の意を受け、終われば始まっていく巡りの恒久性を持つ国だった。その恒久性は、自然の中では、四季の巡りにいちばん象徴されていた。前の季節が終わって、次の季節が始まっていくことは自然の巡りで最も重要なことだ。四回の試練は、この季節の巡りに相当しているのではないか。

季節の巡りに大きな働きをしているのが、土用、土気であった。兎の話でも書いたが、土用とは季節と季節の変わり目で、前の季節を終わらせ、次の季節を生む働きを担《にな》っている。四季の変化の間に土用も四回ある。

もう、これは大国主神が受けた四つの試練、すなわち土用と考えて間違いないのではないだろうか。ひとつひとつの季節を終わらせ、次の季節を始めていくことは大変なことである。

視点は決った。私たちはその筋に沿って、この物語を読んでいきたい。

冬から春へ、そして夏

最初の部屋は蛇の室だった。蛇と言えばこれまで見てきた通り水霊である。ここは水難を表わしている。水は季節では冬に位置している。となると、あの、蛇の冷たくて、ぞっとする感じは、冬の部屋にぴったりではないか。最初の難題は、冬から春への移行、土用の働きだったのである。

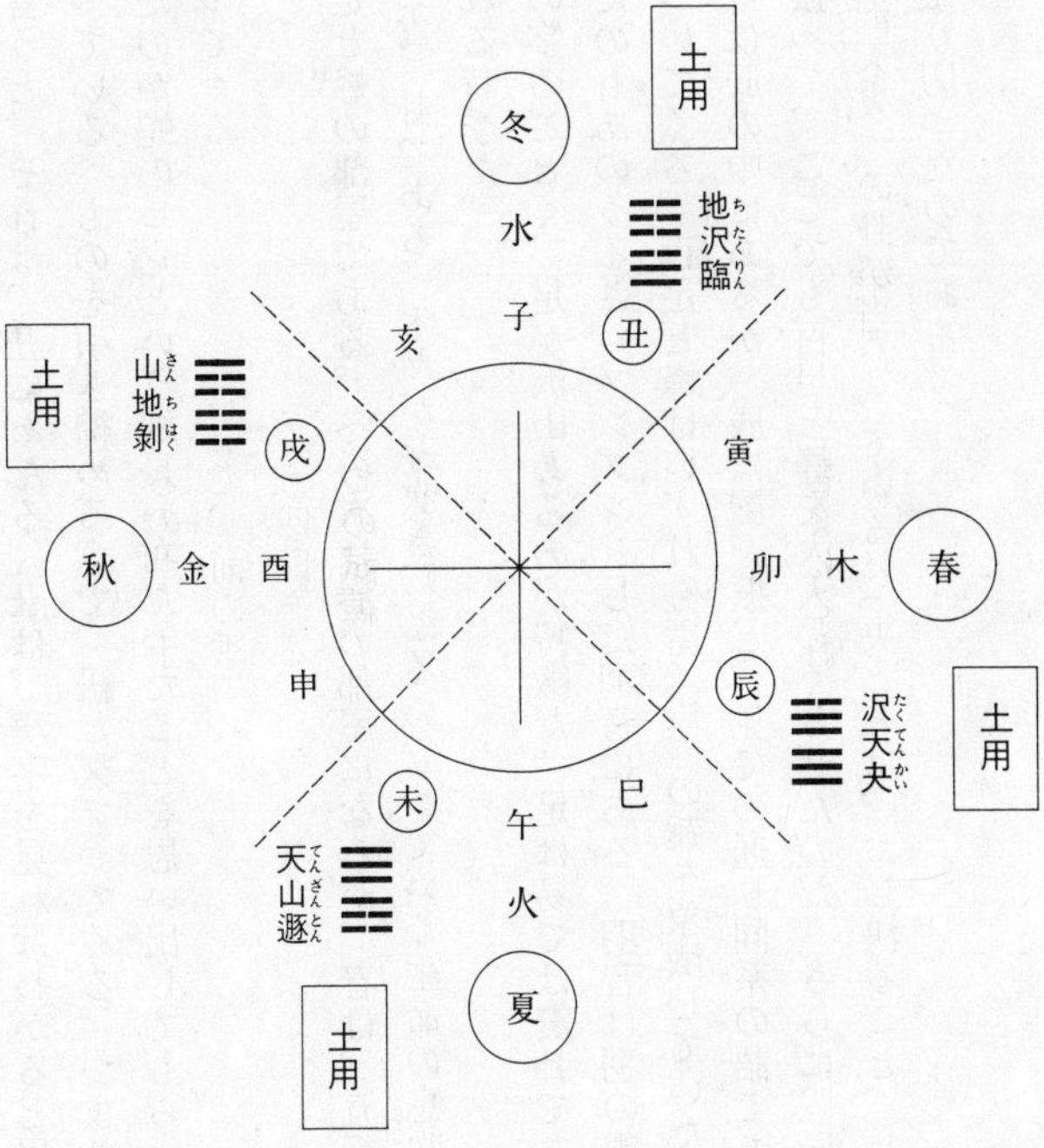
冬
水
子
土用
地《ち》沢《たく》臨《りん》
丑
亥
土用
山《さん》地《ち》剝《はく》
戌
寅
秋
金
酉
卯
木
春
申
辰
沢《たく》天《てん》夬《かい》
土用
未
午
巳
天《てん》山《ざん》遯《とん》
火
夏
土用

十二支で言うと、それは、丑《うし》にあたる。丑は、漢字を見ればわかると思うが、紐《ひも》の音符にもなっている。ものを引き締める意で、紐とダブってくる。つまり、ここでピンチを救ったのが蛇のヒレという細長い布だったことを思い出してもらいたい。丑にヒレが重なってくる。

次は、百足《むかで》と蜂《はち》の部屋である。冬の次は春の部屋になるが、春は、五行では木気、八卦《はっか》では雷（震）卦である。木々が芽吹き、ふるい立っていく生命の息吹《いぶき》がいちばん強く感じられる時季だ。

百足はその字のごとく、足が沢山あるのが特徴だ。足は易では震卦である。そして、蜂が選ばれたのもあのうるさいブンブンとした羽音にある。羽音は羽の震えで、これも震に結びついてくる。百足と蜂はいずれも雷（震）の難を象徴していたのである。

夏への移行は辰《たつ》の中にあるが、辰は震、振と、見ての通り同系の語である。ひらひらとヒレを振って、ここでも百足と蜂を大人しくさせたのだ。さらに、辰には、消息の卦では、「沢天夬《たくてんかい》」の卦が当たっている。「夬《かい》」とは、おし決《き》ること、ヒレを振ることで、難を振り切ったのである。

次は、火攻めだった。これはもう間違いなく、夏の意、火難である。

ここは唯一《ゆいいつ》、スセリ姫の助けが及ばなかったところだった。そのことで、スセリ姫の正体も見えてくる。

スサノオの娘であるが、この根の堅州国で、初めて登場する姫だ。どんな容貌《ようぼう》だったかは何ひとつ書かれていないが、なぜかとても生き生きと迫ってくるものがある。夫、大国主神が試練を切り抜けるのに労を尽くす。そこには古風で控えめな大人しい姫というイメージはない。どこか芯《しん》が強そうである。

さて、火難の時だけ、スセリ姫が救出に行けなかったのはなぜだろう。これには、ちゃんとした理由がある。

スセリ姫が水の神格であったならば問題はなかったはずだ。水をかけたら、火はたちどころに消えてしまう。スセリ姫は、風姫だったのではないか。激しく燃える火に、風が吹いたら、ますます勢いよく燃えさかる。

親のスサノオは「雷風恆」の神であった。スセリの名は、退《すさ》る、後退することで、「巽《そん》」(風)卦が示す、「遜《そん》なり。へり下ること」をそのまま表わしている。雷風の娘として風を受け継いでいたのである。すべてが風の意に集約されてくる。スセリ姫は、風姫なのだ。

ここでの救出には、鼠《ねずみ》が活躍した。

夏から秋への土用は消息でいうと、「天山遯《てんざんとん》」の卦になる。「遯《とん》」は、逃れる意そのものである。八卦の「山」が止める意を持っていることから、鼠も人の家に留まっているものと見て山と説かれている。

チョロチョロと穴の中に逃げていく鼠の習性は、「天山遯」にふさわしく、穴の中に逃げ込んだ大国主神の姿ともダブってくる。

さらに、おまけのようについていた子鼠の話。わざわざ子鼠と書かれているところに鍵はある。子《ね》は、十二支で鼠であるが、位置としては水にあたっている。

わざわざ子鼠が矢の羽を食べたといっている。子鼠（水）が、羽、五行では火気を翳《かじ》っていたというのだ。つまり、水が火を制したということであろう。その翳った矢を持ってくることで、火難をやり過ごしたことを物語っている。

古事記の作者にぬかりはない。意味のない記述など一行も存在していないのである。

最後の大難

最後に来るのが八田間《やたま》の大室《おおむろや》。もうこれは秋の部屋に違いない。水難（冬）、震の難（春）、火難（夏）と続いてきているので、今度は秋にあたっている沢に関わる難だろう。

八田間の大室の八田は八咫《やた》の意かとあり、咫は婦人の手の長さ、八寸、今の十六センチ弱とある。手の長さを尺度として使ったのだ。沢の字にある尺も、手尺で長さを計るときの手の姿で、八田間は沢の間、ここは名実ともに沢の難となる。

試練は、スサノオの頭の虱《しらみ》を取ること、いや、実は百足を取ることだった。ここから が、実は私たちには難所、試練だった。なかなか、沢に結びついてこないのである。ここまではわりと順調に解けてきたし、解釈としても冬、春、夏ときれいに続いた。この筋からもここは秋の話に違いない。ここだけその話の流れに納まらないはずはないのだ。

四苦八苦している時、誰かが何気なくそのスサノオの頭をイメージして絵を描いていた。茫々《ぼうぼう》に伸びている髪の毛に百足がからまって動いている図。あまりのリアルな

描写に、このてのものに弱い学生が、

「やめて！」

と叫んだ。

その時、

「藪《やぶ》みたいだね」

と誰かが言った。

気を取り直し、原点に戻ろうと言って、沢には他にどんな漢字があてられているのかを調べてみることにした。沢も含めて五個の漢字があった。その中にまさしく「藪」という字があったのだった。藪は同時に、サワを表わしている。

草木が生い茂っている場所としてサワをヤブと同じに見ているのである。「沢藪《たくそう》」は、大きな沢とあり、八田間の大室は、大きな沢の部屋で、それを大きな藪の状態と重ねて見ていたのだ。ぐしゃぐしゃな頭に百足が群がっている。

スサノオの正式の名は、建速須佐之男命《たけはやすさのおのみこと》である。建速とは、スピードがあって速いことだ。虱は蝨の異体字で、「虫二つ十迅」と字の中に速い意の迅を持つ。神様の名前は、その神の神格に相当する。スサノオは「雷風恆」の神で雷（震卦《しんか》）が示すものには足があり、足と言えば、百足と無理なく結びついてくる。つまり虱を取るというのは、名前の建速を取ることだった。ところが、それが実際には百足だったというのは、スサノオの神格、雷風の雷を取ることだったのである。四つ目の試練は、スサノオとの直接対決ともいえる。いよいよ最後にスサノオが、

「俺と勝負しろ（俺の名を奪ってみろ）」

と言っていたのである。

一陽来復

ここでは、スセリ姫が渡した椋《むく》の実と赤土《はに》について考えてみたい。この椋の実を嚙《か》み砕き、赤土を口に含んで唾《つば》と一緒に吐き出し、さも百足を取って喰いちぎっているかのように見せかけたといっている。

秋から冬に移行する土用は消息では、「山地《さんち》剝《はく》」（䷖）の卦になる。「剝《はく》」が示すのは、剝落《はくらく》、つまり削ることだ。卦の形では、陰の上にひとつだけ陽がのっていて、今にも剝《は》ぎ落とされ尽きようとしている。頭の百足を剝ぎ取って、口から吐き出す様を彷彿《ほうふつ》させる。

さて、ここで「山地剝」までくると、後は陽がなくなり、全部陰になるのを待つば

かりになってしまう。しかし、この季節の巡りは、また新たに始まっていかなければならないのである。「山地剝」と対になっている卦は、兎の話にも登場したが、「地雷《ちらい》復《ふく》」（䷗）である。剝の上の陽が落ちてしまえば、またいちばん下から陽が生じてくる。一陽来復、いちばん下が陽でその上の爻《こう》は全部陰となり、元に復したことを示す卦で、ここからまた新しい四季の巡りが始まっていく。

陰と陽は色でいえば黒と赤の対になる。

椋の実は紫黒色で、赤土は赤い。椋の実を嚙み砕き、口に赤土を含んだというのも、そこに黒と赤が象徴しているもの、陰と陽を暗示していたのだった。

最後の試練を経て、大国主神はやっと四つの季節を巡り終えることができた。土用の働きをしっかりとなし遂げたということだ。それは、単に四季の終わりではなく、新たなる一年の始まりだったのである。

大国主神が四つの試練を切り抜けるのに、蛇―ヒレ、百足と蜂―ヒレ、火―鼠と穴、百足―椋の実と赤土、とさまざまなものが登場した。これらは、すべて四つの土用にあたっている十二支や消息の卦に関するものだった。十二支の輪と消息の巡りは、どちらも時を表わしている。私たちには、最初、二つの時計を両脇《りょうわき》に置いて眺めているような感覚があったが、作者にとっては、それが一つの文字盤に重なっていたのである。

彼らは、それを自在に駆使して、想像力に満ちた物語にしたのである。スサノオは自分の出した難題がすべてクリアされたこと、すなわち四季の巡りが実現されたことをうれしく思ってか、大国主神が自分の頭の百足を取っていると思い込んでグーグー寝入ってしまった。

ここから大国主神の大脱出へと話は進むのである。

根《ね》の堅州国《かたすくに》からの脱出

大国主神は眠っているスサノオの髪の毛を幾房にも分け、垂木《たるき》ごとに結び付け、五百人もの人で引かねば動かぬほどの大きな磐《いわ》で部屋を塞《ふさ》ぐ。そして、妻のスセリ姫を背負い、スサノオの生大刀《いくたち》と生弓矢《いくゆみや》、さらに天《あめ》の詔琴《のりごと》を取って逃げ出すのである。

その詔琴が樹《き》に触れて、地面が鳴り響いてしまう。眠っていたスサノオが、大地の鳴り響く音を聞いて目を覚まし、ガバッと飛び起きると、その勢いで、部屋はばったりと倒れてしまった。

髪の毛が垂木に結びつけられているので、いかんせん身動きがとれない。髪の毛をほどいている間に大国主神はかなり遠くまで逃げてしまった。追いかけてやっと、スサノオは黄泉比良坂《よもつひらさか》に至るのだが、そこで遥《はる》か遠くにいる大国主神に向かい、大声で叫ぶ。

「お前が持っている、生大刀と生弓矢を使って、八十神《やそがみ》を坂の御尾《みお》や河の瀬に追い払ってしまえ。お前は、大国主神、又、宇都志国玉神《うつしくにだまの》となって、我が娘、スセリ姫を正妻とし、宇迦能《うかの》山の山本で、地底の磐に宮殿の柱を太く掘り立て、天空に垂木を高く上げて、わが物として治めろ、この奴《やっこ》」

大国主神はこのことばに従い、スサノオの生大刀と生弓矢を使って、八十神を追いつめ、追い払ってしまった。

こうして、初めて国を作っていくことになるのである。

この脱出劇は見事であるが、私の中では映像化されているお気に入りの場面がある。大国主神がスセリ姫を片手で背負い、もう一方の手に、生大刀と生弓矢をしっかと握り、その小脇に詔琴を挟み、大股《おおまた》で飛ぶように地を蹴《け》っている。スサノオは、遥か遠くから白髪の長い髪をなびかせ、両手を口に当て、大声で叫んでいる。

「この奴！」
その太い声が耳に届いてきそうな、豪快なワンショットである。

この場面をまた、違った意味で印象深く捉《とら》えて描いている作品がある。芥川龍之介の『老いたる素戔嗚尊《すさのおのみこと》』である。そこではスサノオはスセリ姫の婿《むこ》として大国主神はふさわしくないと決めつけ、何とか殺そうとする複雑な父親像として登場する。最終的にスサノオは、この若者に若き日の自分を重ねることで、逃げ去る二人の姿に〝幸せになれ〟という祝福のことばをかけるのだった。

古事記に描かれているこの場面のスサノオの描写は、いかにも生き生きとしていて、読む人にくっきりとしたイメージを喚起させるのだ。

私たちはそれを、易という盤上ではっきりと見ていきたいのだ。

恒の力を得た！

大国主神が抱えていたスセリ姫、大刀と弓矢、詔琴、これらすべてにそれぞれ象徴されているものがあるはずである。これらはたしかに大国主神が勝手に根の堅州国から持ち出したものであった。だが結果として、それもスサノオの認めるところとなり、それに加えて大国主神、宇都志国玉神と新しい名前まで与えられることになったのである。大国主神という一般的に一番よく知られている名前は、実は、ここにきて初めて命名された名前だったのだ。

最初、スサノオに葦原色許男《あしはらしこお》と命名されてその蒙昧《もうまい》さを指摘された時から、さまざまな試練を経て、晴れて一人前のりっぱな神になったという証《あかし》がこの説話に見事に象徴されている。

大国主神が持ち出した物は、すべて根の堅州国にいたスサノオの持ち物である。本来的にはスサノオの神格、「雷風恆《らいふうこう》」を象徴するものではなかったか。

スセリ姫は、スサノオの血筋を受け継いだ風姫であった。当然、他の物も「雷風恆」の意を体現しているはずである。

すぐにわかったのは、詔琴である。「雷風恆」の恆の字にある亙の形は、「月の上端と下端とをつなぐ弦」を示したものだ。ピンと張った弦なのである。詔琴に重なってくる。

残る生大刀と生弓矢はどうか。大刀と弓矢、ともに武力を象徴するものだ。それだけでも雷にふさわしい。雷は、陰陽二気がせまって生じるものだ。大刀、弓矢どちらも与《く》し合うことで、力を発揮する武器である。与し合う形は陰陽二気がまさにせめぎあっている様でもある。雷神は常に大刀を携えている。大刀と弓矢は雷の象徴なのである。

大刀と弓矢は雷、スセリ姫は風、詔琴は恆、「雷風恆」のシンボルだった。それをスサノオの所から大国主神は持ち出してきたのである。スサノオもそれを認めたとなると、スサノオの神格を大国主神自身が受け継いだということになる。

スサノオからの新しい命名は、その意味を映し出しているはずだ。大国主神と宇都志国玉神。忘れてはならないのは、別の神になったということではない。

大国主、宇都志国玉、どちらも国に着目した名前である。大国主に関しては最初の兎の話でも書いたが、国が象《あらわ》しているのは、地であった。どこまでが、自分の国の領土であるのかは、今でも国を考える時にはずせない問題だろう。国とは地そのものなのである。

宇都志は現実の、という意である。宇都志国玉とは、現実の国玉、国の魂、すなわち、これも国＝地と考えることができる。つまり、スサノオがそのように命名したのは、地そのものにスサノオと同じ恆の意を見ていたからということになる。

「雷風恆」の恆は、恒久、常の意だった。常理、天の法則性を示す。自然の中にある法則は不動の中にあるのではなく、変化していくその巡りにあった。天の法則に従って日月が巡っていくことが恒常性だった。

円（圓）が天を表わすのに対し地の形は真《ま》っ直《す》ぐで、方形（正方形）とされている。万物がその形態を地から稟《う》けるのに整然とした法則性があるのは、地に「方」があるからと説かれている。方は法でもある。坤《こん》は、万物を包含し万物を作っていくが、それは、天の意図を受けた法則に則《のっと》ったものとしてあるということだ。地の方形とは、自然の法則という意味だった。君子とはその方（法）を司《つかさど》る人物のことだった。

季節を巡らす力

すでに明らかにしてきたように四季の巡りに欠かせないのは土気の働き、すなわち人口に膾炙《かいしゃ》された土用である。前の季節を終え、新しい季節を始めることにより、四季は巡り、自然の恒常性が保たれている。土気の力は、恒そのものを実現するものだった。

だとすれば、大国主神が根の堅州国を脱出する時、詔琴が樹に触れ、地が動《どよ》めいたこともわかってくる。樹は木気、春の象《かたち》で、地が動《どよ》めいたのも、春が持つ生命の息吹《いぶき》の象を表わし、春の訪れを描いていたのだ。

春の訪れは、ひとつの季節の訪れというよりは、新しい年の到来ともいえるものだ。その詔琴による恒久の響きをよく知っていたからこそ、スサノオは眠りから飛び起きたのだった。

坤の神、大国主神は、方として法則性、土気の力で、終われば始まる恒久性をその神格として持っていた。それが長い試練の末、本当に得られたことをスサノオは大国主神、宇都志国玉神と呼ぶことで認めたのだった。

ここで、やっとあの長い試練が終わりを告げる。大国主神は坤（地）の神として、本当に立派に成長したのである。

それにしても、ここまでの試練にはなかなかすさまじいものがあった。そこまでやらなくてもと私は何度も思ったが、自然を巡らしていく土用の働きを理解した今では容易に納得がいく。

寒い冬が長くてなかなか春にならない時もあれば、春があまりに早く来てしまうこともある。毎年同じではないが、変わらないのは必ずそれが巡っていくということだ。その運行に携わっているというのだから、土用の働きは相当ハードな仕事だったのである。季節の変わり目は、人間にとって過ごしにくい時季だ。暑くなったり、寒くなったりと変化が激しい。体の調子が悪くなったり、病気の人などには、この節目を乗り越えることが大きなハードルとなったりする。

土の営み

トラカレではここ数年、〝DNAの冒険〟に取り組んでいる。〝ことばと人間を自然科学する〟という大きな命題のもと、ことばとそのことばを話す人間を自然の営みとしてさまざまな角度から捉え直すことにチャレンジしている私たちの小さなカレッジで、今、進行中の冒険である。

私たちの体の中で行われている生きているという営みは、知れば知るほど複雑で、精巧で、舌を巻く他ない。先日、エネルギー代謝の話を聞いた。人間は外から食べ物を取り込むが、それをまずは細かく細かく分解していくという。そして、その分解していったものや、分解することで放出したものをまた使って、体に必要なものを新たに作りだしていく。このひとつの巡りとも言える流れをうまく行なっているのが、酵素という物質で、分解と生成のいずれにも関わっているというのである。

古事記の神代を読み解いている私たちがこの話を聞いた時、頭の中に浮かんだのは、まさに土だった。土ほどこの分解と新たなる生命の育成を具体的に行なっているものはない。充分理解しているつもりだった土の働きが、酵素に重なったことで私にはとてもリアルに感じられた。

また、私たちが生きていく上で欠かせない酸素はもともと地球上にはわずかしかなかったことを知った。地球の歴史の中で、シアノバクテリアという生き物の出現によって、酸素が放出され、大気圏を作り出したというのである。私たちが今、当たり前のものとして受けとめている自然も長い時間の中で生まれ、作られてきたものなのである。

土もそのように考えられるということだ。土の中にはさまざまなバクテリアがいて、それらが渾然《こんぜん》となって土として存在している。今では、最初からあるものとして当たり前に考えてしまっているが、本当は、途方もない時間を経て、生きとし生けるものを生み出す土というものになってきたのである。

草木が枯れ、荒涼とした地の上にも、必ず春が来て、新しい草木が芽吹いていく。暗い暗い地の中で、目に見えない生殺の力が働いているのである。それこそ、根の堅州国の試練である。

小さい頃、家の裏にあった小さな畑でよく遊んでいた。少し掘ると、わりと黒々とした土で、触った感じは、少し生暖かかった。ムッとする匂《にお》いが鼻にツンとくる。思ったよりも柔らかい感触が、一瞬気持ち悪かったけれど、すぐに慣れていった。そんな遠い記憶がよみがえってくる。

人によって土に対する思いもさまざまであろうが、この土に自然に備わっている力を数千年前の人間が易の中ではっきりと表現していたのである。そしてそれをさらに一人の神の物語として創造したのが、古事記の作者たちだった。それこそ、ひと握りの土から大国主神という神を生み出し、坤の物語、地の話を構築していったのである。古事記は地の姿を、さまざまな視点から捉《とら》え、平面的にではなく、立体的に描いている。名前がいくつもあるのは、沢山の神様の話を集めたからだとか、説話の関連もわかりづらいとかいうのが従来の一般的な解釈だったが、全然異なっている。名前が違っているのは、その話の中で、地のどの働きに着目しているのかを示唆《しさ》するものだった。

一見、つながりがないような表面上の違いも、作者の側の視点に立つことで、同じ大国主神の姿が見えてくる。その視点から見えてきた自然の風景のリアリティによってしか、人間が理解できる話としての古事記は浮かび上がってこないだろう。その時、数千年前の古代中国も、千三百年ほど前の古事記の作者たちも、そして、現代の私たちも、時間を超えて自然の中に生き続けているのを感じるのである。

メデタシ、メデタシと思わず声に出して言いたくなるような、根の堅州国の長かった試練の話は終わりとなるが、大国主神の「坤卦《こんか》」が表わしている主旋律は、繰り返し繰り返し奏《かな》でられていく。

そろそろ次なる曲に耳を傾けてみたい。

第六章　大国主神と三人の女

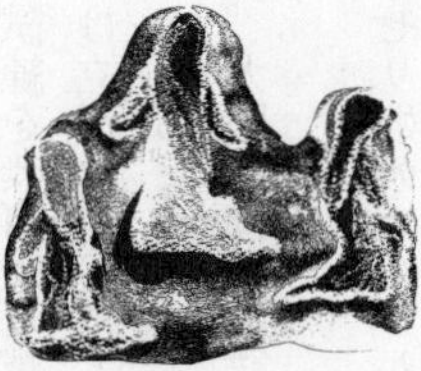

歌謡形式

地の神、大国主神《おおくにぬしの》は、八十神《やそがみ》の迫害、根《ね》の堅州国《かたすくに》での試練を無事乗り越え、めでたく須佐之男命《すさのおのみこと》の娘、須勢理毘売《すせりびめ》を妻に嫡《むか》える。大国主神は立派な地の神として成人したのだった。ようやく腰を据えた国作りが始まろうとしている。

ところが、そうすんなりとは国作りへと話が進まない。大国主神の物語は思いもよらない方向へと進んでいく。

根の堅州国の試練に続く説話は「沼河姫求婚《ぬなかわひめ》」と「スセリ姫の嫉妬《しっと》」から成る。ここは大国主神の説話の中でも一風変わったものだ。なぜならそのほとんどが歌謡という形式で書かれている。

読んでみると、歌謡四首を通してやたらと鳥が出てくる。そして、大国主神はなぜか衣装を何回も着替えたりしている。それくらいのことはわかるのだが、全体を眺めてみると、焦点がぼけて何の話か見えなくなってしまう。どうしてこのような歌で書かれているのか。それだけで思わず気持ちが萎《な》えてしまいそうになる。

そんなわけで、このくだりは大国主神の話の中でも謎《なぞ》の部分として、私たちの間で長い間封印されていた箇所だった。しかし、この話だけいつまでも除《の》け者にしておくわけにはいかない。それに、なぜすぐに国作りの話へと進まずに、求婚や嫉妬の話になるのだろう。その理由を確かめたいではないか。

何といっても、今では私たちには地の神、大国主神が道案内としてついている。

沼河姫への求婚

大国主神は「八千矛神《やちほこのかみ》」と名乗り、高志国《こしのくに》の沼河姫と結婚しようと出かけていく。これが嫡妻《むかひめ》、スセリ姫の嫉妬のもととなるのだ。

まずは、大国主神は、沼河姫に向けて歌を詠《よ》む。

八千矛《やちほこ》の　神の命《みこと》は　八島国《やしまくに》　妻枕《つまま》きかねて　遠遠《とほとほ》し　高志《こし》の国に　賢《さか》し女《め》を
有りと聞《き》かして　麗《くは》し女《め》を　有りと聞《と》こして　さ婚《よば》ひに　あり立たし　婚《よば》ひに
あり通《かよ》はせ　大刀《たち》が緒《を》も　いまだ解《と》かずて　襲《おすひ》をも　いまだ解かねば　嬢子《をとめ》の

寝《な》すや板戸《いたど》を　押《お》そぶらひ　我《わ》が立たせれば　引《ひ》こづらひ　我が立たせれば　青《あを》山《やま》に　鵼《ぬえ》は鳴きぬ　さ野《の》つ鳥《とり》　雉《きぎし》はとよむ　庭《には》つ鳥《とり》　鶏《かけ》は鳴く　心痛《うれた》くも　鳴くなる鳥か　この鳥も　打《う》ち止《や》めこせね　いしたふや　天馳使《あまはせづかひ》　事《こと》の　語言《かたりごと》も　是《こ》をば

こともあろうに大国主神は、

「私は妻を娶《めと》ることもできないで、遠い遠い高志国にいい人がいると聞き、求婚にやってきました……」

と沼河姫に歌を送るのである。

今で言えば、結婚指輪を外してナンパしに行くようなものだ。すでにスセリ姫という正妻がいるはずなのに、相手の知らないこととはいえ、よくもこんなことが言えたものだ。ところが、沼河姫は大国主神の求婚に対して、その晩は家の戸も開けず返歌のみを送るのだった。

八千矛《やちほこ》の　神の命《みこと》　ぬえ草《くさ》の　女《め》にしあれば　我が心　浦渚《うらす》の鳥ぞ　今こそは　我鳥《わどり》にあらめ　後《のち》は　汝鳥《などり》にあらむを　命《いのち》は　な殺《し》せたまひそ　いしたふや

天馳使《あまはせづかひ》　事の　語言《かたりごと》も　是《こ》をば
青山《あをやま》に　日《ひ》が隠《かく》らば　ぬばたまの　夜《よ》は出でなむ　朝日の　笑《ゑ》み栄え来て　栲《たく》
綱《づの》の　白き腕《ただむき》　沫雪《あわゆき》の　若《わか》やる胸を　そだたき　たたきまながり　真玉手《またまで》　玉《たま》
手《で》さし枕《ま》き　百長《ももなが》に　寝《い》は寝《な》さむを　あやに　な恋《こ》ひ聞《き》こし　八千矛の　神の命
事の　語言も　是をば

「今は私は自分の思うままに振る舞いますが、後にはあなたの自由になるのです……」

と沼河姫。

そして、大国主神と沼河姫は、明くる日の夜に契《ちぎ》りを結んだというのである。

スセリ姫の嫉妬

ここで、正妻スセリ姫の登場だ。

大国主神がよほど嘘《うそ》をつくのが下手だったのか、それとも誰かがスセリ姫に、あなたの夫が他の女性に求婚しているよと告げ口したのかはわからない。沼河姫とのことを知った妻スセリ姫は激しく嫉妬する。そのあまりの激しさに大国主神はたまりかね、ついに出雲《いずも》から大和の国へ逃げ出そうとするのだ。
出発の用意をし、片手は馬の鞍《くら》、片足は鐙《あぶみ》にと、まさに旅立つ寸前、スセリ姫におくる歌を詠んだ。

ぬばたまの　黒き御衣《みけし》を　まつぶさに　取り装《よそ》ひ　沖つ鳥《とり》　胸《むな》見る時　はたた
ぎも　これは適《ふさ》はず　辺《へ》つ波　そに脱《ぬ》き棄《う》て　鴗鳥《そにどり》の　青き御衣《みけし》を　まつぶさに
取り装ひ　沖つ鳥　胸《むな》見る時　はたたぎも　此《こ》も適《ふさ》はず　辺つ波　そに脱き棄《う》て
山縣《やまがた》に　蒔《ま》きし　あたね舂《つ》き　染木《そめき》が汁《しる》に　染《し》め衣《ころも》を　まつぶさに　取り装ひ
沖つ鳥　胸《むな》見る時　はたたぎも　此《こ》し宜《よろ》し　いとこやの　妹《いも》の命《みこと》　群鳥《むらとり》の　我《わ》
が群《む》れ往《い》なば　引《ひ》け鳥《とり》の　我《わ》が引け往《い》なば　泣かじとは　汝《な》は言ふとも　山処《やまと》の
一本薄《ひともとすすき》　項傾《うなかぶ》し　汝《な》が泣かさまく　朝雨《あさあめ》の　霧《きり》に立たむぞ　若草の　妻の命《みこと》
事の　語言《かたりごと》も　是《こ》をば

大国主神は、なぜか衣装合わせのことを鳥になぞらえながら、妻スセリ姫に対し、
「私が大和に行ってしまうと、あなたは泣かないというけれど、きっと泣くだろう」

と歌うのである。

激しい嫉妬にかられ、たぶん鬼のような形相になっていたに違いないスセリ姫は、それを聞いて打って変わったようにしおらしくなる。そして、盃《さかずき》をささげて返歌をするのだ。

八千矛の　神の命《みこと》や　吾《あ》が大国主《おおくにぬし》　汝《な》こそは　男《を》に坐《いま》せば　打ち廻《み》る　島の埼《さき》埼《ざき》　かき廻《み》る　磯《いそ》の埼《さき》落ちず　若草の　妻持たせらめ　吾《あ》はもよ　女《め》にしあれば　汝《な》を除《き》て　男《を》は無し　汝《な》を除《き》て　夫《つま》は無し　綾垣《あやかき》の　ふはやが下《した》に　苧衾《むしぶすま》　柔《にこ》やが下《した》に　栲衾《たくぶすま》　さやぐが下《した》に　沫雪《あわゆき》の　若やる胸を　栲綱《たくづの》の　白き腕《ただむき》　そだたき　たたきまながり　真《ま》玉手《たまで》　玉手さし枕《ま》き　百長《ももなが》に　寝《い》をし寝《な》せ　豊御酒《とよみき》　奉《たてまつ》らせ

「あなたは男ですから、いろんな所に女性がいるかもしれません。でも私は女ですから、夫はあなたしかいないのです」

とスセリ姫は歌う。

そして酒杯を交わして心の変わらないことを結び固め、互いの首に手を掛け合って、仲直りをしたということだ。

現代の男性にとっては、うらやましい限りに理解があり、かわいい妻に見えるのではないか。

濃厚かつ官能的な

この八千矛神の名で語られる説話、読めば読むほど疑問が湧《わ》いてくる。古事記の中には歌謡で書かれているところも多々あるので、そのこと自体、特に不思議ではない。しかし、この説話だけが大部分が歌謡で書かれているのだから、それなりの理由がありそうだ。

この説話に関して書かれている文献をいくつか読むと、祭式、特に収穫祭の時に歌われたもので、内容は濃厚かつ官能的なものだと解釈されている。

官能的《エロチック》な歌と聞いて、今まで古事記を開いたこともなかった男の学生たちが首をつっこんできた。

「そんな短絡的に見るんじゃなくて、全部をしっかり読まないとだめよ」

そうたしなめると、素直に本を眺めだした。

「栲綱《たくづの》の　白き腕《ただむき》　沫雪《あわゆき》の　若やる胸を　そだたき　たたきまながり……」

などの部分に、どのくらいときめきを感じる人がいるのかはわからない。だが、大国主神が寝所にいる沼河姫と板戸一枚を隔てて歌のやりとりをしている夜の情景を思い浮かべると、かなり艶《なまめ》かしい感じも漂ってくる。

男女の交情に収穫の実りを重ねて見るのは古来よく見られることである。そのこと自体には問題はないだろう。ただ、どうしてここで収穫の祭りが突然出てくるのかということだ。歌だからということかもしれないが、その実りを感謝する祭りに神様の嫉妬の話が続くとなると、どうもすっきりと受け取れない。それだけでは歌謡で書かれている理由は、やはりわからないのである。

誰かと誰かが付き合っていて、そこにさらに一人加わり、三角関係になっていくという類《たぐい》の話は現代でも珍しくも何ともない。いかにも井戸端会議で花が咲く話題だ。こういうとき本領を発揮するのが、トラカレの女学生と言われている主婦グループである。

「なんだか、あの大国主っていう神、立派になったと思ったら、その途端、女に走るなんて。今までさんざんな苦労を重ねて、若いのによくがんばるなって応援してきたのよ。それがまあ、どうなっているんでしょう」

「でも、よく聞くじゃないの、そういう話。ほら、下積み時代を奥さんと二人で頑張ってきて、やっとのことで出世した途端、外に女を作っちゃうとかね」

これでは大国主神の面目も丸つぶれである。

しかし、そこはトラカレの主婦たち、ちゃんと本題に帰ってくるからさすがである。

「あらいやだわ。私たちすっかり芸能人のスキャンダルと同じにしちゃって。古事記だってこと忘れていたわ。ただの浮気話であるはずがないわよ。もっと冷静に読んでいかなくちゃ」

それにしても、妻が夫に焼きもちを焼くなんて、いかにも人間臭さを感じさせる話である。そう思うと急に親近感が湧いてくるから不思議だ。大国主神の全体の話の筋から見ると余分な話としか思えないのだが。

八千矛神《やちほこの》の名

この摩訶《まか》不思議な話の謎を解く最初の鍵《かぎ》は、大国主神のまたの名、八千矛神だった。

すでに、大国主神は大穴牟遅神《おおなむぢの》、葦原色許男神《あしはらしこおの》など幾つかの名前で登場してきているが、ここでは八千矛神となっている。しかもこの説話以外では、八千矛神なる名はどこにも使われていないのだ。この説話に限定されて使われている名となると、そこに主題が隠されているとピンとくる。

これまでもそうだったように、大国主神イコール八千矛神なのだから、八千矛神もかならず大国主神の神格、地の性質を持っているはずである。

八千矛神イコール地の神と、頭の中で考えようとしても、すぐには結びつかない。八千矛神を文字通りに取れば、八千の矛を持つ神であろう。八千とはまた随分と大きな数字だ。単純に考えれば大量の武器となる。

現解釈も、「多くの矛を持った神の意で、武威をたたえたものであろう」とか、「八千は、数の多いこと。戈《ほこ》の多いことは強いことを示す」などとなっている。

そういえば、出雲で大量の青銅器発見が相次いでいる。先頃、出雲で発見された銅《どう》鐸《たく》の特集をテレビで見た。その中で荒神谷《こうじんだに》遺跡で出土した青銅器のことが話されていた。

「出雲の神話に出てくる大国主神は、八千矛神とも言われていましたからねぇ。八千本の矛とまでは言いませんが、剣が三百五十八本と大量に出てきていますし、そういったことも関係あるかもしれませんね」

剣や矛は武器であるから、やはりそういう物が大量に出土したとなると、決まってその地方にあった古代の勢力のことなどをまず考えるのだろう。大量の出土品に後押しされて、出雲の神である大国主神の別名、八千矛神から、まず武器の神、武力の神を連想するのも普通なのかもしれない。

八千矛神が武力の神だとすると、どういうことになるだろう。沼河姫《ぬなかわひめ》に求婚する際も力ずくだったのか。それとも、正妻の激しい嫉妬《しっと》を制するのに武力が必要だったのだろうか。いや、この八千矛神の名前が使われている話の中に、武力に関することはいっさい出てきていない。その大部分を占める艶かしい歌謡からも、武神としての荒々しい印象は全くない。それどころか、これまでの解説も官能的なきわどい歌だということになっている。

八千矛神の名のどこに地の性質が隠されているのだろう。

道の神

大国主神は地の神であり、性質は「従順」だった。従順にはもうひとつの表記がある。柔順だ。従うためには柔軟でなければならないのである。

「あっ、柔の字の中に矛がある!」

私はこれを取っ掛かりとして、まずは「柔」の漢字を調べてみることにした。

「柔」は「矛+木」の会意文字で、矛の柄にする弾力のある木のこと、曲げても折れないしなやかさを意味するとあった。矛は長い木の棒の先に刃がついた武器である。つまり柄の部分は弾力性のある柔らかいしなやかな木でできている。もし硬い木だったら、突いた衝撃でポッキリ折れてしまう可能性もある。柄そのものに弾力性があることで、力が分散されるのである。

八千矛神の名の「矛」には、ちゃんと柔順という「地」の性質が反映されていたのだ。しかし、その地の意をなぜ八千矛神という名前で表現したのだろうか。それがわからなければ、八千矛神の名を解いたとはいえない。

矛といえば思い出すのが、「玉ぼこ」という道にかかる枕詞《まくらことば》だ。私たちの見つけたルール、「枕詞＝被枕詞」によれば、「玉ぼこ＝道」となる。矛はしなやかである意を持っていた。道は途切れずに続いていくもの。続き従っていくためには、しなやかでなくてはならない。矛と道は、地の性質である「しなやか」という点で重なっていたのである。

「地」は「平らに伸びた土地」のことを示した漢字であり、その極まった形が道なのだ。

八千矛神は地の神でも、道の神ではないだろうか。

この説話の冒頭は、大国主神が八千矛神と名乗り、高志国《こしのくに》の沼河姫のところへ求婚に行くことから始まる。高志国とは今でいう北陸のことである。出雲から北陸とは海沿いとはいえ、ずいぶんと遠い所まで行ったものだ。

これも八千矛神を道の神と考えると、長く長く続く道に沿って、遠い遠い高志国まで行ったといえる。説話の初めに、八千矛神が道の神であるということが書かれていたのである。

ここまで来ると、八千矛神の「八千」の中にも地の性質が隠されているのが見えてきた。

古事記の中に出てくる数の表記に「八十神《やそがみ》」「八百万神《やおよろずのかみ》」などがある。この八十、八百万のいずれも、「大勢の」という意味で使われている。また、「八重」はいくつも重なっていることであり、「千代に八千代に」といえば、非常に長く続く年月を表わしている。

八千とは数の多さだけでなく、ずっと続く意を持ち、地の性質「従順」につながってくる。

八千矛神は、地は地でも道の神だったのである。

では、なぜ道の神の説話を歌謡形式にしたのだろう。その答えが「単語家族」を調べていくうちに見えてきた。

「道」と「謡」

私たちが記紀万葉の世界を旅する時に欠かせないものがある。そのひとつが、藤堂《とうどう》明保《あきやす》博士の漢字辞典だ。先にもちょっと触れたが、漢字はもともとは、山、川、口、目……などと象形文字だった。自分たちが見た形をそのまま文字にしたのである。藤堂博士は、その漢字の成り立ちに付け加え、「全く違う漢字でも、同じ、または似ている音で読まれる漢字は共通の意味を持っている」という「単語家族」という考え方を、『漢字語源辞典』にまとめている。

私たちは小さい頃から漢字を習ってきた。象形文字などの漢字の成り立ちに始まり、「木偏」は木に関する文字、「氵（さんずい）」は水に関する文字といったことだ。だから、単語家族――同じ音は同じ意味――という聞き慣れないことばに最初は戸惑ったが、よく考えてみれば当たり前のことだとわかる。

最初から文字があったのではない。文字発明のはるか前から、音声としてのことばはあったのである。その音声を記述するのが文字だった。

初めは音声やしぐさによってしか、意味を相手に伝える術《すべ》はなかったのだ。だから、いろいろな音が同じ意味を持っていたり、その逆に同じ音がいろいろな意味を持っていたら、音声だけでの通話《コミュニケーション》は混乱してしまったであろう。文字があることが当たり前になってしまっている今では、そんな音声だけで伝達する世界など想像できないかもしれない。

今の地球上にも、文字を持たぬ言語がゴマンとあるのも忘れそうである。

『漢字語源辞典』をパラパラとめくり、その単語家族を見た時、私たちの感覚にもシンプルでわかりやすいものであることに驚いた。

例えば、N系の音は「やわらかい」系列の意味を持つ。ネチョネチョ、ネットリ、ネバネバ……。K系の音は「角張った」という意味だ。カクカク、カリカリ、カチャカチャ……。たしかに雰囲気を表わしているようだ。また、実際にその音を口に出して言ってみると、何かに気がつかないだろうか。音の持つイメージが、その音を言うときの口の中の感覚と何となく重なってくる。

カキクケコ……。カ行の音を言う時、息(空気)は喉《のど》の奥に当たって詰まったように口から出ていく。K系の音は、まさしく「角張った」という固いイメージを運ぶ。ナニヌネノと言うと、舌が上顎《うわあご》にくにゃっとひっつく感じだ。これも、N系の「やわらかい」という意味にぴったりだ。こうやってみると、どうやら音の意味というのは、そもそもはそれを言う時の口の形と関係があったに違いないこともわかってくる。

古代中国では、包んだり、丸くふくらんだ様子をPOGと言っていた。口に出して言ってみると、口がふくらんでいるのがわかるだろう。

「包」＝お腹《なか》に赤ちゃんのいる様子

「宝」＝財貨を大切に家の中にしまっている様子
「保」＝赤ちゃんを抱いている様子

それぞれ別のことを表わしているが、どれもPOGという音で「丸く包む」状態をいっているのだ。

お腹に赤ちゃんのいる様子は胎児の形（巳）を内膜で包んだ姿で、「包」の原字となった。財産を家にしまってある様子は、宀（やね）の下に玉や缶や貝（財貨）を置き、保護する様を表わす「宝（寶）」の字だ。赤ちゃんを抱いている様子は「保」の原字で、左の人偏が抱いている人を、右のつくりが子どもを表わしている。

「包」も「宝」も「保」もよく知られている漢字だが、この音でくるという単語家族の考え方を知らなければ、それぞれがまったく関係ない漢字に見えるだろう。

「包《ホウ》」「宝《ホウ》」「保《ホ》」は、日本語で音読してもほとんど同じだ。漢字はもともとは、その音そのものの中に意味があったのだ。この単語家族の考え方を知ったことで、私たちの漢字世界の理解は大きく開けていった。

「道」の古代中国語音はTOGで、基本義に「細長く伸びる」を持つ。これと同音の単語家族の中に、思いもよらないものがあった。何と、歌謡の「謡」の字である。

「道」と「謡」が同じ音、つまり共通の語義を持っていたのだ。

「謡」は声を細く長く伸ばして歌うこととある。

なるほど能に代表されるような古典音楽を考えてみても、短いことばを、長く長く伸ばして謡《うた》うのが特徴だ。私たちには何を言っているのかよくわからなかったりするが、ともかく、その調子が強烈で、耳に音の余韻がこびりついてしまう。

実は、道そのものにも伸びる、述べるという意があったのだ。道に「いふ」という古訓があることに最初は驚いたが、長く伸びる道も、長く述べることも同じ状態であることがすぐに納得できた。話すのも歌うのも音声にのせて伸ばしていくことに変わりはない。古《いにしえ》の人は「道」も「謡」も同じ状態と見ていたのである。

八千矛神の説話が歌謡で書かれていたという理由も多分ここにあったのだ。偶然でもないし、収穫祭を祝う祭式でもない。八千矛神という命名が道を表わし、それが長く伸ばすという意から、必然的に歌謡という形式が決定されたのであろう。だいぶ謎《なぞ》が解けてきた。

八上姫《やがみひめ》はいずこへ

まだまだ不思議なことはある。

正妻がいるのに、遠くまで求婚に行く大国主神。昔は一夫多妻が普通だったというから、今様の浮気ということばは当てはまらないかもしれない。だが、愛する人が他の人のもとへ行けば、今も昔も嫉妬《やきもち》を焼くのは当然だろう。それにしてもどうして、こんなジェラシーの話が日本の正史にこれ見よがしに出てくるのか。

大国主神が求婚した沼河姫とはどんな娘だったのか。そして何にもまして興味が湧《わ》くのは、荒れ狂うほどの嫉妬《しっと》をするかと思えば、よよと泣き崩れてしまう一面を持ち合わせたスセリ姫の正体だ。となれば、もうひとりの姫のことも忘れてはいけない。「いなばのしろうさぎ」で登場した八上姫である。彼女と大国主神とは、いったいどうなってしまったのだろう。

これまでの話を読むとわかるように、大国主神は危機に陥るといつも女性に助けられてきた。大国主神の母、キサガイ姫、ウムギ姫、スセリ姫と。彼女たちの助けがなければ、今の大国主神の姿はないといっても過言ではない。大国主神のストーリーの中で、重要な位置を占める姫たち。また、彼女らがいなければ成り立たない話ばかりといっていい。

大国主神と彼を取り巻く三人の女性。ここでは、彼女らの関係に光を当てて見ていくことにする。

「いなばのしろうさぎ」の説話で、八十神《やそがみ》の求婚を断り、大国主神と結婚すると言っていた八上姫はどうなったのか。

実は大国主神が根《ね》の堅州国《かたすくに》の試練を終えた後、最後に短い話がおまけのようについていたのだ。

「八上姫は大国主神と結婚し、いっしょに宮殿に住んでいたが、正妻のスセリ姫をいたく畏《おそ》れ、生まれた子を木の俣《また》に挟んで国へ帰ってしまう。それ故《ゆえ》、その子どもの名を木俣神《きのまたの》、又の名を御井神《みいの》と言う」

短い話ではあるが、不思議なことがたくさんありそうだ。

八上姫は八十神の求婚に対し、

「私はあなたたちとは結婚しません。大国主神と結婚するのです」

ときっぱりとした口調で断った。

それは、まさに沢の卦《か》の特性を表わしていたのだ。沢の卦は悦《よろこ》ばす意を持っており、それはことばによって悦ばすということである。そのことから口は沢の卦になり、神託を告げる巫女《みこ》も沢の卦となる。

八上姫と大国主神は、沢の姫と地の神のペアだったのだ。この二人の関係は、彼らの子どもの名前、木俣神と御井神という二つの名前でさらにくっきりとする。

御井は井戸。これは地面の下にある水を掘り出して溜《た》めている所だ。それこそ地の下に水、または沢がある形と見ることができる。となると、沢が地の下にある「地沢《ちたく》臨《りん》」の組み合わせが、大国主神と八上姫の関係を表わすといっていいだろう。

「地沢臨」は地が沢に臨んでいること、上から下を見下ろすことを表わしており、転じて君主が下にいる民に臨むことを表わす。

井戸は井形だ。木の枠が四角くかっちりとはめられ、正方形に区切っている。これも、御井神が木の俣に挟まれて、身動きがとれない様とぴったりと重なる。

五行の木は八卦《はっか》の風にあたり、身体《からだ》の俣（股《また》）も易では「風」の卦である。木の俣は風の意味を持つのだ。木の俣は風、御井は水。この二つの名を合わせると、「水風《すいふう》井《せい》」という卦が浮かび上がってくる。文字通り井戸の卦だ。井戸の周りには人が集まり、周囲に住居ができ、市が立つので、「市井《しせい》」と言った。

井戸の水は絶えず汲《く》まれることで清水を保っていられる。変わっていく中で変わらないこと、そして新しくなっていくこと、これが恒久の意を表わすのだ。木俣神の他に御井神と別名があったのも、根の堅州国の説話で大国主神が恒久性を得たことを、最後にもう一度強調しているのである。

「いなばのしろうさぎ」の予言通り、大国主神と結婚した八上姫だったが、最終的には国に逃げ帰ってしまう。スセリ姫を畏れたというのだ。恐らくスセリ姫の激しい嫉妬によるものだろう。きっぱりとした口調の沢姫ではあったが、人を悦ばす潤《うるお》いの沢のとおり、優しい性格の持ち主でもあった。そんな八上姫には、スセリ姫との対立関係が耐えられなかったのであろう。

沼河姫《ぬなかわひめ》との相性

さて、大国主神は八千矛神《やちほこのかみ》（道の神）となり、高志国《こしのくに》の沼河姫のところへ求婚に行ったのであった。

道の神、八千矛神が求婚した沼河姫とはいったいどんな姫だったのだろう。名前からはっきりとわかるように、沼と河の姫である。すぐに想像できるのは、水だ。何といっても、沼と河の両方に氵（さんずい）がついている。沼というと、どんよりとして水と泥のたまっているイメージが伴うが、本来の沼は湧き水などにより、常にきれいな水を保っているものだった。実際、蓴菜《じゅんさい》などは池や沼から穫《と》れるものだが、水のきれいなところでないと穫れないという。

沼や河をゆらゆらと漂う水、それは歌謡の中からも窺《うかが》える。大国主神が戸を揺すぶりながら求婚するという性急さに対し、そんなにあわてないでと言うような、ゆっくりとした返歌。そして結局その日は会わず、次の日まで返答しなかった。沼や河をゆらゆらと漂う水のイメージが歌の中にも見えてくる。

賢《さか》し女《め》、麗《くわ》し女《め》と大国主神が歌の中で詠《よ》んだ沼河姫は、澄んだ清水の象徴だった。その水の穏やかな、ゆったりとした静かな流れを求めて、大国主神ははるばると出雲からやってきたのだった。

水の姫、沼河姫と地の神、大国主神、この二人の関係は「水地比《すいちひ》」であろう。「水地比」は比《した》しみ合うという卦だ。地の上に水を撒《ま》くと地の隅々まで水が行き渡り、隙《すき》間《ま》なく混じり合い、そして一体化する。そんな関係を「比」に当てたのである。比の原字は、人がふたり並んでいる「从」の逆の形であり、二人が、ぴったりとくっつくことで、人と人が親しみ合うことを表わしている。

今までにも何度も出てきたが、水と地は同じ性質であることから同じ類とされており、坤《こん》（地）＝巛（川）＝水と表わされている。巛は川を表わし、川は水があるルートに従い流れていく。従うことは、そのまま坤（地）の性質と同じだったのである。

水と地から、親しみ合う二人の関係が見えてきたが、ひとつ気になるのは、地の神、大国主神が、ここでは道の神でもあるということだ。水と地の関係だけなら、「八千矛神」として登場しなくてもよさそうなものである。

だが、川こそ、水が途切れることなく続くもので、言い換えれば、「水の道」と言える。古来、道とは川に沿ってできたものだったという。「道」は、水と地を結ぶ接点でもあったのである。

水の沼河姫と地の大国主神の相性は、姓名判断でも誰が見てもうらやむくらいのベストカップルだった。そんな関係を傍から見ている妻に、やきもちをやくなというほうが無理な話だ。

スセリ姫の性格

では、スセリ姫と大国主神との関係はどうなのだろうか。スセリ姫は風姫だった。父スサノオから、「雷風恆《らいふうこう》」の風の性質を受け継いだのである。風を表わす易の卦「巽《そん》」には、「へりくだる」という意味がある。へりくだるということは、従順を表わす。

風は吹けばどんな隙間へも入り込んでいく柔順さを持っている。しかし、木々の間を吹き抜けてゆく爽《さわ》やかな風もあれば、冬の日の肌を切るような冷たい風や暴風もある。一方では穏やかな風、その対極に位置する嵐《あらし》のように吹き荒《すさ》ぶ風。風はその両極の性質を持ち合わせている。

その風の性をスセリ姫は合わせ持っていた。夫も逃げ出すほど激しく嫉妬する妻であると同時に、いざ夫が出て行くとなると、弱々しく泣き崩れてしまうような一面を持つ妻。

また、あの八上姫のことが思い出される。八上姫は大国主神との間に生まれた子を置いて、逃げ帰ってしまう。それは正妻、スセリ姫を恐れたためだった。「雷風恆」

の神、スサノオの娘であるスセリ姫の激しい嫉妬は暴風そのもので、やさしい沢姫にはとても耐えられなかったのであろう。

地の神、大国主神と風姫スセリ姫の関係は「風地観《ふうちかん》」だ。地の上に風がある形で、地の上をあまねく吹き荒れる風に、下から上を見るという意味がある。

これに対し、大国主神と八上姫の関係は「地沢臨《ちたくりん》」であった。この「地沢臨」の卦の中には「八月になったら凶がある」とあった。その八月には二つ解釈がある。ひとつは消息の卦で数えた場合で、陽の気が初めて発生する「地雷復《ちらいふく》」(䷗)から、順に数えた八ヵ月目の「天山遯《てんざんとん》」である。もうひとつは、八月にあたっている「風地観」とする説だ。「天山遯」の遯は、まさに逃れることで、八上姫はスセリ姫を恐れて子どもも置いて逃げ帰ってしまう。

さらに、大国主神とスセリ姫の関係である「風地観」は、結果として八上姫にとって、凶に出たということであろう。この「観」(䷓)と「臨」(䷒)はどちらも消息の卦に入っていて、卦の形が上下反対になっている対の卦だ。ここにも激しい風のスセリ姫と穏やかな沢の八上姫が対照となって見えてくる。

風地観

地沢臨

衣装合わせ

大国主神とスセリ姫の関係である「風地観」の「観（觀）」の字を調べていくと、ただ見るのではなく、合わせそろえてみる、見比べてみるという意味があることがわかる。見比べるといえば、大国主神が大和へ退散しようとする時、妻に詠んだ歌に、衣装を合わせていたものがあった。その内容はこうである。

「黒い衣装を着て合わせてみたが、似合わなかった。青い衣装もまとってみたが、これも似合わなかった。次に茜色《あかねいろ》の衣装をまとってみたら、これがとても似合ったのだよ、我妻よ」

黒、青、茜色の衣を比べたというのだ。「風地観」の見比べるという意味が、歌そのものの中に表わされている。では、見比べた衣装とは何のことを言っているのだろうか。

女性で衣装合わせが嫌いという人は、まずいないだろう。新しい洋服をいろいろと試していると、あっという間に時間が経《た》ってしまう。私たちの仲間にも新しい服を好んで買う人がいる。ただし、彼女の場合、あれこれ試すというより、パッと見て気に入ったものを買ってしまうのだ。どうも着るというより、買うことに快感を覚えるらしい。

そんな彼女も含めて、私たちはしばしば衣装談義に話が広がった。

「こんな時に衣装合わせのことなんかのんびり詠《うた》っていいのかしら」

「わかった。奥さんに弱みがあって強い立場になれないから、衣装合わせの歌とか詠って誤魔化しているんじゃない」

「衣装を合わせるといっても、ここでは色がポイントじゃないかしら。色を合わせる……、やっぱり女性のことじゃないかな？　色事とか色恋とか、男女の関係に色はつきものよ。この話だって、大国主神といろんな女性との関係が、そもそもの話の始まりと考えるとぴったりだわ」

確かにこの説話で描かれている主題は、大国主神を中心にした女性関係による正妻スセリ姫の嫉妬であった。とっかえひっかえ合わせている衣装の色に、その女性たちが喩《たと》えられていると考えてみるとどうなるだろうか。

「黒（の衣）の女性も似合わなかった。青（の衣）の女性も自分にはふさわしくなかった。いちばんふさわしいのは茜（の衣）の女性である。我妻よ」と大国主神が言ったのだ。

なるほど、まったく関係なさそうな衣装合わせだが、こう見ると妻に「お前がいちばんだ」と自分の気持ちを言っていることになる。夫婦別離の危機にあるにもかかわらず、何もフォローしていないように見えた歌謡だったが、やはりそんなことはなかった。妻に対する、大国主神自身の気持ちを歌謡の中にはっきりと表現していたのである。

妻のスセリ姫を茜色の衣に喩え、その色がいちばん似合うと言っていたのだ。黒、青、茜色のうち、茜色の女性が自分（大国主神）にもっともふさわしいというのも、茜色がスセリ姫だということを暗示している。

それも二人の関係を表わす「風地観」から見えてくる。「風地観」は消息の卦でちょうど西にあたり、西といえば夕日の色、茜色だ。易でも西には赤の色が当てられる。

さらに方位に易の八卦を当てる場合、先天図、後天図の二種類がある。スセリ姫の性である「巽」は、易の先天図で西南に位置する。そして同じ西南に位置するものを後天図で見ると、大国主神の性である「坤」になっている。ここでも「風地観」の「観」が表わす、合わせそろえるという意味が重なって見えてくる。西南に重なる二

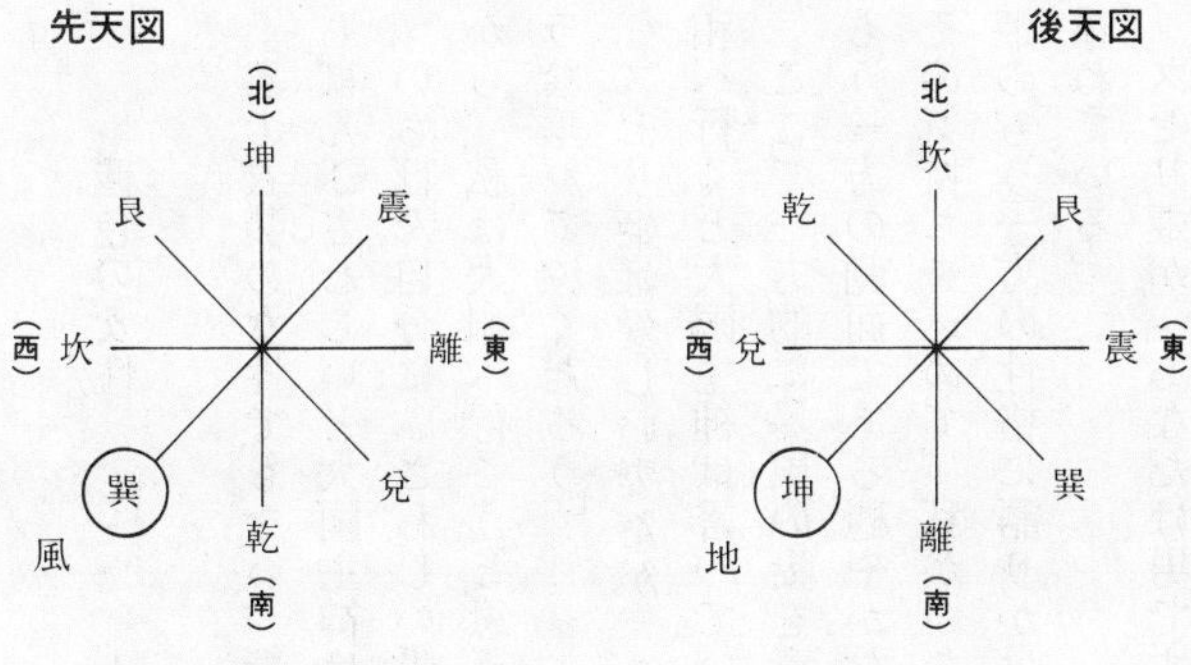

〈西南で重なる坤と巽〉

人、そして二人の関係は「風地観」で、その方角の西から茜色が導き出されていたのだった。

消息の卦の巡りは十二支の巡りでもある。「風地観」がある西には、何と酉《とり》があたっている。酉、鳥だ。衣装合わせの歌になぜ鳥が登場するのかわからなかったが、それも「風地観」の卦をこれでもかと後押ししていたのである。

そうなると、大国主神が出雲を離れ、大和に向かったということも理解できる。出雲から逃れるというのはわかるが、それがどうして、いきなり大和に向かうのかということが今ひとつ不可解であった。しかし、「観」の位置が西ということを考えると、その対にある東の地、大和ということがくっきりとしてくる。「観」の意が持つ、そろえて見るという意を、ここでは西と東の対としたのだ。

茜色の女性

黒の衣装の女性でもない、青の衣装の女性でもない、茜色の衣装のあなたが私にいちばんふさわしいと大国主神は詠って、さらに続ける。

「いちばん自分にふさわしい愛《いと》しい妻よ。だが、あなたは今、嫉妬《しっと》に狂っている。だから、私は大和へ行こうと思う。するとあなたはきっと、一本《ひともと》のススキのように頸《くび》をうな垂れて泣くだろう」

スセリ姫は愛しい妻だが、その激しい風（嫉妬）にはかなわないから、私は東の大和へ行くと大国主神は言っている。

ここで一方的に暴風の妻を責めているわけではない。大国主神は、スセリ姫が風のもう一方の側面である穏やかな性質を持ち合わせていることも、当然よく解《わか》っている。その気持ちを込めて、私がいなくなったら「頸をうな垂れて泣くだろう」と、スセリ姫のもう一方の性格に語りかけたのだ。風に靡《なび》くススキの姿に従順なスセリ姫の姿を重ねている。

スセリ姫が「あなたは男ですからいろいろな所に女性がいるでしょう。でも、私は女ですから夫はあなただけしかいないのです」と返歌したのも、彼女の性格を見てきた今ではうなずける。

スセリ姫が風姫だったということが重要だった。風の意を表わす「巽」の字にも、「物をきちんとそろえて台上に供えるさま」とあった。選ぶという漢字の中にも「巽」が含まれているのは、もとはさまざまなものを程よくそろえることを言ったのである。スセリ姫の性格である巽のそろえる意と、大国主神とスセリ姫の関係を表わす「風地観」の「観」の字が持つそろえ見るという意味がここで重なる。

最後の場面で二人が酒杯を交わし、お互いの首に手をかけあって仲直りをしたというハッピーエンドのシーンまで、「観」の字と自《おの》ずと重なってくる。

大国主神とスセリ姫の関係を表わす「風地観」に、実にさまざまな角度から光を当て、ひとつの物語が作り上げられていたのである。

出雲の風姫

「やまたのおろち」の舞台である出雲の斐伊川《ひいかわ》沿いを、仲間と共に歩いていた時のことだ。欄干のないコンクリートむき出しの橋に出会った。橋の横の看板に、「自転車に乗ったまま渡らないで下さい」とある。橋の幅は二メートルあるかなしか。その上、柵《さく》もないときているので、危険なのだろう。橋の中ほどまできて、私たちはその場所で休むことにした。思い思いに端に腰掛ける人もいれば、ゴロリと横になる人もいた。川面《かわも》は太陽の日に反射してキラキラと光り、水は澄み、ゆらゆらと動く藻がくっきりと見える。一見のどかな風景であるが、実際にその場所にいた私たちは無言のまま同じことを感じていた。それは風だった。川沿いを歩いていた時は穏やかで、ほとんど気にならないほどだったのに、橋の上に出た途端、川の上を思いがけない強い風が吹いていた。端に腰掛け水面を見ると、流れに逆らって沢山の風紋がくっきりと生じている。

そこには風姫、スセリ姫がいたのだ。私たちには姿こそ見えないが、その存在感は充分あったのである。

出雲が風が強い土地だと本当に理解したのは、現地に行ってからだ。移動中のタクシーの中から、高い木に囲まれた家を何軒も見かけたのである。この地方の名物ともされる築地松《ついじまつ》というのだそうだ。

「冬の出雲は、風が強いんですよ……」

とタクシーの運転手さんが、築地松を見つけては珍しがっている私たちを見て言った。

出雲は古来より風に悩まされてきた土地だというのだ。この風を何とかできないものかという出雲に住む人たちの思いは、いかほどのものだったろう。特に冬場の風には、誰もがこの地を離れたくなるような思いに駆られたに違いない。その思いを汲《く》み取ったかのように言った大国主神の台詞《せりふ》が思い浮かぶ。

「あなたの激しい嫉妬には、さすがの私もかなわない。どうか、いつもの穏やかな妻に戻ってくれないか……」

スセリ姫と大国主神との間に交わされた歌には、出雲の風土が生き生きと描かれていたのである。

宍道湖《しんじこ》の夕日

その日のスケジュールのポイントは、夕方には宍道湖の湖畔に立っているということだった。

前日は出雲の日御碕《ひのみさき》で海に沈む夕日を眺め、夕日が似合う西の国出雲を満喫した。となると、ますます有名な宍道湖の夕日が見たくなったのである。意識しすぎたのか、いくらなんでもまだ明るすぎるという頃に湖畔に着いてしまった。

天気は申し分なく、すばらしい夕焼けが期待できそうだ。

「私たちの行いがいいからね」

誰かのこんな都合のいいことばにも、易を感じてしまう。人のふるまいが、自然界の動きと相関しているという捉《とら》え方が易にあるからだ。異常気象や天災が起こる時は、天命を受ける君主の政治にも問題があるということになる。

そうこうするうちに、次第に光線の具合が変わり、夕映えの気配が漂ってきた。私たちは、宍道湖が美しく見えることで知られている松江大橋の中ほどに陣取って待った。

雲があるからこそ空に奥行きが生まれ、表情が豊かになるのだ。雲が夕日の光源に沿って放射状に広がり、私たちの真上まで及んでいる。夕日はまだ真珠色に白く光るところも残しながら、黄金に、オレンジに、仄《ほの》かな朱に、微妙な色を運んでいる。雲は風に吹かれてところどころ形を変えていく。それがさざ波の立つ湖面にも映るのだから、たまらなく美しい。

夕日は沈む瞬間まで、ずっと眺めていられる。それにひきかえ朝日は、朝焼けを見ていられるのは日が昇るまでで、昇ってしまうともう眩《まぶ》しくてとても見てはいられない。以前、伊勢《いせ》で見た天照大御神《あまてらすおおみかみ》を象徴する朝日とこの出雲の夕日とは、実景の中でもきれいな対照を成している。

空はいよいよ茜色《あかねいろ》に染め上がり、私たちもその中に染まって、さすがにみんな無口になっていた。

その時、茜色の空に私たちが思い描くのは、あの人をおいてはなかった。スセリ姫が茜色の衣を身にまとい、たおやかに裾《すそ》を広げている。ある時は頰を上気させ、目元をきりりとさせた激しい風のスセリ姫。そしてある時は、うつむきかげんで控え目なやわらかい風のスセリ姫。そんな動と静の両面を合わせ持つ風の姫が、やはり激しくも静かな夕焼けの空に、とても似つかわしく映えていた。

この茜色を「自分に最もふさわしく似合ういとこや妹《いも》の命《みこと》(最愛の妻)」として大国主神から認められた時、スセリ姫はどんなに嬉《うれ》しかっただろうか。

この日の茜色は、私たちの心の奥にまで染《し》み込んだ。

王道

ここでもう一度、大国主神と三人の女性、八上姫、スセリ姫、沼河姫《ぬなかわひめ》の関係を見てみたい。

地と沢、地と風、地と水の組み合わせであった。従順な地の性質を考えると、いずれの女性も大国主神同様、従順な性質を持っている。沢は潤《うるお》いで人を喜ばす。風はどんな隙間《すきま》にも入っていくことができ、水はどんな形の器にも溜《た》まることができた。従順であるということでは、これら三人の女性は同じ性質を備えていたといえるのである。それぞれ大国主神にふさわしい女性として選ばれていたことだけは間違いない。

出雲を舞台とした時に、風姫との組み合わせは、出雲の地をくっきりと映し出すものだった。大国主神が最終的に風姫を選んだのも当然である。

大国主神（地）と八上姫（沢）は「地沢臨」（上から下を見る）、大国主神（地）とスセリ姫（風）は「風地観《ふうちかん》」（下から上を見る）、大国主神（地）と沼河姫（水）は「水地比」（親しみ合う）であった。

地沢臨（䷒）—— 八上姫（沢）と大国主神（地）

風地観（䷓）—— スセリ姫（風）と大国主神（地）

水地比（䷇）—— 沼河姫（水）と大国主神（地）

〈大国主神と三人の女性〉

「地沢臨」の「臨」という字は、高いところから下方の物を見下ろすことを表わしている。つまり、君主はこの卦《か》に則《のっと》って下にいる民衆に臨むべきだというのだ。民を教え導くということと、民を無限の広さで包容、保護するという二つを指す。この二つとも上から下に臨む仕事である。「臨」は、君主の民に対するあり方を説いていた卦なのだ。

当然、君主とは万民の上に立つ人であり、それを統制していくのだから先頭に立って導いていかなくてはならない。それにはただ力を使って制すればよいということではない。易では、徳があれば自然に民はその徳に感動し、従ってくるとある。また、最も優れた臨む態度とは、自分の身を正しく守り、自分は動かずに実力ある臣下に仕事を任せることだと説いている。

現代でもそうだ。いかに仕事のできる人でも、その人がすべてやってしまうのでは、部下に優秀な人材がいようとも育たない。優れた君主とは、そのように臨んでいかなければならなかったのだ。

「風地觀」は「臨」を反対にした卦で、仰ぎ見られることを表わしている。民は常に君主を見ており、君主は下々に仰ぎ見られているのだ。君主はその民の風俗を見ることで、おのれの政治がうまくいっているかどうかを見ることができる。

旅行をして、その国の美しい所などを見てまわるという「観光」ということばは、「風地觀」から派生している。国の光を外に示すことこそが、君主の徳を表わしていた。

古事記の後段にも天皇が行幸する話題は数多くある。国を治める立場にあるものとして、民の暮らしを知らずして、どうして治められようか。「風土」ということばは、その地方の気候、地形、地味などのありさまで、その土地柄を表わしている。それを見比べ、さらにそれを示すことが君主の務めだった。四季に狂いがないことを天が示すように、君主は正しい政治を行なわねばならなかったのである。

「水地比」の「比」は、建国の卦だ。君主はこの卦に従って国を建て、諸侯と親しんで政治を行なっていかなければならない。地に水を撒《ま》けば隙間なく混じり合い、一体となっていく。この水と地の関係のように、争うことなく諸侯と親しみ、いっしょに国を作っていくのだ。天下のものすべて親しみ合い、互いに助け合って生活していくのである。

これら三つの卦の共通点は、もう言うまでもないだろう。「天下を治め、君主としての道を歩む」ということだ。一国を治める主として、その行ないはどうあるべきかを説いていたのである。

この三人の姫との物語は、国を作っていく時の王道を説いた話だったのだ。

国作りへの道

それにしても、どうしてそのような重要なことが女性との関係を比喩《ひゆ》にして語られていたのか。

男と女は陰陽の代表だ。また結婚そのものが、国を治めることとパラレルに扱われていたのである。今でもそれは変わらない。結婚するということは、陰陽交わりて新しいものを生み出すことに他ならない。家ひとつも無事に治められないのに、国を治められるはずはない。

八千矛神《やちほこの》を道の神と解いてきたが、その道には君主としての道がかかっていたのである。

ここまできて、なぜ八千矛神の説話がこの場所で語られたのかということも見えてくる。まずは、この説話が何の話の後に続いていたかを思い出そう。

大国主神は根《ね》の堅州国《かたすくに》での試練に耐え、そこから脱出したが、その時、スサノオの「恆《こう》」の神格をも併せ持つ地の神になっていた。恒久の意は、地の形である方形が持つ法則の意として重なった。「道」にも古訓では「ノリ」とあり、道を法則そのものとしても捉えている。さらに北海道などというように、道そのものも国という意を持つ。

前の話を受け、地の神を道の神と表わすことで、国の意、また法則の意をも持ち備えた神であることを八千矛神の名に明示し、説話の中で君主の道を説いていたのだった。そして、後へ続く国作りの話の伏線ともなっていたのである。

君主としての道を教義として説くのではなく、濃厚かつ官能的ともとれる女性たちとの歌謡で書かれていたことが、実にエレガントに感じられてくる。

さて、いよいよ国作りと思いきや、まず大国主神の神裔《しんえい》が続く。神裔とは、神様の家系図のようなものだ。古事記の中ではよく出てくるが、ただ神様の名がずらずらと続き、ともすると飛ばしてしまいそうになる箇所だ。

この大国主神の神裔は八千矛神の説話の後にくる。となると、恒久の神格を持った八千矛神の最後のシーンとして、また、大国主神となり国作りを始める冒頭シーンとして、ふさわしいものに見えてくる。

まったく意味のなさそうなこの神裔の名の行列自体に、意味があったのである。八千矛神の歌の余韻を長く長く響かせながら、大国主神の神裔も長く長く続いていくのだった。

川面《かわも》を一陣の風が吹き抜け、川に沿ってくねくねと延びていく道を追いかけていく。

いよいよ話は国作りへと進む。

第七章　小人の神様

小人の助《すけ》っ人《と》

いよいよ、大国主神《おおくにぬしの》の国作り神話である。そして、その助っ人として登場するのが、少名毘古那神《すくなひこなの》だ。大国主神が、この少名毘古那と兄弟となって国作りをするという内容である。日本書紀に唯一《ゆいいつ》、大国主神が登場する説話でもあるのだ。

大国主神に対して少名毘古那というように、誰にも直観的に小さな神様らしいことはうかがえる。

大国主神が出雲《いずも》の御大《みほ》の御前《みさき》に行った時、波の向こうから、ガガイモ（ガガイモ科の小さな植物）という実でできた船に乗り、ヒムシというトンボのような虫の皮を衣服《きもの》にしてやって来た神だというのだ。一寸法師のようである。

この少名毘古那について、注に「小人の意か。名義未詳」（岩波文庫『古事記』）となっている。だが、そんな表面的な解だけで、「そうか」と簡単に納得するわけにいかないことは、言うまでもない。この小さな神様も、これまでの神名がそうだったように、きっとその名の中に具体的な神格が表現されているはずである。

私もこの何だか可愛《かわい》らしい神様の登場に、いつの間にかちょっぴりメルヘンチックな小人の姿を思い描いていた。こんな、子どもたちにも親しまれそうな楽しい物語の構成だったからこそ、長く広く語り継がれてきたのだろう。

さて、大国主神は、波の向こうからやって来たその小さな神に名を問うのだが、彼は答えない。他の者に聞いても誰も彼の名を知らなかった。すると谷蟆《たにくく》(ヒキガエル)が、

「久延毘古《くえびこ》なら必ず知っている」

と言う。

この久延毘古とは、今に言う山田のそほどとある。つまり、山田の中の一本足のかかしのことだ。この神は、

「足は行かねども、盡《ことごと》に天の下の事を知れる神なり」

と記されている。

一歩も歩けないかかしが天下のことをすべて知っているとは、何とも不思議な話だ。

その上、そういう久延毘古の存在を知っているのがヒキガエルというのは、どういうことか。それは後に譲るとして、まずはこの小さな神の話に戻ることにしよう。

その久延毘古が、

「それは神産巣日神《かみむすひのかみ》の子、少名毘古那神である」

と教えてくれた。

そこで大国主神が神産巣日神に尋ねてみると、

「それはまちがいなく我が子である。私の手の指の間からこぼれ落ちた子だ。二人は兄弟となって、国を作り堅めなさい」

と言われ、それから大国主神は少名毘古那と手に手をとって国作りをしたというのである。さらに日本書紀には、国作り半ばにして、少名毘古那は、淡嶋《あわのしま》から粟《あわ》の茎にはじかれて、常世《とこよ》の国へ行ってしまったと書かれている。

指の間からこぼれ落ちるほど、粟にはじかれるほど、小さな神……。ヒムシの皮の服に身を包み、ガガイモの船に乗ってやって来た神の姿は、頭の中で映像化しようとすると、やはりどうしても一寸法師が浮かんでしまう。

大国主神に対して少名毘古那という名は、大小の対を表わしているという説もある。

たしかに、いいところに目をつけた。しかし、それだけではあまりに抽象的すぎて、何もわからない。「大に対する小」ということだけならば、先の古事記の注ではないが、

「小人の神様でいいじゃないか」

とも思えてくる。

手からこぼれ落ちるもの

私たちがこういう謎《なぞ》解きに挑む時、まずは、本文を何度も読むことから始める。その上で、藤堂明保氏の『漢字語源辞典』などの漢和辞典や時には百科事典、韓国語辞典などをめくってみる。もちろん、易の本を見ることも忘れない。

ただむやみやたらにそれらの書物を調べてみても、実は何も見えてこないのである。何か具体的な視点が持てた時に、初めてその文字は私たちに語りかけてくるのだ。私たちはその視点を定めるために試行錯誤していた。

少名毘古那の正体の謎解きに四苦八苦の私たちだった。

この名前自体には、辞書で引くような難しい漢字があるわけではない。説話の筋からも「小さな神様」であることははっきりしている。それだけに、かえって想像力が膨らまない。調べようにも、何を調べたら良いのかわからない日々が続いていた。

そこで私たちは、いったん「辞書」から離れ、「古代」という先入観も捨てて、みんなで自分たちの身辺の話をして気分転換をはかった。そんな時には、思いがけない人から突飛な意見があがったりもする。

「俺、本物の小人を見たことがあるんだ。公園の茂みの中にいたんだよ。あれは絶対に幻なんかじゃないぜ」

いつもバイクで通学している新入生の男子学生が言う。みんなから「野獣タイプ」と言われる彼の大まじめな発言に、一同、大爆笑となる。

「それって、疲れてたんじゃない？」

「えーっ？　夢がないなあ」

そんなことをワイワイと言い合っているうちに、誰かが叫んだ。

「わかった！　手のひらですくってみて、指の間からこぼれるものが何かを考えればいいんだよ。それが少名毘古那の正体だ」

そして、両手で何かをすくう格好をしてみせた。そうだ。こんな時、頼りになるのは、自分たち自身の中にある「自然」なのである。

「砂だったらサラサラこぼれるよ」

「そうかなあ。そんなに大量でなければ、結構こぼさずにすくえそう」

「だいたい、砂をすくうことなんて、そう日常的にはないと思わない？」

「私は、毎日のように手で砂をすくってるけどね」

そう言ったのは、学生の一人、子育て真っ最中のお母さんである。やんちゃ坊主《ぼうず》のお気に入りは、公園の砂場なのだ。

「もっとふつうの人もすくうものじゃない？」

「私が毎日必ずすくうものといえば……」

「どじょう！」

「……」

あまりにもくだらない冗談に、座が白けた次の瞬間、一人が言った。

「ねえ、水じゃない？」

確かに水なら誰もがしょっちゅうすくっているし、どんなに頑張っても、必ず手の間から漏れる。

やった。これには全員異論はない。手のひらですくってもすくっても必ず漏れ落ちるものといえば、間違いなく水であろう。それは、古事記の時代でも変わらない。

「神産巣日神といえば、陽である高御産巣日神《たかみむすひの》に対する陰の神だったよね」

「神産巣日神の子である少名毘古那が水とすると、水は陰だからぴったりじゃない」

この視点の定め方には確かな手応《てごた》えを感じていた。

雫《しずく》の音

その前にもうひとつ考えておかなければならないことがある。それは、この小さな神様の名前についてだ。もし水の神だとすれば「少名毘古那」という名前そのものが、「水」を表わしているに違いない。この名前の中に「水」を暗示する何かを見つけなければ確信はできないだろう。

「少名毘古ならわかるけど、何でそのあとにナがついてるんだろう？　変なの」

「敬称とか、美称とかじゃないのかな」

「ウーン、どこにも水っぽい字はないよねえ」

「少名毘古那」という名をいくらながめていても、どこからも水は湧《わ》き出てこない。

こんな時は、自分たちの五感や体験だけではどうしようもない。

　そこへアガサが姿を現わした。

「あんたたち、この字を知ってる？」

　と黒板に大きく「雫」と書いた。

「しずく？」

「そう、しずくね。じゃあ、この音読みは？」

「えーと……」

　口ごもっている私たちに向かってアガサは、

「こういう知っていると思っている字こそ、字書を引くことが大切なのよ」

　と言うと、彼女の手は次にこう書いていた。

「那と同音」

　なんと、雫は音読みでは「ナ」と読むのである。少名毘古那、「ナ」の音が二度も繰り返されている。とすると、少名毘古那の正体は、水は水でも小さな水、雫ということになる。

　白く高く立つ波頭の中、ガガイモの船に乗り、ヒムシの皮をまとっての登場シーンは、波のまにまに上がる小さなしぶき、そして、植物の実やヒムシの羽に付着する水滴、雫であろう。また、粟の茎にはじかれて常世の国へ渡る退場シーンも、その正体が雫となればすべて納得がいく。

日本書紀には、

「大国主神が少彦名《すくなひこな》（少名毘古那《すくなひこな》）を海で見つけ、掌《てのひら》に置いてもてあそんでみると、少彦名がほっぺたに嚙《か》み付いた」

というしたずら小人のようなコミカルな記述もある。これも、ピシャッと頰に跳ね飛んだ水滴を思い描けば、リアリティを帯びてくる。

また、御大《みほ》の御前《みさき》にやって来た少名毘古那が、自分の名を聞かれても答えなかったこと、さらに、誰も彼のことを知らなかった理由も、その雫、つまり水という正体から解ける。

五行説で水の色は黒に当たる。黒は暗《くら》い意である。

「世の中に暗い（蒙《くら》い）」といえば、世の中を知らないということだ。黒、晦、黙はすべて同系のことばで、黒い、暗い、よく分からないという意がある。

よく分からないから黙ったのだ。少名毘古那がその名を答えなかったこと、そして、まわりの者が彼を知らなかったことからも、「黙」の一文字がその背後に隠されているのが見えてくる。

この短い説話の中にも、無駄な部分など一行たりとも存在しない。それどころか、これでもかこれでもかとたたみかけるように、細かい部分に至るまで、水＝雫であるその神格が書かれている。

雫の神の足跡

少名毘古那の正体が雫、つまり水であることを後押しするかのような証拠は、いくらでも古事記の他の場面や、『風土記《ふどき》』などからも読みとれる。

神功皇后《じんぐう》の歌に、少名御神《すくなみかみ》の名で少名毘古那が酒の神として登場する。

「この御酒《みき》は　我《わ》が御酒ならず　酒の司《くしかみ》　常世《とこよ》に坐《いま》す　石立《いはた》たす　少名御神《すくなみかみ》の
神寿《かむほ》き　寿《ほ》き狂《くる》ほし　豊寿《とよほ》き　寿《ほ》き廻《もとほ》し　献《まつ》り来《こ》し御酒《みき》ぞ　乾《あ》さず食《を》せ　ささ」

水のことを「玄酒」というように、酒の命といえば清らかな水だ。また、少名毘古那に掛かる枕詞《まくらことば》のような「石立《いは》たす」ということばからは、岩の間から湧き立つ泉がイメージされる。小さな水滴も集まればちょろちょろと流れ出し、やがては岩をも削る大きな力となっていくのである。

『風土記』「伊予《いよ》国逸文」には、こんな記事もある。宿奈毗古那命《すくなひこなのみこと》（少名毘古那）が仮死状態になった時、大穴持命《おおなもちのみこと》（大国主神）は彼を蘇生《そせい》させようと、別府温泉の湯を地下から通してきて、その湯に漬《ひた》した。すると、しばらくして少名毘古那は生き返り、まるで何事もなかったかのように、

「ああ、よく寝たなあ」

と言って、元気いっぱい足踏みする。その時の足跡が、今も湯の中の石の上にあり、その湯の効能は神世の時代のみならず人々の病を除《やまい》やす、とこの説話は結ばれている。大国主神の神格である「坤《こん》」の従順さの延長線上に、包容力により万物を生み出すことを、「医療」という形で表わした「いなばのしろうさぎ」の説話を思い出す。この温泉説話は、大国主神が「坤」の神であることを裏付けると同時に、少名毘古那が雫＝水の神だということも表わしているといえよう。今にも蒸発してなくなってしまいそうな水滴を、湯に戻す。何のことはない。再びパシャパシャ弾《はじ》き飛ぶ水滴は、元

気よくピョンピョンと足踏みする少名毘古那の姿そのものである。何という表現力だ。

私にしてみれば、風土記の伊予の国の温泉のくだりに突然、なぜ大国主神と少名毘古那が登場するのかという驚きがあった。だがそれは作者にとって、当然のことだったろう。古事記、日本書紀、風土記が書かれた時代、少名毘古那の正体など、探る必要もないほど周知の事実だったに違いない。

この説話の舞台は、伊予の国の熟田津《にぎたつ》である。熟田津といえば、額田王《ぬかたのおおきみ》のあの有名な歌を思い出す。

熟田津に　船乗《ふなの》りせむと月待てば　潮《しほ》もかなひぬ　今は漕《こ》ぎ出でな（万葉集巻一—八）

額田王が仕えていた女帝、斉明《さいめい》天皇になり代わって詠《よ》んだとされる歌だ。

私たちはこの額田王の歌を解いていく中で、今、まさに亡《な》くならんとしていく斉明天皇の姿を見た。船乗＝乗船から浮かび上がってくる同音のことばは「上仙《じようせん》」、天に上って仙人になることを表わす。高貴な人の死のことである。月は陰であり、生に対して死を意味するが、同時に月は不老不死の象徴でもあった。古代の人々は、月の満ち欠けに死してはまた蘇《よみがえ》る恒久性を見ていたのだ。

斉明天皇が、この熟田津の湯に立ち寄り病を癒《いや》そうとしたことと、『風土記』で語られる少名毘古那の温泉説話は、ともに「再生」ということばで結ばれている。偶然の一致とはとても思えない。

水の姿

先日、『水の旅人　侍KIDS』という子ども向け映画を見る機会があった。

主人公は、「墨江少名彦《すみのえのすくなひこ》」というのである。一寸法師のような若々しく可愛《かわい》らしい侍が登場するかと思いきや、何とよぼよぼのおじいさん小人だったのには驚いた。いっしょに見ていた仲間たちも、

「え、何でこんなじいさんなの？」

とがっかりしている。でも見始めると、ついつい先が気になって、とうとう最後まで見てしまった。

このじいさん少名彦は、一寸法師のようにお椀《わん》に乗って川を旅していたが、溺《おぼ》れか

けたところを一人の少年に助けられる。おじいさんは天寿を全うするため、旅の行き先は海だという。おじいさんとすっかり仲良しになった少年は、だんだんと弱っていくその姿を見て尋ねる。

「どうしても行かなければならないの？」

「わしらは、ひとところに留まっていることはできないんだよ」

少年は、おじいさんが元気になるようにと、水源の水を求めて山奥へ向かうが、嵐《あらし》にあって遭難してしまう。おじいさんのおかげで少年は助かるが、おじいさんは瀕死《ひんし》の状態になってしまうのだ。そこで少年はおじいさんを水源の水に戻してやる。すると、おじいさん少名彦は、麗《うるわ》しい若者に生まれ変わり、また、お椀に乗って川を下っていく旅へと出かけるのである。

舞台設定は現代だし、吹き出してしまうようなシーンも多い子ども向け映画だが、題名といい、内容といい、墨江少名彦の正体を「水」であると見ていることは、一目瞭然《りょうぜん》である。私たちには驚きであった。

少名毘古那が、酒の神や温泉の開発神、医療や禁厭《まじない》の神と言われる所以《ゆえん》も、すべて「水」ということばを真ん中においてみると、納得がいく。

『平凡社大百科事典』には、近世以降、大阪の薬問屋街、道修町《どしようまち》で、少名毘古那を薬種の守護神として少彦名神社に祀《まつ》り、毎年十一月には全店休業しての大祭が今日でも行われていると書かれてある。

また、セッコクという薬草が、『和名抄《わみようしよう》』などに、スクナヒコノクスネ（少名彦の薬根）という名で出てくるし、近世以降は薬師信仰の普及により、少名毘古那は薬師如《によ》来《らい》と同一視されていったようだ。

韓国語で「약수《ヤクス》（薬水）」とは、薬になる泉の水のことをいう。良い水は、薬に匹敵するというのだ。その感覚は、今の私たちにもよくわかる。ラグビーの試合では、倒れた選手のもとへ「魔法の水」が運ばれる。こんなにあらゆる技術が進歩した現代においても、どんなものより、あのやかんに入った水が選手を蘇らせるのだ。

水＋地＝？

少名毘古那の正体が「水」とはっきりしたところで、古事記の説話に立ち返ってみよう。

そもそも、この説話の主題は何だったのかといえば、国作りである。大国主神の国作りのパートナーに選ばれたのが、この少名毘古那だった。平和な良き国を作るためのベストコンビが、地の神、大国主神と、水の神、少名毘古那なのだ。

ここまでくれば、なぜ困難な国作りのパートナーが、あまり頼りになりそうもない小さな神だったのかが見えてくる。地の神の国作りを助けるのは、水の神をおいて他にはなかった。易の卦がその関係を説いている。

人と人が親しみ、輔《たす》けることを表わしたのが、「水地比」の卦だった。水と地の比《した》しむことから、転じて輔ける意を表わしている。水と地が、そういう関係であるから、天の神から「兄弟となって国作りをせよ」と言われたのだ。

地の性質は従順であるが、水もまた従順であった。水はその器によって、いかようにも形を変える。神産巣日神《かみむすひのかみ》が、二人で国作りをするように言った時の台詞《せりふ》を思い出そう。

「汝葦原色許男命《いましあしはらしこおのみこと》と兄弟《あにおと》となりて」

ここでは大国主神のことを、ふたたび葦原色許男と呼んでいるのだ。

「色に着目せよ」とのメッセージが聞こえてくる。易では、地の色は陰の象徴、黒だ。そして五行で黒といえば水の色だった。お互いがお互いに従順な関係が「比＝輔」なのである。

「水地比」で表わされた国作りから浮かび上がってくる具体的な風景とは、まさに水と地の融合によって生み出された水田作りであろう。農耕の発展こそが、古代においては国作りの柱であった。

水の豊かな日本では今でも稲作が盛んに行われている。もちろん、文明の発達した現代社会であっても、本質的な意味では何ひとつ変わらない。今日も地球のあちらこちらで、人々が生活していくため、国が成り立っていくために、食を得る農業が国作りの基本となっている。

いわゆる先進国中の代表的存在ともいえるアメリカ合衆国は、現在においても「農業大国」である。そう考えると、農業イコール国作りという基本がいちばんイメージし難くなっているのは、この日本という国かもしれない。その日本でも高度成長期に入るまでは、農業こそが国作りだったのである。

ましてや古代は、その比ではない。そして、その苦労たるや、並大抵のものではなかった。天候には左右されるし、その土地それぞれの工夫が必要だった。自然そのものと向き合いながら、必死になって生きてきた人間の生業《なりわい》こそがまさしく農業だったのだ。

大国主神と少名毘古那が力を合わせて水田作りを行なったという痕跡《こんせき》は、風土記の中のあちこちに点在している。

「出雲国風土記」には、

「天《あめ》の下《した》造らしし大神、大穴持命《おほなもちのみこと》と須久奈比古命《すくなひこのみこと》と、天の下を巡《めぐ》り行《い》でまし時、稲種《いなだね》を此処《ここ》に堕《おと》したまひき。故《かれ》、種《たね》といふ」

と、多禰《たね》の郷《さと》の地名起源説話が記されている。

「播磨《はりま》国風土記」には、大国主神が碓《うす》を造り、箕《み》を置き、酒屋を造ったことにちなんでつけられた谷の名が登場する。さらに、飯盛嵩《いいもりだけ》、糠《ぬか》岡、箕形《みかた》丘、稲牟礼《いなむれ》丘、粒《いい》丘など、大国主神関連の地名には、ことごとく稲にかかわる名がからんでいる。大国主神と少名毘古那が、穀物神として語られているのもうなずける。

古事記、日本書紀、風土記など、一見バラバラに思えるこれらの同時代の書物が、しっかりとお互いがお互いの資料になっていることも見えてくる。

大国主神と少名毘古那が一体となって行なった国作りが、水と地が一体となってできている水田の風景と重なった時、あの山あいの谷の国、出雲で目にした光景が蘇ってきた。猫の額ほどと言っても過言ではないだろう、山と川に寄り添うように、狭いスペースに小さな水田がいくつもいくつも重なりあっていた。段々畑ならぬ段々田んぼ、いわゆる棚田である。こんな所までと何度も声を上げたほど、かなり山奥にまで、かわいらしいと言いたくなるような小さな田んぼが作られていた。

やまたのおろちに襲われた足名椎《あしなづち》、手名椎《てなづち》の娘たち、最後に残った奇稲田姫《くしいなだひめ》。太古の昔から、斐伊川《ひいかわ》の氾濫《はんらん》に悩まされ続けてきた出雲の人々。大国主神と少名毘古那の水田作り《くに》の苦労も、並大抵のものではなかったのだろう。人々が比《した》しみ、輔《たす》けあうことのみが国を作っていく理《ことわり》であると、易経が、記紀が語っているのである。

一本足のかかし

さて、水田に欠かせないグッズといえば、何といってもかかしであろう。

「山田の中の一本足の案山子《かかし》／天気のよいのに蓑笠《みのかさ》着けて／朝から晩までただ立ちどおし／歩けないのか山田の案山子」

子どもの頃、何気なく歌っていたが、今あらためてこの歌を思い出してみると、わざわざ「山田のかかし」と歌っていたことに気がつく。やはり、昔の日本の田んぼは、山の中にあるのが普通だったのだ。

ところで思い出してほしい。大国主神と少名毘古那の国作りの説話には、久延毘古《くえびこ》、つまりそのかかしがしっかりと登場している。さらに田んぼにはつきもののヒキガエル（谷蟆《たにくく》）まで登場してくる。この国作り説話が、イコール水田作りだったことは明らかだ。

それにしても、かかしが古事記に登場するのには本当に驚いた。そんな時代からかかしは存在し、今に至っているのである。千数百年もの長きにわたって、雨にも負けず、風にも負けず立ちつくし、私たちの暮しを裏から支えてくれていた。何だかボロボロのいでたちで立ち通している情けないかかしさんのイメージが、何ともありがたいものに変わっていく。

あらためて考えてみると、かかしというのは不思議な存在である。確かに稲田に人間に似せた人形を立てれば、天敵の雀《すずめ》が怖がって、多少は追い払う効果があるのかもしれない。だがそれなら、なぜ決まって一本足なのだろう。二本足にしたほうが、よほどリアルに思える。

いつも颯爽《さっそう》と登場し、古代の謎《なぞ》解きに行き詰まっている私たちに、憎らしいほどさりげないヒントを与えてくれたり、鮮やかな手口で謎を解き明かしていく、それがアガサである。

しかし、アガサといえども、もともとは普通の主婦だった。もちろん、私たちにとって人生の大先輩であるが、記紀万葉の世界を歩んで行くときのスタンスは、基本的には私たちと何ら変わらない。当たり前の人間が、当たり前のこととして感じる不思議に果敢に挑んでいく。だから当然、試行錯誤しながらの冒険となる。

アガサが低い声でささやくように言うことばは、やけに説得力がある。ついつい彼女ならすべてを知っているのではないかと思ってしまう。特に記紀万葉の謎解きに取り組み始めたばかりの頃は、そのアガサが多少、納得のいかない解釈をしても、そうかもしれないと思ってしまっていた。ところが一ヵ月後ぐらいには、まったく別の解釈に変わっていることもあった。

そんなアガサが、一時期、「蛇」に凝っていた。

「あんた、それは蛇よ」

と、何でもかんでもその正体を蛇と解いてしまうのだ。

この少名毘古那《すくなひこな》の説話に登場するかかしも、その当時は蛇と解いていた。韓国語でKの音は、日本語ではHの音に変化する。つまり、「かか」の音はイコール「はは」

となる。日本の古語で「はは」とは、大蛇のことを表わすのだ。

「何でカエルがかかしを紹介したと思うの？ カエルにとっては、蛇が何よりも恐ろしいからでしょう。それに、なぜかかしが一本足だったかわかるじゃないの。蛇だからよ」

アガサのその声に、私たちはまるで蛇に睨《にら》まれたカエルのようになってしまったことを思い出す。

その強烈な印象を私たちに染《し》み付けておいて、当のアガサは、一度自分が考えたことにはとらわれずに、より自然で、より当たり前な方向を求めてどんどんと前へ進んでいく。だからこそ、ある日、運命的に古代の自然科学である易経と出会ったのだ。

田の困難を救う神

さて、古事記では、このかかしなる神様は、

「足は行かねども、盡《ことごと》に天の下の事を知れる神なり」

とある。

情けないなどとは、とんでもない。天下の物知りとして登場しているのだ。注には、

「かかしに対する古代農民の信仰をあらわしている」（岩波文庫『古事記』）と書かれている。その信仰理由は何だろう。

そう考えた時、まさに易の中に「歩けない」ことを表わす卦があることを思い出した。

「水山蹇《すいざんけん》」である。地の極まった形、山は険しく、水は渡り難《がた》いということから、この卦は足萎《な》えと解かれ、困難を意味している。しかも、ただの困難ではなく、前方に難があるのを見て、自ら「立ち止まる」ことができるのを智恵《ちえ》ある態度と解いているのだ。そして、その難を救うには、大人《たいじん》との出会いが欠かせない。山（艮《ごん》）は険しいが、平たい地（坤《こん》）は楽なので、坤の方角、西南に利ありというのである。

ここまでくればおわかりだろう。きちんと先を見据えて困難に立ち向かう足萎えの象徴、それが一本足のかかしだった。ヒキガエルがかかしを紹介したことも、それならば納得がいく。そう、そのヒキガエルもまた、足萎えというところで同類なのだ。ぴょんと跳ねることこそできるが、あの曲がった足で歩く姿はなかなか難儀そうである。

そして、神産巣日神という大人の助言により、坤の神、大国主神と、水の神、少名毘古那は水田作りをするのだ。

易経では「水山蹇」の卦の次に、その困難を解決する意を表わす「雷水解《らいすいかい》」という卦がきちんと続いている。

そういえば、大国主神が最初に少名毘古那に出会ったのは、出雲の東北に位置する御大《みほ》の御前《みさき》であった。「水山蹇」の卦が教えるのは、

「東北に利あらず」

それだけでも大国主神がとても困難な状況だったことがうかがえる。そして、その時に登場した小さな神の存在を教えてくれたのが、天下の物知りのかかしだったのである。そもそもかかしとは、田の難を救う神だ。約一年にも及ぶ米の生長の宿敵は、雀に害虫、冷害などさまざまである。実りの時期の台風は最悪といえる。海からの風が激しく、そしてあっという間に氾濫する斐伊川をそのふところに抱える出雲という地においては、なおのことだ。そんな困難に挑むかのように田んぼの真ん中に一本足で立ちはだかっているのがかかしである。

「蹇」という漢字を見ているうちに、ふと、いたずら心がムクムクと湧《わ》き上がってきた。それは、かかしのあの姿そのもの。頭に笠《かさ》をかぶり（宀）、箕をつけ（共）、そし

て一本足（足）……。もちろん、これは正しい字形分解ではない。

古代、漢字を駆使する人々の間では、なぞなぞや洒落《しゃれ》たパズルのような字形分解の遊びが行われていたことを思うと、私のいたずら心もまんざらでもないと思えてくる。かかしそのものが、「水山蹇」ということば、「蹇」の文字、思想から作られた存在だったのではないだろうか。

神様のがまん比べ

こうして仲良く力を合わせて国作りをした大国主神と少名毘古那であったが、実はその途中では、記紀には書かれていない二人の激しい争いがあったことが、「播磨国風土記」に暴露されている。それも、こんな立派な神様たちとは思えぬ、あまりに幼稚な戦いなのだ。

話はこうだ。

大国主神はいつも大きな袋をかついで歩いていた。

一方、小比古尼命《すくなひこねのみこと》（少名毘古那）は屎《くそ》をもらさないよう、がまんして歩いていた。

ある日、いったいどちらの方がたいへんかと言い争いになった。お互いが相手の方が簡単だと譲らないので、交換してがまん比べをすることになったというのだ。二人とも、数日がまんにがまんして、とうとう耐え切れなくなり、ほとんど同時に、大国主神は屎をもらし、少名毘古那は「はに」を投げ出してしまったという話である。

「いなばのしろうさぎ」の話を思い出してほしい。あの袋の中には、八十神《やそがみ》たちの旅行道具が入っていると注に書かれていたが、とんでもない。私たちは、「いなばのしろうさぎ」の説話中で袋の中身は埴《はに》（赤土、粘土）であると述べた。その答えが、こんなところにきちんと書かれている。「いなばのしろうさぎ」の話の背後に、陶器作りが隠されていたことの証拠といえよう。

このがまん比べの物語は、その時、小竹《ささ》がその屎を弾《はじ》き上げて衣にはねたので、そこを波自賀《はじか》の村と名づけ、「はに」が投げ捨てられた岡を埴岡《はにおか》と名づけたという地名起源説話になっている。

あまりにも漫画チックなタッチに、初めて読んだ時には笑いが止まらなかった。人間でもこんなおかしながまん比べをするだろうか。ましてや尊い神様のすることとはとても思えなかった。それにしてもインパクトの強いこの話は、毎年トラカレに新入生がやってくる度に、大人気となるのである。しかし、この話だけが突出した幼稚でおもしろおかしい物語であるはずがない。愉快なストーリーであればあるほど、何か秘密が隠されている。

大国主神と少名毘古那の関係は、「水地比」であった。比は補なり、つまり、兄弟のようにぴたりとくっつき、輔《たす》け合う仲である。しかし、同時に「比」は比《くら》べる意を持っている。むしろ、今の私たちにとって、「比」といえば、「比較」など違いを比べるという意味しか思い浮かばない。だが、ほとんど同じだからこそ違いを比べることができるのである。

国作りが「比」の輔ける意を表現したものなら、このがまん比べはまさにもうひとつの「比べる」意をストーリー化したものだったのである。

二人はお互いの立場をとりかえての戦いに挑む。水である少名毘古那が、地の象徴であるハニの詰まった袋をかつぐことで、地の立場になる。そして、地である大国主神がクソがもれるのをがまんするという、水の立場になるのだ。「水地比」の卦を逆転させた易の卦は「地水師《ちすいし》」である。この卦が表わすのは、争いだ。何と、ピッタリではないか。もちろん、そうに決まっている。作者はそちら側からこのストーリーを考え出したのだから……。

さて、二人はがまんできなくなり、同時に降参となる。小さな少名毘古那が重いハニをかつげるわけもないが、「大穴」の名を持つ大国主神がクソをがまんできないのも当然であろう。

この説話の最後は、何だかとってつけたかのような地名の起源になっている。ハニが投げ捨てられた岡を「堲岡《はにおか》」というのはわかる。だが、小竹《ささ》がクソを弾き上げ、それが衣にくっついたので「波自賀《はじか》」村とはあんまりだ。ハジカのカは、アスカ、ヨコスカなどというように場所を表わしているとして、では、ハジカとは恥をかいた所とでもいうのだろうか。

これは、「比」の一文字の意を知り尽くした人が、「比」の字をほどいて作った説話であることがわかる。なぜか。比は匕が二つ並んだ形で、ぴったりくっつくことを表わしている。体にぴたりとくっついている衣に、さらにクソがくっつく。また、比は類と同じように、たぐいとも訓じられている。

同じたぐいということを表わす漢字に、「醜」があったのを思い出してほしい。ここで思い出すのは、葦原醜男《あしはらしこお》という名だ。私たちは「醜」にたぐいという意があるのを知った。その醜は、みにくい、そして恥を意味する字でもある。クソを弾いて「ハジカ」というのは、明らかにこの「比」イコール「醜」からの発想だったことがわかる。

それにしても、大国主神と少名毘古那の関係を表わす易の卦「水地比」から、これほどまでに楽しい物語を創り上げる当時の人の想像力と、それを裏付ける漢字と易の知識に、私たちはことばもない。

大国主神の魂の神

古事記の大国主神と少名毘古那との国作り説話の最後に登場するのが、御諸山《みもろやま》の神である。国作り半ばにして、少名毘古那は常世《とこよ》の国へ行ってしまう。水は、ひととこには止まっていられない。谷から川となり、やがて海へ流れ、その水はまた水蒸気となって天に上って雲になる。そして雨となり、地上に降りそそぐ。そのように姿を変えながら循環していくのが、水なのである。

「一人では国作りはできない。誰といっしょに国を作っていけばよいのだろう」

困り果てた大国主神の前に登場するのが、なぜかあの御諸山、つまり、三輪山の神である大物主神《おおものぬしの》だった。登場の仕方も派手である。

「海を光《てら》して依《よ》り来《く》る神ありき」

と記されている。

日本書紀では、大国主神がその神にたずねている。

「あなたはどなたですか」

「私は、あなたの幸魂奇魂《さきみたまくしみたま》の神」

大国主神の魂の神だというのである。

出雲大社の参道脇《わき》に、ひれ伏した大国主神から少し離れた所に大きな波が立っていて、その波頭に金色の丸い玉がちょこんとのっている銅像があった。通りをはさんだ反対側にある大国主神と兎《うさぎ》の像に比べ、こちらはずいぶん大きいものであるが、私たちは一瞬、それが何なのか本当にわからなかった。

「何じゃ、こりゃ？」

「こんなの大国主神の話にあったっけ？」

次の瞬間、誰もが、

「まさか……」

という顔をし、それから思わずぷっと吹き出してしまった。

海を光《てら》して依り来る神が、金色の丸い玉という姿で私たちの前に現われたのだから。

それはともかく、私たちが解いた幸魂奇魂《さきみたまくしみたま》の神の正体はこうである。

自分を三輪山にきちんと奉《たてまつ》れば、いっしょに国作りをするが、そうでなければ、国作りに協力できないと大国主神に言う。三輪山の神といえば、大物主である。

大物主の「物」という字は、韓国音では「뭍《ムル》」で「水《ムル》」とまったく同音である。実際、山自体が御神体とされている三輪山は、清らかな水の豊富な山であり、その形は、美しい弓状をなしている。易の坎《かん》（水）卦には、「坎を弓輪と為《な》す」とある。水は従順にどんな形にも曲がる。その曲がった形の代表が弓輪というわけだ。そういえば全国の酒蔵や、酒屋さんが信仰している三輪山は酒とそうめんでも名高い。どちらもきれいな水があっての産物だ。

坤の神、大国主神の魂（神格）は「従順」であった。水と地、見かけは違っても、その性状は共通である。出雲の国作りをする大国主神の前に登場するのは、水の代表ともいえる三輪山の大物主だった。

幸魂奇魂である水の神と共に国作りは完成する。日本国の国作りの具体的な事業とは、「水地比」で表わされる水田作りであった。少名毘古那《すくなひこな》や大物主という水の神の助けを借りなければ、地の神、大国主神の国作りはあり得なかったのである。

それにしても、少名毘古那だけでなく、大物主まで登場させたことに、あらためて国作りの辛苦が重なってくる。もちろん、ひとつには陽の大和と陰の出雲の交わりを表わしているともいえるだろう。

だが、「播磨《はりま》国風土記《ふどき》」にがまん比べの説話が登場するように、それは、出雲という地が「水地比」の逆の卦、戦いを意味する「地水師」の状態を合わせ持っていたことを暗示している。つまり、出雲の地は、それほど厳しい自然環境にあったわけだ。

激しい風、繰り返される斐伊川《ひいかわ》の洪水、たまにしか顔を覗《のぞ》かせない太陽、さらに、海が近いことから、塩害にも苦しめられたという。ただでさえ厳しい農業であるが、それに輪をかけるような出雲での米作りの難しさを繰り返し語っている。そういう自然災害との戦い、それはまさに「地水師」だったのである。

風土記とは文字通り、その地方の風土について記されたものだ。地の神と水の神のがまん比べという説話の形で、出雲という地を表現していたのである。だからこそ、これほどまでに「水地比」という精神を国作りの基本として説いていたことがわかる。

神々の聖地、出雲と、古代政権があったとされる都、大和。それは、古代の日本において、東の大和、西の出雲という、まさに陽と陰のような関係であったに違いない。大和の象徴である三輪山の水の神、大物主と、出雲の地の神、大国主神に代表される「水地比」の関係は、まさにこの国、古代日本国の国作りそのものの最後の仕上げであった。

大陸、半島の属国ではない、日本国の誕生。古事記、日本書紀の編纂《へんさん》は、その高らかなる宣言であることがこの小さな説話のひとつからも感じられる。

国よ、来い来い！

古代の人々が水と土の関係性「水地比」の中に見ていた「比《した》しむ」という意に、人々が比《した》しみあい、水と土を融合させた水田を作り、厳しい環境と人間が折り合いをつけながら生きていくことが国作りであるという想《おも》いが込められていた。

もうひとつ、彼らが国作りというものを水と土で語る根っこには、水が土を運んでくるという事実があった。

「出雲国風土記」には、出雲の地がどうやってできたかという起源説話が記されている。神話として有名な、いわゆる「国引き伝説」である。

八束水臣津野命《やつかみずおみつののみこと》が言う。

「出雲の国は、狭い布のような小さい国だ。縫い合わせるように他の土地をくっつけて大きくしよう」

そして、あたりを見回してみる。

「志羅紀《しらぎ》の三埼《みさき》を、国の余《あまり》ありやと見れば、国の余《あまり》あり」

新羅《しらぎ》の国に余っている土地はないかと見れば、余っているじゃないか。

そこで、八束水臣津野命は鋤《すき》を使ってその土地を「国来々《くにこくにこ》」と引き寄せて、出雲の国にくっつける。同じように「北門《きたど》の佐伎《さき》の国」「北門の農波《ぬなみ》の国」「高志《こし》の都都《つつ》の三埼《みさき》」の地を引き寄せ、出雲の国を作ったという。何とも豪快な国作りである。

私がこれを単なる神話として読んでいた頃には、

「けっこう、自分勝手なことしてるよなあ」

という印象だった。

今ならこの説話の真相がよくわかる。八束水臣津野命は、その名のとおり水の神であった。水が土を運んでくるという自然の風景は、誰もが知っている。山の土砂は川の水の力によって、海にまで及ぶ。長年にわたって蓄積された土砂で、河口には州《す》ができ、やがてそこに人々が暮し始める。

出雲の国引き伝説は、自然の力による国作りそのものであった。実際に出雲の地は、あたかも土地を引っ張ってきてくっつけたと思えるような形をしているからおもしろい。昔は、あの宍道湖《しんじこ》さえ現在の形だったわけではないのだ。出雲という土地も悠久の時の中では、さまざまな地形変化があっただろう。

発掘ブームに沸く昨今の出雲だが、先日、大きく紹介されていた新聞の見出しに驚いてしまった。

「風土記って意外と事実⁉」

今まで絵空事のように扱われてきた風土記に記されていることが、意外にも古代史の謎《なぞ》を解く大きな鍵《かぎ》となるのではないかというのである。

長野の一地方に伝わる鬼女伝説にちなんで建てられているという、石碑に刻み込まれたことばが私の脳裏に蘇《よみがえ》る。

「伝説はもとより史実にあらねど事の真相を語るものなり」

私たちが記紀万葉、風土記の中に見たいのは、事実ではなくその真実なのだ。本当に国引き伝説のように、あっちの土地、こっちの土地を運んできてくっつけたのが出雲だとか、悠久の時間の中で起きた現象であるとか、そんなことを立証したいのではない。作者たちがそのことばの中に込めた真実としての風景が私にも見えてくる時、たまらない感動があるのだ。

国引き伝説、がまん比べ、そして小人の神様との国作り……。すべてが今、ひとつの豊かな物語という姿でその真相を私たちに語りかけてくる。大国主神は少名毘古那や大物主の助けを得ながら、国作りという大事業をやり遂げた。こうして無事に作りあげた葦原中国《あしはらのなかつくに》に、今度は高天原《たかまがはら》から使者がやってくる。物語は葦原中国の平定説話へと続いていくのである。

「水地比」のメロディ

大国主神の説話がひととおり終って、さて葦原中国の平定説話へと思いきや、またその前に、謎のフレーズが組み込まれていた。

大年神《おおとしの》の神裔《しんえい》である。スサノオの子どもである大年神の子孫にあたる神様の名がズラズラと並べ立てられているのだ。前のように大国主神の神裔の名がここに書かれているならば、まだわかる。

しかし、大国主神の神裔は、少名毘古那との国作り説話の前に書かれてある。とすると、どう考えても余計な部分としか思えず、今までさして気にも止めなかった。けれども古事記を読み解いていけばいくほど、その中の一行とて無駄な部分などないことを、繰り返し思い知らされてきた。そう思い直して、この謎の部分について考えてみることにした。

そもそも、なぜここが謎かといえば、神様の名前だけを並べ立てるのもさることながら、それが大国主神ではなく、大年神の神裔だからであった。前の説話と後の説話のつなぎ目に当たるこの部分に、スサノオの子である大年神の神裔……。スサノオといえば、「雷風恆《らいふうこう》」の神。そう思った時、終わればまた始まるという「恆」の意を受け継いでいる子ども、大年神のその名に姿が重なってきた。

年というのは、終わればまた始まる月日の巡りではないか。「年」をその名に持つ大年神の神裔を次から次へと並べていくことで、さらに「恆」の意を強調しているのである。

年は、まさしく月日の巡り、時間のことだが、そもそも年という漢字は、実りを表わしているのだ。種まきから刈り取りまでの時間を一年とするようになったのである。年の神イコール実りの神。それが見えた時、この謎のフレーズが美しいメロディを奏《かな》で始めた。

この次に続くのは、葦原中国の平定の話である。その冒頭で葦原中国は、「豊葦原《とよあしはら》之《の》千《ち》秋長五百秋《あきのながいほあきの》之水穂国《みずほのくに》」とアマテラスから呼ばれている。葦原中国とは「水地比」を表わしていた。豊葦原、つまり、豊かな「水地比」の千秋長五百秋の水穂国と言っている。注釈書(岩波書店『古事記祝詞』日本古典文学大系)にあるように、千秋長五百秋の水穂国は、「長く久しく稲穂の実る国」であろう。文字通り、「千秋長五百秋」が年を、「水穂」が実りを表わしているわけだ。水と地は同じ比《たぐい》であり、年と実りもまた同じ比《たぐい》なのである。

次の説話の冒頭に登場する豊葦原の千秋長五百秋の水穂国。その前奏曲として、年と実りを表わす名を持つ大年神の神裔の名が、ここに登場してきたことになる。それは、また大国主神と少名毘古那の国作りという見事なシンフォニーで奏でられた「水地比」のメロディをも受けているのだ。その美しい前奏曲にのって、葦原中国の平定交響曲が始まる。

第一楽章は、高天原からだ。

第八章　国譲りへの道

天からの申し入れ

苦労に苦労を重ね、それを自然の理《ことわり》である易の教えによって克服し、大国主神《おおくにぬしの》の国作りは完成した。ここまで同行してきた私たちにとっても、その試練の程は理不尽とも思えるものだった。

ところがここに至って、突然、高天原《たかまがはら》にいる天照大御神《あまてらすおおみかみ》が葦原中国《あしはらのなかつくに》は自分の直系の子が治めるべきだと言い出すのである。

私たちは、「なんて、ひどい話だ！」と、まず憤慨してしまった。これは一体どういうことだろう。大国主神と付き合っているうちに、いつのまにか、私たちは彼のファンになっていた。

この唐突なアマテラスの発言に始まって、結論としては大国主神は国を譲ることになる。そこまで行きつく話のいきさつも実に紆余曲折《うよきよくせつ》あって、詳細を見ていくとかなりの道のりになってしまう。ここではそのあらすじを紹介することにして、一気に結末にいきたいと思う。

大筋はこうである。アマテラスのことばにより、その子、天忍穂耳命《あめのおしほみみのみこと》が葦原中国へ降りることになる。ところが、この神は途中まで行くと、

「葦原中国は、大変騒がしいらしい」

と言って恐れをなし、戻ってきてしまう。

これは一大事だ。高天原では神々が相談し、別の神を送って葦原中国を平定しようということになる。平定役に選ばれたのは、まず天菩比神《あめのほひのかみ》、次に天若日子《あめのわかひこ》。しかし、二人ともその使命を忘れ葦原中国に居着いてしまったり、天の命に背いて自分が支配しようとしたりで、使者の役を果たさない。

最後の切り札として、建御雷神《たけみかづちのかみ》が指名される。

彼は大国主神に詰問《きつもん》する。

「アマテラスは、この国は自分の子が治めるべきだと言っているが、お前はどう思うか」

それに対し、大国主神は、

「我が子、言代主神《ことしろぬしのかみ》に聞いてくれ」

と言って、自分では直接答えない。建御雷が言代主を捜し出して聞くと、彼はすぐに了解する。その旨《むね》を大国主神に伝えると、今度は、

「もうひとりの我が子、建御名方神《たけみなかたの》にも聞いてくれ」

と言う。

こちらは、この理不尽な要求を聞いてひどく怒り、建御雷に力競《ちからくら》べの勝負を挑むのだが、いともたやすく負けてしまう。

それを見て大国主神は、

「葦原中国は、天に奉《たてまつ》ります。ただ、私の住処《すみか》として、天の宮のようなりっぱな宮殿を作って下さい」

と言って、ついに葦原中国を譲ることになったというのである。

建御雷と建御名方の勝負の場面こそあれ、他に派手な立ち回りもなく、いとも平和に国譲りが行われた。天からの一方的な申し入れなのだ。もう少し激しく抵抗してもよさそうなものなのにと、私などはついつい本気でそう思ってしまう。

大国主神の神格は従順を意味する坤卦《こんか》だった。では、何に従ったというのだろう。

高天原に坐《ま》しますアマテラスの命令だから、それに従ったというのだろうか。

暗黒時代

古事記神代は天の国である高天原と、地の国、葦原中国、そして死者の住む黄泉国《よみのくに》という三つの国で構成されている。今、国譲り説話で問題になるのは、天の国と地の国の関係だ。

まず、天が地に降りてくる前のこと、つまり天が上にあり、地が下にある状態を考えてみる。易にはその状態を示す「天地否《てんちひ》」という卦がある。塞《ふさ》がる意を表わす卦である。天が上、地が下にあるのだから問題ないように思えるが、実はそうではない。天の気は陽で上昇し、地の気は陰で下降する。つまり、そのままでは陰陽二気交わらず、何も生まれないのである。それを易では、陰陽の気が閉塞《へいそく》している暗黒時代と説いている。

天忍穂耳命が、「騒がしい」と言って恐れをなし、高天原に逃げ帰ってきたのも無理からぬことだった。天地は暗黒の状態の真《ま》っ只中《ただなか》にあったのだから。

「天地否」を打開する方法は、易の六十四卦の並びで、次にくる卦が教えてくれる。自然はいつまでも塞がったままではいられない。そこで、次に「天火同人《てんかどうじん》」の卦が続いてくる。この卦は、塞がった世を打開するためには、人と人との和、他人と仲良くすることが必要だと説いている。それは、天は上にあるもので、火も上昇するものという、同じ性質を持っているからできることだというのである。

アマテラスの子、天忍穂耳命が戻ってきた後、天から再び使者が送られるが、その神の正体がそこから予測できる。葦原中国の使者となる神は、「天火同人」によって天地の交わりを実現するために、地の神、大国主神と同じか、もしくは同類の神であろう。鳩首《きゅうしゅ》協議の結果、高天原の神々も同じ結論に達したようだ。地の神、大国主神と同類と言えば、地と同じ性質を持ち、地と最も馴染《なじ》む水が考えられる。

とすると、選ばれた天菩比は水の神だったのではないか。そして、この水と地の関係をよく表わしているのが、「水地比」という卦であることはこれまでも繰り返し述べた。水と地が同じ類《たぐい》で、だからこそ、お互いに親しみ輔《たす》けあうものだった。「比《ひ》は輔《ほ》なり」とあるように、天菩比のホに輔の音が重なり、さらに比が並び、天菩比という神の名前自体が「水地比」の関係を表わすものとして作られている。

水は地と同類だけあって、すぐに馴染んでしまうのだった。

かくして天菩比は、三年経《た》っても高天原に帰らなかった。「大国主神に媚《こ》び附きて」と記されているが、それは水地一体の関係だったからに他ならない。

出雲《いずも》の祖神・天菩比

天菩比が古事記に登場するのは、ほんの数行である。私たちにとって、大して存在感のなかった神であるが、出雲に行って驚いた。この神が出雲の祖神として、出雲大社に大事に祀《まつ》られていたのである。しかし、出雲の立場になって考えてみれば当然だ。天にとっては使命を果たさなかったけしからぬ神であるが、出雲側にしてみれば出雲に居着き、大国主神と力を合せて国作りをしたとされ、出雲の親神となった神だったのである。

四月一日の朝、祭りが始まるというので、私たちは出雲空港から出雲大社に向かってタクシーを飛ばした。

「今日は天菩比の神様のお祭りですよね。少し急いでもらえますか？」

運転手さんにそう頼むと、

「へえ、そうなんですか」

と、ちょっと意外な返事が返ってきた。

出雲の祖神というからには、地元の人なら、誰でも一年に一度のこのお祭りを知っているのではないかという予想は見事に外れた。

天菩比は、出雲大社の本殿を二重に囲んでいる垣の外側にある小さな社に鎮座していた。タクシーを降り、小走りでそこに着いた時、祭礼はちょうど始まるところだった。本殿のご奉仕を済ませた神職たちが白装束に身を包み、二列に並んでしずしずとこちらに向かって歩いてくる。それはまるで、古代にタイムスリップしたような光景だった。参列者は三、四名の氏子さんたちと、十人ほどの観光客、それに私たちだけだった。

お社の小さな扉が開かれる。海の幸、山の幸、御神酒《おみき》などのお供物《くもつ》が、神職たちの手から手へと、厳かに受け渡されていく。天菩比は、出雲国造《こくそう》の始祖とされている。天菩比から数えて第八十三代目の現国造が、小さな社に参進して、祝詞《のりと》をあげ、お供物をまた同じ手順で片付け、三十分ほどで祭りは終った。

出雲を訪れて初めて知ったのが、この天菩比にまつわる不思議な伝承である。どの文献にも見当たらない言い伝えという。天菩比は、高天原から釜《かま》に乗って降りてきたというのである。松江市南部にある神魂《かもす》神社には、今でもその釜が祀ってあるらしい。

私たちはさっそく、その神魂神社へ行ってみることにした。松江市街をバスで通り抜け、少し郊外に出たところに、「八雲立つ風土記《ふどき》の丘」資料館がある。途中から降り始めた雨が、そこで急に強くなってきた。雨音に包まれる中、小高い山々の重なりからは水蒸気が立ち昇り、まさに「八雲立つ出雲」の風景を目《ま》の当たりにする思いである。

風土記の丘を通り過ぎて、両側に田んぼを見ながら歩いていくと、山際《やまぎわ》に神魂神社の鳥居があった。雨水が滝のように流れ落ちる苔《こけ》むした急な石段を登ると山の中腹に社殿があった。このお社は、天菩比が造ったと伝えられ、祭神は伊邪那美命《いざなみのみこと》である。ここは、日本最古の大社造りの社として国宝に指定されている。イザナミは女神なので、本殿は女造りで、屋根の前後に交差している千木の先端が水平に切ってあった。

私たちは、イザナミを水の神と解いている。そのイザナミをお祀りするために、水の神である天菩比がこの宮を建てたということになる。

釜に乗って

私たちは参拝もそこそこに、天菩比が乗ってきたという釜を探し始めた。

「あったよ。こっちこっち」

仲間の声に、本殿の脇《わき》の小さな建物に駆け寄ってみると、その中に鉄の大きな釜が安置されていた。ちょうど人が一人座れるくらいの大きさだ。

すっかり赤錆《あかさび》で覆《おお》われており、ひびも入っていて、いかにも年代物という感じがする。神話として聞いていたものが、このようにまことしやかな実物で目の前に現われるとなると、あらためて好奇心が湧《わ》いてくる。なぜ、天菩比は釜に乗って、天から降りてきたのか。せめて鳥や雲に乗ってとあれば納得もできようものだが……。

天菩比は、水の神だった。実は、釜というのは易経の「説卦伝《せっかでん》」によると、坤卦に当たっている。釜はものを煮炊《にた》きして成熟させるので、その働きを、万物を育《はぐく》み成熟させる地と同じと見ているのである。したがって、釜が地の象徴とすると、天菩比が釜に乗ってきたということは、水が地に乗っている姿ということになる。ものの見事に「水地比」である。

天からの使いである水の神の天菩比は、「水地比」の国である葦原中国に、水が釜に乗るという演出で降りてきたのだ。こう考えると、天菩比がすっかり地に馴染み、高天原に戻らなかったのも納得できる。

古事記、日本書紀、風土記、そして「出雲国造神賀詞《いずものくにのみやつこのかむよごと》」にも記されていないこの伝説は、出雲の人々が天菩比を水の神と知った上で創《つく》り出した説話なのだろう。「水地比」、つまり、葦原中国に居着くことを、象《かたち》に表わして天からやってきたというのだから。

「出雲国造神賀詞」では、水の神、天菩比は地（坤）の神、大国主神と共に、葦原中国を平定したとされている。出雲大社で行なわれた天菩比の祭りは、静かなものだった。それがかえって、地にしっとりと馴染み、吸い込まれていく水のおだやかな姿を思い起こさせてくれたような気がする。そして、今でも、地の神である大国主神の宮、出雲大社に寄り添うように、水の神の小さなお社は扉を閉め、ひっそりと佇《たたず》んでいる。

暦と革命

次に、高天原《たかまがはら》から葦原中国《あしはらのなかつくに》に使者として送り出されたのが、天若日子《あめのわかひこ》だ。「若」という漢字は、しなやかで、柔らかい意を表わす。これも柔順につながる。そして、「日子」の名にこの神の神格が込められている。「日子」という漢語があり、太陽の子という意味と、日数、日付けという意味がある。

毎日、毎日、続いていく日付けは、暦に他ならない。そう考えると、地の神、大国主神が土気の働きにより、季節の運行を正しく実現しようとしていたことと重なってくる。この神も天菩比と同様、大国主神と同じ類の神だったのである。

この神は大国主神の娘、下照比売《したてるひめ》と結婚して、自分が葦原中国を得ようとした。単に、馴染むだけでなく、天の命に反することを考えてしまったわけだ。そして、八年たっても天に戻らなかったのである。

古代中国において、王朝が代わると、暦は新たに定められることになっていた。治世において、四季の推移を記す暦を定めることは重要で、この暦によって国作りの基幹産業である農業が営まれていたのである。

易の卦には「沢火革《たくかかく》」という卦がある。「革」という字が示す通り、革命、変革を表わす。革命とは、天命が革《あらた》まる、つまり、王朝が改められることだ。また革命のことを正朔《せいさく》（こよみ）を改めるともいうと説かれている。新しい暦になることは新しい王朝になることで、それが革命だった。易経においては、変革こそが天地の動きに沿った行為で、陰陽の気が常に変革してこそ、四季も成立するのである。

天若日子は葦原中国の変革の任を担《にな》って、天から遣わされた神であったのに、天命に叛《そむ》いて自ら革命を起こそうとしたということになる。それもすべて、暦の神だったからこその行動だったともいえる。過ぎた日々は二度と戻ってこない。この神が天に戻るということを考えなかったのも、無理からぬ道理だった。すべてその神格のなせる業なのだが、天から見ればその命に叛いていることになる。それが原因となって、天若日子は死に至る。


雷神登場！


最後に遣わされたのが、建御雷《たけみかづち》である。

雷とは、『説文解字』を注釈したものに、

「陰陽、薄《せま》りて動き、雷雨す」

と説かれているように、陰陽の気が積み重なって生じるものと考えられていた。

「天地否」、陰陽閉塞《へいそく》の状態を打開するために、陰陽二気が互いに迫り動いている雷の神が遣わされたのである。アマテラスの子は逃げ帰り、期待の使者はいわばミイラ取りがミイラになってしまった。天の神は議論の末、今度こそ最後の切り札として建御雷を派遣することにしたのである。天の国、自慢の強力な使者だった。

この神は、まことに変わったいでたちで出雲の国の伊那佐《いなさ》の小浜《おばま》に降りてくる。十《と》掬《つか》の剣を逆さにして、波の穂に刺し立て、その剣の先に胡座《あぐら》をかいて現われたのである。

やけにインパクトのあるこの登場の姿こそが、この神の神格を知るポイントだろう。剣は、「やまたのおろち」の説話中でも述べたように、水の象徴である。そして、その上に雷の神、建御雷が座っているというのである。それを文字通りに易の卦に投影してみると「雷水」となり、「雷水解《らいすいかい》」の卦が目に浮かんだ。困難が解ける意で、西南の方角が良いとある。

この卦の前にある卦は「水山蹇《すいざんけん》」で、少毘古那《すくなひこな》の項でも述べた通り足が萎《な》え困難であるという意を表わしていた。「西南に利あり、東北に利あらず」とある。天菩比《あめのほひ》、天若日子と合わせて、すでに十一年も経《た》っているにもかかわらず、いまだに天の意図が実現されていない。物事が停滞してにっちもさっちもいかない。まさに天にとっては大困難の事態である。それを克服するためには、西南に行くことが利につながるというのである。実は、建御雷が天から降りた伊那佐の小浜は、出雲の国の西南に位置している。そここそがこの神が降りるべき方位として、ふさわしい場所だったのである。

この困難を打開するため、自ら剣の上に座るという姿で表現し、西南に利ある伊那佐に降り立ったのである。

奇妙奇天烈《きてれつ》とも思えるような雷神の登場は、その姿のまま受け取ればよかったのである。易の卦を絵のように象《かたど》っていたのだった。だから、ひと目で大国主神も、建御雷が天から運んできたメッセージを理解できたのであろう。果たせるかな大国主神は何の異議も申し立てない。

日本人は、何かと形式に囚《とら》われがちである。しかし、単なる形式が先にあったわけではないだろう。それは、しばしば日本人の形式主義を批判する際に言われることが多いが、もともと日本にも、ただ形式のために形式を追い求めるなどということはなかったはずである。

茶道では、すべての動作を必ず決まった型で行う。一定のスタイルに従って茶筅《ちゃせん》を置き、お湯を汲《く》む。恐らく、それらの型はお茶を点《た》てる時の、最もシンプルで簡素化した動きを追求するところから生まれたものであろう。

その本来の意味がわからなくなり、次第に形骸化《けいがいか》し、表面的な形だけを継承するようになってしまったものも多いに違いない。

形に込められていた本来の意味を見出《みいだ》すことは、意味を象徴化し、形式化する人間本来の自然の営みのすばらしさを知ることでもある。形式化を意味のないこととして切り捨ててしまう前に、その原点に立ち返り、もう一度本来の意味を探し出してみる必要がある。

私は古事記の、特にその神代の説話を読み解きながら、人間の象徴化、形式化の美学に目を瞠《みは》る思いである。

言代主《ことしろぬし》の正体

大国主神は、建御雷の申し入れに対して、自分の子の言代主と建御名方《たけみなかた》に聞いてくれと答える。

言代主の本名は、八重言代主神《やえことしろぬしのかみ》という。「八重」は、沢山の意で、「言代」はことばを表わし、沢山のことばの神ということになる。易の卦では、言説するさまは「沢」である。そこから、神のことばを告げる託宣の意も表わし、従って巫女《みこ》も沢の卦に属している。この神が御大《みほ》の前《さき》で鳥と遊び、魚を獲《と》っていると書かれている。何とものどかな風景である。だがそれは単に遊んでいるのではなく、自然を観察し、神託を占っている姿ではなかったか。

易の占いとは、自然の中にある陰陽の流れを見つけることである。自然を虚心に眺め、その底流に潜んでいる陰陽のバランスを見極めるのだ。古代において占いは、国家の大事を決めるのに使われる重要なものだったことはすでに述べた。当時、易経は占いの最高の経典とされ、それをもとに託宣をする者は、王と並ぶ存在だった。大国主神が葦原中国の運命を決めるのに、沢の神に尋ねて下さいと言ったのは、当然のことだったのである。

この神は、建御雷の問いに、何ひとつ異を唱えることなく、国譲りを承諾する。そして、不思議な行動をとるのだった。乗ってきた船を踏み傾け、天《あま》の逆手《さかて》を打ち、その船を青い柴垣《しばがき》にして、その中に隠れたというのである。この描写だけからではいったい何のことやらさっぱりわからない。

だがこれも、易を下地にすると、ひとつの風景が見えてくる。

易の卦で船の形になぞらえているものがある。「風雷益《ふうらいえき》」で、風は木の性状であり、雷の性状は動、つまり、動く木ということでイコール舟となるのだ。

この船を踏み傾け、逆手を打つということばに沿って、逆さまにしてみよう。船をひっくり返すわけだから、「風雷益」の卦を上下逆さまにひっくり返すのだ。すると、この「風雷益」と対になる易の卦は「山沢損《さんたくそん》」である。

山と沢、これを青柴垣といっているのではないか。山にぐるりと囲まれている沢を、青柴垣に見立てたのである。それが、損の意になるというのだ。沢は平面より低くて、山は高い。沢の土を減らして、その土を山にあげたと見るのである。下のものを減らして、上に増す形を損とし、それが転じて国を治めるためには、民の所得からある程度ものを減らすことは必要だといっている。つまり、今流に言えば税金ということだろう。

「山沢損」の卦が意味しているのは、下にある地が上にある天に国を譲る、つまり、国譲りそのもののことだったのではないか。

さらに、この卦は、「雷水解《らいすいかい》」の次にくる卦なのだ。託宣神である言代主は、雷神の登場に、困難が解ける意をも読みとったのである。陰陽の流れがどちらに向いているのかを理解したのだった。そのことを具体的に「山沢損」という形で示したのである。これが言代主の国譲り承服の顛末《てんまつ》だったのであろう。

風と雷の戦い

ところが、その言代主の返事をもらった雷神に、大国主神はもうひとりの子である建御名方にも聞いてくれというのであった。その神は、言代主とはまったく違うタイプだ。千引《ちびき》の石《いわ》を軽々と持ち上げて現われる。力を誇示して、やる気満々の風情《ふぜい》である。その上、雷神に向かって、

「誰だ。私の国に来て、こそこそと物を言っているのは。それならば、力競《ちからくら》べをしよう。私が、先にあなたの手を摑《つか》もう」

と言って、いきなり腕力の勝負に出る。今までにはない喧嘩《けんか》っ早い神だが、意気込んでいられたのも束《つか》の間《ま》のことだった。

相手は何といっても、陰陽の気がせまって生じる雷の神である。建御名方がその手を取ると、建御雷の手はたちどころに氷柱になり、さらに剣刃《つるぎば》になった。畏《おそ》れをなして、思わず後ずさりした建御名方の手を取ると、若葦《わかあし》をもぎ取るが如《ごと》く摑み取って投げ放ったというのだ。

『ターミネーター』という映画の中で、未来から送られてきた殺人マシーンの手が、一瞬にして剣になるという場面を思い出した。そんな現代的な想像力にも、一歩もひけをとらない描写である。

勝負はあっという間についてしまったが、それにしても、雷の神に勝負を挑むとは、この建御名方の度胸もなかなかのものである。登場の姿が派手で目をひいたが、どうやら、そこにこの神の正体を知る鍵《かぎ》が隠されていそうだ。両手に大きな岩を載せて、雷の神に対して平気で喧嘩をふっかけたのだ。

自然界で雷が生じるには、風が吹かなくてはならない。風が吹くことで、上空に混じり合っていた電荷がプラスとマイナスに分かれ、地上の電荷と引き合って電気が流れる。それが雷だった。雷と組むのは風をおいてない。風は巽卦《そんか》である。この字は揃《そろ》える意で、物を揃えて台上に供えた象形である。その台は、もともと両手でそれを捧《ささ》げ持つ形なのである。その形が建御名方の姿と重なって見えてきた。建御名方の名前の中にある「名」は、「名は体を表わす」で体と一体、揃いあうものだ。「方」も左右に張り出すことを言い、左右に並び揃う状態である。ともに揃う意に重なる。このように姿も名も「巽」の意を表わしているのだ。

䷩
風雷益

䷨
山沢損

風と雷の組み合わせの卦、「風雷益」は、風が烈《はげ》しければ雷の響きはより強くなり、雷の鳴る時は風が疾《はや》くなるから、風と雷は互いに助けあって勢いを益《ま》すということで益を表わしている。助けあうものは、また、激しく争う相手ともなる。

風と雷の神の勝負は、一瞬にして、雷の勝ちで終わった。投げ飛ばされた風の神は、ほうほうの体で逃げていくが、雷の神は、それをどこまでも追いかけ、とうとう、科野《しなのの》国の州羽《すわ》の海までやってくる。今の諏訪湖《すわこ》である。出雲からと考えると随分遠くまで来たものだが、雷と風の神ならば、さほど時間はかからなかったに違いない。

ここに来て、風の神、建御名方は言う。

「どうか殺さないで下さい。私はもう、ここにずっといて他の所に行きません。父や兄のことばに従います。葦原中国《あしはらのなかつくに》は、天の神さまに奉《たてまつ》ります」

雷への降伏宣言である。

諏訪がどんな場所かご存知だろうか。諏訪には精密機器の工場が多い。豊富な水、そして、何より埃《ほこり》の少ないきれいな空気がその立地条件を満たしているのだ。つまり、風が比較的穏やかな地方なのである。風の神が風が穏やかな地に隠遁《いんとん》したということだ。この地を離れなければ、穏やかな風のままでいるわけだから、もうひと安心である。それと同時に湖が、選ばれた条件の要《かなめ》となっている。湖は川と違って動かない。周りが移り変わっていっても、湖自体は変わらない姿を保っている。それは井戸の姿と重なってくる。

「水風井《すいふうせい》」という易の卦が、その井戸の姿を説いている。井戸の水は絶えず汲《く》まれるものだが、井戸自体の位置は変わらない。水風という水の下に風がある形は、変わらない静かな姿の象徴だった。建御名方がその諏訪の地に留まることで雷神に対して降伏することを、形をもって示したのである。

国譲り

こうして雷神は、大国主神の二人の子が葦原中国の国譲りを承諾したことを大国主神に告げ、再度、彼の意向を尋ねる。

初めて大国主神は、

「我が子の言うことに、私も異存はありません。葦原中国は、天の神に奉ります。ただ、私の住む宮を天の宮と同じぐらい立派に作って下さい。そうすれば、私は、そこにずっと引きこもり、私の子どもの神々は、言代主を筆頭としてみな、天に仕えるでしょう。逆らう神はおりません」

と答える。

こうして、無事に国譲りは行なわれることになったのである。

高天原《たかまがはら》からの使者は、初めに水の神、次に暦の神だった。これは、「天地否《てんちひ》」という陰陽閉塞《へいそく》、暗黒の状態を切り開くために必要な「天火同人《てんかどうじん》」、つまり、地の神、大国主神の同類として選ばれた神たちである。同類ゆえに、逆に地の神に馴染《なじ》んでしまい、どちらもうまくいかなかった。

最後に、陰陽交わりの象徴である雷の神がその任を負うことになり、今度は直接、大国主神に尋ねたことになる。

大国主神は、まずは自分の二人の子どもに聞いてくれといい、雷神は沢の神と風の神に尋ねることになったのである。そして結果は、今見てきたとおりだ。高天原にとっては、めでたく、天の意志が受け入れられ、葦原中国を得ることができた。

この説話をひとことで言うと、天の国、高天原から、地の国、葦原中国を治めるために天の神が降りてくる話となる。そもそも、天が上で地が下という自然に見える状態は、易の陰陽で考えると「天地否」となり、とても良くない意味だった。陰陽が交わっていくことは、易の理《ことわり》において、何よりも重要なことといえる。その交わりによってしか、何ものも生まれないのである。だからこそ、この状態をなんとかして変えなければならなかった。

「天地否」の卦を上下ひっくり返すと、「地天泰《ちてんたい》」となる。天下泰平の泰だ。地の気は下に向かい、天の気は上に向かう。そこで、互いの気が交わり、陰陽の巡りが生じるのである。それには、天が上にあって地が下にある状態ではなく、天が下にきて地が上になるという逆の形にならなければだめだったのだ。それにはまさに、天が地に降りてくるということが必然だった。

一方的に、地の国を横取りしようなどという理不尽なことではなかったのである。陰陽の巡りとして、天が地に降り、地の国を治めることが必要だった。天の国、高天原は、アマテラスが治める日の国で、天高く昇る太陽が広い大地を照らすことにより、豊かな実りを得て、多くのものを所有することができるという、易の卦では「火天大有《かてんだいゆう》」の国であった。高々と天に昇り、広大な地を照らす太陽だからこそ、大いなる所有が許されるのである。

天が葦原中国を所有することは、天の国に与えられていた天命そのものの具体的な表現だった。だからこそ、大国主神は素直に従ったのである。自分の子どもたちの承諾を得てのことではあるが、基本的には、易の理である自然の秩序に素直に従ったということになろう。

地の神は従順であるが、それは自然の変わらない法則、巡りの理を司《つかさど》っているからである。自らもその自然の秩序に柔順に従っただけのことだった。陰である地が陽である天に従うとは、どちらが上か下かという問題ではなく、陰陽の自然な関係なのである。

高天原の会議

それにしてもここまでこぎつけるには、ずいぶんと時間がかかったものだ。

ここで天の国の会議についても、少し見ておこう。天の会議の議長は、アマテラスや高御産巣日神《たかみむすひの》である。並み居る神々の中で解決策を打ち出しているのは、常に思《おもい》金神《かねの》である。この神は、アマテラスが天の石屋《いわや》に籠《こ》もってしまった一大事の時にも、名案を出して成功したという実績を持っている。そしてやがては天孫が降臨する際にも、朝廷の政事《まつりごと》を行うという命を受けて、同行することになる。思金神はあくまでもその会議のメンバーの一人である。そこでは誰かが独断で何かを決めてしまうようなことはないようだ。いつも話し合いが行われた上で、思金神がその時々の最善策を発表するようである。

私たちも初めは、天の国の神々の話し合いなどというと、雲の上の神様たちが気まぐれな思いつきにまかせて、ああでもない、こうでもないとやっているような印象を持っていた。だがこう見てくると天の会議もちゃんと民主的に運営されているようである。

思金神という名前からも、思慮深さが伝わってくる。金という漢字の字解は、蓋《ふた》をして中に封じ込めるというものであり、智恵《ちえ》を内に湛《たた》えている様子がうかがえる。それに五行の金は、八卦《はつか》では兌《だ》（沢）に当たる。兌はことばを話すという意味である。神託を言説でもって告げる巫《かんなぎ》もこの卦に含まれる。

私は、そんな思金神の名前やふるまいを見て、

「易経博士だ」

と思った。その大博士が人選を誤ったというのだろうか。

しかも送り込んだ使者が、何年経《た》っても戻らないというのに、一向に慌《あわ》てる気配がなく、悠長な感じがするのである。

私はあっと思った。天忍穂耳命《あめのおしほみみのみこと》の「葦原中国は大変騒がしいらしい」ということばは、葦原中国の平定が未だ半ばであるという報告だったのではないか。さらばそれを推し進めるために、まず相手のことをよく知った上で、相手に溶け込みやすい最適の人物を派遣しよう。地の人々とともにしか国作りは成し得ない。天菩比《あめのほひ》が出雲の祖神とされるほどまで定着したことも、それが大成功だったことを物語っていないか。

次の天若日子《あめのわかひこ》は暦の神だった。国譲りとは、暦を改めることだ。それはまさに革命だった。そのために万全を期せ。それが天若日子に課された使命ではなかったか。

天菩比を待った三年と、天若日子を待った八年も、ただ天が攻めあぐね、手を拱《こまぬ》いていたというわけではない。

三年と八年を足せば十一年、次の十二年目に建御雷《たけみかづち》によって国の平定が達成される。十二年といえば一巡りである。機が熟するまでの充分な配慮がそこにはあったのだ。だからこそ大国主神はすんなりと天の命を受け入れたのではなかったか。

天まで届く出雲大社

ここでは、もう一度大国主神の子として登場する二人の神、言代主《ことしろぬし》と建御名方《たけみなかた》の素顔を見てみたい。沢山いる子どもたちの中から、なぜこの二人の神が選ばれたのか。二神はそれぞれ、沢と風の神だった。

出雲は、谷の国、坎卦《かんか》が表わす水源の穴の意を持つ国である。同時に風姫であるスセリ姫の嫉妬《しっと》話に象徴されるように、激しい季節風が吹く。水と風とは出雲の風土の象徴そのものだった。

葦原中国というのは、具体的に「出雲」という限定された場所を指す国の名前ではなかった。それは天に対する地の国であった。だから出雲はまた、地の国として葦原中国に包含される国なのである。出雲は、水が豊かで、地の神が住む「水地比」の国、葦原中国を代表するにふさわしい国だったのだろう。その葦原中国の運命を決めるのに、出雲の風土を代表する沢と風の神が選ばれたのであろう。

こうして葦原中国は、天の国、高天原の所有となって、アマテラスの子が治めることに落ち着く。それに際して、大国主神は、ひとつだけ注文をつける。最後に自分の住む宮を、天の宮のように立派に、宮柱を太く、高く作ってほしいと言うのである。

これが、今の出雲大社のおこりとされている。

出雲大社の社伝によると、平安時代の出雲大社は本殿の高さが現在の約二倍、約四十八メートル、それ以前はまたその二倍、九十六メートルもあったという。床下の柱が極めて長大だったことが大きな特色で、大社造りとしては、神社建築の最も古い形式となっている。出雲の強い風にさらされたせいか、当時の建築の技術をもってしては高さの限界だったのか、建てたものは何度も倒れてしまったという。

それでも、また新たに高い宮を作ったというのだから、高さに如何《いか》に執着したかということだ。大国主神のことばに端を発しているとはいえ、なぜそれほどまでに、高さにこだわってきたのかは謎《なぞ》とされている。出雲の強い風を考えると、ますます合点《がてん》がいかない。

私が初めて出雲大社を目にした時には、

「何とも荘厳《そうごん》な佇《たたず》まいだなあ」

と感じたものだ。

その昔、この宮がもっと大きくて高い建物であったと想像すると、この大社を目にした人は、驚くというより、むしろ畏怖《いふ》を感じたに違いないと思えた。当時を想定して作られた小さな模型から推測すると、かなりのものだ。ますますもって、その高さの謎に魅《ひ》かれる。

この宮は、出雲の多芸志《たぎし》の小浜《おばま》に建てられたと記述されている。出雲の海辺に突如として現われた大きな宮は、地に建っているというより、宙に浮いているように見えたのではないか。

そもそもの事の発端を思い出してみよう。天が上で地が下にあるのは、陰陽が巡らないという極めて閉じた状態だった。この状況を打破するために、天が下に降りてきたのである。

「天地否」の卦を実際に逆にした形、「地天泰」を実現することを、地の神である大国主神は最終的に承諾したのである。つまり、天孫が地に降りてくることを。天が下になれば、地は自《おの》ずと上に行く。天の気は上に向かい、地の気は下に向かう。かくして天地は交わり、陰陽の気は通じるのである。万物の気は通じ、陰陽は巡っていく。まさに、天下泰平の実現である。

結論は簡単だ。天が下にくるのだから、地は上に行けばよいのである。それが自分の住む宮をできるだけ高い位置に作ろうとした単純な理由ではなかったか。地を上にするということを、出雲大社を高く建てるという具体的な形で実現しようとした。だからこそ、何回倒れようとも容易にあきらめるわけにはいかなかったのだ。高くすることに意義があったのだから。「地天泰」の具現化、それが出雲大社だったといえる。

神在月《かみありづき》

ところで、出雲の地を語る時、忘れてならないのが「神在月」の存在だ。ふつうは「神無月《かんなづき》」である十月を、ここ出雲だけは神在月という。十月になると、日本全国の神々たちが出雲に集まってきて、会議をする。留守番をしている神もいたらしいが、ほとんどの国ではその神が出かけてしまうので神無月というのに対して、その神々が一堂に会する出雲の方は、神在月となるわけである。

出雲では、旧暦の十月に、何ヵ所かの神社でその神々を迎える神迎祭《かみむかえまつり》が行われる。出雲大社の神職たちは、旧暦十月十日の夜、稲佐浜《いなさのはま》で火を焚《た》いて神々を迎え、大社まで案内する。大社には、本殿の東西に一棟ずつ、十九社《じゅうくしゃ》という神様たちが泊まるためのホテルまである。

八百万神《やおよろずの》たちは、翌日から七日間にわたって会議を行なう。一年間のさまざまな縁結びを取り決める重要な会議だ。そのための会議場もしっかりと用意されている。稲佐浜と出雲大社の途中にある上《かみ》の宮がそれである。出雲の人たちは、その間は、昼間に上の宮の前を通る時、会議の邪魔にならないよう、声を立てずに静かに通り過ぎる。会議が終了すると、また、神送祭《かみおくりまつり》によって、神々を丁重に送り出して、一連の行事は終了となる。

大国主神は国譲りをした時、天に約束したとおり、今も出雲大社に静かに身を潜め、国つ神たちをひとつにまとめているのだ。毎年、十月に行われる会議がそれを物語っている。

それにしても、なぜその会議が十月に行われるのかということも、今なら納得がいく。消息の卦を思い出して欲しい。一月から十二月までの一年の巡りに、易の卦が当てはめられているわけだが、十月の卦といえば、「坤為地《こんいち》」だ。坤は大国主神の神格だった。

家々に家紋があるように、神社にもそれぞれ神紋がある。神魂《かもす》神社、そして、その神魂神社と東西の位置にある真名井《まない》神社の神紋は、神在月を象《かたど》ったものであった。六角形の中に「有」の一字が印《しる》されている。「有」の字を分解すると、「十プラス月」となることから、十月が神有つまり、神在月となったと説明されており、そのセンスの良さもなかなかのものだ。

十月が「坤為地」の卦に当たっていることを知っている私たちには、さらに、なぜ六角形の神紋なのかということもわかる。六というのは、陰を象徴する数なのだ。純陰の卦である「坤為地」の季節、十月を有の字で表わし、陰の数、六角形でそれを囲んでいる。今の私たちには神紋ひとつからもそんなことばが、まるであぶりだしのように浮かび上がって見えてくる。

出雲と大和

大国主神の長い長い話は、八十神《やそがみ》の従者という身の上から始まって、いつ終わるともしれない試練を潜《くぐ》り抜け、君主としての道を修め、厳しい国作りに励み、結婚もし、子どもにも沢山恵まれ、やがては国を譲って、自分は静かに引き籠《こ》もるという結末であった。

古事記にはひとりの神の話としては、かなりの分量でしっかりと書き込まれている。これほどの話の展開で、その名もいくつもあるとなれば、沢山の話を集めたのだと言われているのも無理からぬこととも思えてくる。

しかし、今まで見てきたように、兎の話、八十神の迫害、根《ね》の堅州国《かたすくに》での試練、嫉《しっ》妬《と》と歌謡、少名毘古那《すくなひこな》との国作り、そして国譲りと、どの説話においても大国主神が地の神であるという範疇《はんちゅう》を外れることはなかった。地の神、坤の性状によって説明されないことは、何ひとつないのだ。

いや、坤の性状を基盤に具現化したストーリー展開なのである。大国主神が最終的には天の意に沿い、自分は引退とも言えるような形で引き籠もってしまうのも、陽である乾に対して、常に従順な陰である坤だからだ。運命に逆らわず、天の理、自然の巡りに素直に従っていくことが、坤の道だったのである。

大国主神と共に歩んでくるうちに、私たちは彼に肩入れするだけでなく、いつしか彼を身近な人物像に重ね合わせたりもしている。そして今、遠い時間を隔てた文献上の神ではない、親しみが持てる友だちのような存在として、大国主神が私たちの心の中に息づき始めている。

陰陽の交わり

出雲大社は、「延喜式」では「杵築大社《きづき》」、日本書紀では「天日隅宮《あまのひすみのみや》」、風土記《ふどき》では「天《あめ》の日《ひ》栖《すみ》の宮《みや》」と称されている。杵築の杵と築は、共に上下に搗《つ》く動きを表わす字である。これは陰陽の気が上下に交わる様と同じ動きを表わしている。日隅と日栖、これは何を表わしているのか。日は東から昇り、西に沈む。

古代中国の神話では、海底に扶桑《ふそう》の木があって、そこに太陽が宿ると言われている。日の隅と日の栖の名が示唆《しさ》しているのは、西という方位であった。西は陰の方角で、陽である太陽にとって、陰との接触点が西ということになる。陰と陽との出会いが、いつも問われるのだった。これらの名前に見られる意は、やはり、陰陽の気の交わりなのである。

古事記にはこの宮を造った時の様が書かれているが、これもまた、不思議な描写になっている。櫛八玉神《くしやたまの》という神が料理人となって料理をするのだが、まず鵜《う》になって海に入り、海底の赤土《はに》から八十毘良迦《やそびらか》（多くの平たい土器）を作る。そして、ワカメやアラメの類《たぐい》の茎を刈り取ってひきり臼《うす》を、コモの茎を取ってひきり杵《きね》を作り、火を鑽《き》り出したのである。そして櫛八玉神は次のように言う。

「私が鑽り出した火は、天高く高天原《たかまがはら》までたき上げ、地の下は深く底の石根《いわね》まで火をたき、凝り固まらせて、栲縄《たくなわ》で釣った口の大きいスズキを料理して奉《たてまつ》る」

火を鑽り出すのに、すべて海の中からその材料を持ってきているのが、不思議といえば不思議なところである。しかも、魚の中で、なぜスズキが選ばれたかということもだ。

ここで忘れてならないのは、やはり、「地天泰」の卦である。純陰である地と純陽である天との交わりによってしか、ものは生まれない。その陰陽の交わりの実現こそが、大国主神の宮、出雲大社であったのだ。

火を鑽り出すものをすべて海から得ているのにも、ちゃんとした理由がある。火と水、これもまた、天と地の関係と同じなのだ。もっとも対極にある火と水ではあるが、易では火は水に生じ、水は火に生じるという水火の交わりが大事なのである。

中学生の頃に行なった実験を思い出す。マッチに火をつけてビーカーに入れ、蓋《ふた》をすると、しばらくして火は消える。するとビーカーの内側に、水滴が生じるという実験である。

そう、火から水が生まれるのだ。海原から太陽が上がるように、水から火が生じるのである。スズキは出世魚として知られているが、この魚は、海と川を行ったり来たりすることに特性がある魚なのだという。海と川の交わりに、陰と陽の交わりを見るのである。陰陽の巡りが、最後に、これでもかという具合に記されていたのだった。坤《こん》が意味するのは、すべてを包容できる万物の母なる大地であった。陰陽の交わりによって、万物は生じる。陽である火と陰である水で表わされるグッズを畳み掛けるように登場させたのだ。大国主神の説話の結びとして、いかにもふさわしい。

出雲について考える時、どうしても気になるのが大和である。古事記の神代には、まだ大和という舞台は登場しないが、東の大和に対して西の出雲というように、その明らかな対照はすでに存在していたことは否《いな》めない。西の出雲大社と大国主神、対する大和の中でも東に位置する伊勢《いせ》神宮とアマテラス。さらにその奥に見えてきたのは、土と日である。

誰もが日常の中で目にすることのできる身近な土と太陽の姿ではあるが、太陽には誰も触れることはできない。太陽があるからこそ、私たちは生きていけるし、ぬくもりを感じられるのに、直接触ることは不可能な尊いものなのである。

それに対して土は誰もが実際に触ることができる。いつも私たちの足元にあって、私たちの存在自体を支えてくれているのが大地である。だからこそ土には、より親近感のようなものを感じるのかもしれない。国の神、土の神としての大国主神が、私たちにとってだんだんと近い存在に思えてきたのも、人間が毎日、太陽を仰ぎ見ながら大地を踏みしめて生きているからかもしれない。

出雲と大和という二大勢力の間で、何があったか古事記でははっきりとは触れられていないが、東西の陰陽の対比という大きな視点があったことは間違いないだろう。

古代から吹いてくる風

私たちが神々のふるさと出雲に魅《ひ》かれ、大国主神に心を奪われ始めた頃、出雲がにわかにクローズアップされてきた。荒神谷《こうじんだに》遺跡の三百五十八本の銅剣や、加茂岩倉遺跡の三十九個の銅鐸《どうたく》の発掘により、日本の古代史の定説が覆《くつがえ》るかと注目を浴びている。

今までも、日本古代史の重要な舞台として出雲は特別な地であった。しかし、なにせお話が神代のこと、どちらかといえば、史実とは別格扱いの地という存在だった。

だが、これまでも、古事記などでこれほどまでに出雲を舞台とする説話が登場するこなどから、それが強大な古代出雲王国を示唆《しさ》するものだったのではないかという人もいた。政治の中心地である東の大和に対して、祭事の中心地であった西の出雲。高天原による葦原中国《あしはらのなかつくに》の平定説話は、大和と出雲の関係を表わしたものであるという見方があるのも当然のことだろう。

そうはいっても、古代出雲王国と呼ぶにふさわしい国が存在していたというだけの物的証拠がなかったのである。それが、あのおびただしい数の青銅器の発見により、「やはり……」という線が濃くなってきたというわけである。

土を掘る。そこからは、古代の風が吹いてくる。一枚一枚ベールを剝《は》いでいくように、少しずつ真実の姿が見えてくる。それには、考古学者や歴史家ならずともロマンを感じることだろう。

私もさっそく仲間と連れ立って、加茂岩倉遺跡から発掘された三十九個の銅鐸が、本邦初公開される「古代出雲文化展」へと足を運んだ。大小、文様もさまざまな銅鐸は、約二千年の時を隔てて、私たちの前にその美しい姿を見せてくれた。さらに、壁一面を埋め尽くすように飾られていたのは、荒神谷遺跡から発掘された三百五十八本の銅剣である。こちらは、とにかくその数の多さに圧倒される。

なぜ、これほど大量の銅鐸や銅剣が一度に土中に埋められたのかということが、大きな謎《なぞ》のひとつとされている。そこには、一つの王国の終わりを象徴するものではないかという説が、想像図と共に暗示されていた。

大国主神と親しんできた私たちには、ひとつだけ確かに言えることがある。それは、古代の人々の土に対する想《おも》いだ。母なる大地というように、万物は土より生まれ、土に還《かえ》っていく。「社《やしろ》」という字は、もともと土盛りを表わしている。その上に木を立てたりして、土そのものを神として祀《まつ》ったのが、社の原形なのである。その土に対する供え物として、銅剣や銅鐸などを埋めたのではないか。

古代においては、毎年、畑に鍬《くわ》を入れる前に収穫を祈って、穀霊の宿る土器や土偶を粉々に砕き、土に埋めるという習慣もあった。穀物も土器も、すべては土からの贈り物だ。その土への深い感謝と熱い信仰を、そういう形で表現したのである。その表現形式は、終ればまた始まるという自然の理にかなっている。万物は地より吐き出され、再び地へと戻っていく。そしてまた、新たな生が始まるのだ。

いずれにせよ、出雲という地が単なる伝説上の聖地でなかったことだけは明らかである。

それにしても私たちは、今こうして土の中から目覚めた見事な青銅器を見ることが可能になった。「本物」というのはすごいなあ、とあらためて思う。「本物」だけが語りかけてくる何かがあるのだ。とはいえ、そういう「本物」を垣間見《かいまみ》ることができるチャンスは滅多にないし、公開されるものもほんの一部に過ぎない。

出雲を訪れた時、ある神社で聞いた話を思い出す。

「最近は出雲からまとまった数の銅鐸なんかが出たというんで、やたらと騒いでいるようですが、私らにしてみれば、別に今に始まったことではないんです。庭なんか掘ると出てきて、けっこう銅鐸なんかを持ってる人もいますよ。いうなれば、この辺は開発が遅れていただけのことですよ」

神々のふるさと出雲に暮らす人々は、当たり前のように歴史と共に生きている。しかし、誰もがそのような環境にいるわけではない。

それでも私たちは時空を超えて、古代から吹いてくる風を感じることができる。それが「開かれた墳墓」、古事記、日本書紀、風土記、万葉集の存在だ。私たちはいつでも気軽に、この古墳を開き、自分の目で見、手で触れることができるのである。

あとがき

　時は千数百年前、心地よい風が流れ込んでくる吹き抜けの部屋に彼らは集まっていた。外の陽射《ひざ》しは目には眩《まぶ》しいが、木々の葉には瑞々《みずみず》しい艶《つや》を与えている。季節が何回か巡り、思った以上に時間はかかっていたが、それに価《あたい》する大プロジェクトであった。

「天地否の次に続く易の卦《か》は天火同人だ。つまり、同族のものを持ってこなくてはいけないということになる」

「地と同種となると、もうそれは水だな」

「水地比の卦に沿って考えてみたらどうだろう」

「よし、やってみよう」

「道と謡の漢字は音も近いし、基本的な意味も同じだから、ここでは歌謡形式にしてみるというのはどうだろう」

「なかなかおもしろいね。その道にさらに王道を重ねてみるのはどうかな」
「それは、ちょっとやり過ぎじゃないか」
「いや、そんなことはない。ここでの国作りに、君主としての道を説くことは、はずせないことだよ……」

このような会話が幾たびとなく繰り返されていたのではないか。日本という国の正史の冒頭を飾るにふさわしい物語を彼らは創作していたのである。その中心に据えたのが、人間をも含めた自然の中にある秩序を、繰り返し説いている大陸の易の思想であった。それを日本国創世の物語としてどのように展開していくか。彼らの独創はそれを神々という存在に仮託して表現したところにあった。

自然がどう振る舞っているか、どう行なっているか、それを記述することばを見つけることが自然科学の目標であろう。そう考えると、易は古代、超一流の自然科学であったと言える。その時代なりに、変幻万化の自然を五感の限りを尽くして観察し、その繰り返しの背後に隠されている法則、「自然の理」を探っている。易は、自然は相対的であるという、現代の科学にも直接に通じる思想だった。

したがって、易には「神」は登場しないし、絶対的な善悪の価値観など微塵《みじん》も見られない。荒れ狂う台風が悪で、ぽかぽかの小春日和《びより》の太陽が善である、とはならないのである。いずれもが自然の両面にしか過ぎない。

人間もその自然の内なる存在として、「自然の理」に従って生きよと説かれている。「自然の理」にかなえば「吉」と出、「自然の理」に反すれば「凶」と出るのだった。

その易の思想が日本の正史である古事記には冒頭の神代に「神々」の名に仮託されて語られている。その神々は「自然の理」のシンボルだった。古事記の神は相対的な自然神だったのである。

この対極に西欧のキリスト教に代表されるような「神」なる思想がある。こちらは絶対的な神で、絶対的な善悪、価値観のシンボルになっている。西欧にあっては「神(The God)」であり、日本にあっては「神々(gods)」だった。

日本という国は世界地図の上でもおもしろい所に位置している。大きな大陸の東の果ての小さな島国。いろいろなものがここに吹き寄せられ、坩堝《るつぼ》化したであろう。そこで生き抜く智慧《ちえ》として、頑《かたく》なに自己主張することを止《や》めて、柔らかくすべてを同化することが求められた。

とかく日本人は独創性がないと風刺されることが多い。しかし、この古事記を読み解くことで、独創的ということばの真の意味がどこにあるのか改めて考えさせられる。

自然の悠久の営みの中には、本来的に新しいことが、忽然《こつぜん》と現われることはない。すべてのことにはその前に何らかの前身があり、すべてのことはすでに自然の歴史が育《はぐく》んできた種から発芽していくのである。いかなる独創的な、オリジナルな発想にもその前史があると思うのだ。

易経を神々の物語にするという卓抜な発想があったから、作者たちが大いに想像力を膨らませ、このような独創的な物語を創《つく》り出すことが可能だったのではないか。それも、それに先立つ易の哲学を充分に把握していたからに他ならない。

トラカレで今果敢にチャレンジしているのが、「DNAの冒険」である。DNAとは、「細胞」の中にある遺伝情報を担《にな》っている物質の名前で、すべての生きものに共通なものとして広く研究が行なわれている。

現在、生物学の主流は「分子生物学」である。分子生物学とは、生物を究極まで細分化し、ひとつひとつの分子のふるまいとして生命を記述していこうというものだ。それは以前までの博物学的な生物学から転換し、生物を記述する上で革命的ともいえる大きな成功を収めている。またそれぞれの生物のDNAの総体であるゲノムを読み解く試みもすでに緒についている。「ヒトゲノム・プロジェクト」と呼ばれる、人間のDNAを全部読み取ってしまおうという途方もないプロジェクトも進行中である。それは生物の発生から人間に至るまでの大英図書館の全蔵書の字数に匹敵する遺伝情報DNAのすべてを読み解こうという壮挙である。

私たちは「DNAの冒険」で、分子生物学で得られた膨大な知識を背景に、個々の事象で語られるストーリーの全体を、またそれを可能にしている脈絡を少しでも垣間見《かいまみ》たいと願っているのだ。

そのためには、その現象をどう見るかという視点そのものが問われることになる。つまり、自然を記述することばそのものが何かという、私たちトラカレの大きなテーマに重なってくるのである。それは、古事記を読み解いていくという行為とも基本的には同じである。

私たちのすべての研究の根底にあるのは、ヒッポの多言語自然習得という活動で得た体験である。

古代中国の哲人・老子は、人間のあり方の理想として、「嬰児《えいじ》のごとく柔弱であれ」と説いている。

柔弱の「弱」の字には今でこそ誰にも「弱い」のイメージしかないが、その源義はその作字に弓が二つ入っていることからも解《わか》る通り、弓のようにしなやかであれということである。だから老子は「赤ちゃんのように柔らかく、しなやかであれ」と言っているのだ。

赤ちゃんは、誰でも生れた環境のことばを自然に話せるようになる。これこそが人間の定義であろう。これを私たちはことばの自然習得と呼んできた。そのことばの「自然」とは何かをとことん深く追求しようというのがヒッポのスタンスである。「赤ちゃんのように」に執着して十数年、私たち大人は確かな手応《てごた》えで自分自身の中に生き続けている赤ちゃんを見つけてきた。外側からいくら観察しても、赤ちゃんの内側の営みを知るには限界がある。「赤ちゃんのように」「自然に」、それを呪文《じゅもん》のように唱えながら、いつの間にかいくつものことばが話せるようになってきた。大人の中に生き続けている赤ちゃんが目覚めた時、その共有する体験を通じて赤ちゃんの内なる営みが見えてくる。

ヒッポは現在十七のことばを同時に自然習得する活動を実践している。ことばの数など問題ではない。そのことばがとびかう自然な環境があれば、人間は誰でもそのことばを自然に習得することができるのだ。そのことばで人間は自分自身を、その自分をとりまく世界（自然）を見つけていくのである。

「やわらかく、しなやかに」それがすべての解だった。自然の中で沢山の人たちと柔らかい心で、しなやかに生きなさい。そうすれば生きものの営みや、赤ちゃんのふるまい、古事記の大国主神が語ることばも聞こえてくる。


見渡してみれば、私たちはまだまだ航海に出たばかりである。

古事記神代は、イザナキとイザナミの結婚に始まり、国生みが成され、沢山の神が生まれた。天上においてのスサノオは乱暴者だったが出雲《いずも》では英雄だった。大国主神の国譲りの後に天孫が降臨するが、またまた奇妙な猿田毘古《さるだびこ》なる神が登場する。そして、海幸、山幸の話で神代は終わる。その先にも、三輪山の神である大物主神にまつわる不思議な話がいくつも続き、さらに先では、倭建命《やまとたけるのみこと》が活躍する。私たちは、今回は触れなかった数々の説話に関しても、易の理に則《のっと》った構成をおおよそは見通すことができた。

しかしまだ、古事記の中の神代解釈の、小さな穴がやっと埋まったばかりである。これからも自分たちのマップに従って、また次なる道を歩き出していくしかない。大いなる試練、いや、新たな古代へと続く冒険は今始まった。

解説

赤瀬川隼

藤村由加が最初の著書『人麻呂の暗号』を上梓《じょうし》したのは一九八九年のことだった。その翌年、今度は『額田王《ぬかたのおおきみ》の暗号』を矢継早《やつぎばや》に発表する。そして七年後の一九九七年に満を持して世に問うたのがこの『古事記の暗号』である。

藤村由加は『人麻呂の暗号』によって突然名を現わした。いずれも若い四人の女性の姓名を組み合わせて作ったペンネームである。いったいどんなグループなのか。

一九八一年、言語交流研究所、ヒッポファミリークラブが、八四年にはトランスナショナル・カレッジ・オブ・レックスが設立された。三者は、言語研究、多言語習得と国際交流のための三位《さんみ》一体の組織といってよいだろう。創立者は榊原陽《さかきばらよう》という人である。英語の二つの名称は長いので、ヒッポ、それにトラカレと略称で呼ばれている。藤村由加はそのトラカレの第一期生のうち四人の有志を表わすペンネームである。ただし、第二作の『額田王の暗号』からは、同じペンネームのまま有志の数は増えているらしい。

いったい、この『古事記の暗号』のような画期的な神話解読の発想は、どのような土壌から生れたのか。まずはそれを知っておく必要があるだろう。そのためにはヒッポあるいはトラカレの内容をある程度知っておかねばなるまい。しかし、これを第三者が第三者に説明するのは、易しいようで意外に難儀なことなのだ。中心となるのは多言語の自然習得の活動なのだが、それでは自然とは何か。つづめてゆけばそれは「赤ちゃんのように自然に」となる。言うは易《やす》いが、大人にとって問題なのは、その方法だ。

幸い、『額田王の暗号』の末尾で、著者は「わたしたちの方法」という一文を書いている。それから抜萃《ばっすい》してみる。

赤ちゃんはそれぞれの言語環境の中で、日本でなら日本語を、複数のことばが聞えてくる環境でならその複数のことばを例外なしに話せるようになる。誰もが当り前のことと思っているが、こんな不思議なことがあるだろうか。言語という、外側から見ればこの上なく複雑な仕組みの難物を、そのことばが飛び交う自然な環境さえあればいくつでもマスターできてしまうのである。

ということは、自然な言語は、内側から見れば人間の認識にとって見事に簡明な秩序を持っているに違いない。自然の内側を支配する秩序を探ることが自然科学の唯一《ゆいいつ》の目標なのだ。

（中略）

とりわけ韓国語の体験は劇的だった。ここで初めて言語の自然習得とはどういうことかを大人も再体験することになる。私たちにはあの一見珍妙な文字が読めなかったから自然に耳だけを頼ることになった。赤ちゃんも耳だけが頼りだという当り前のことすら、文字から習う外国語教育に慣らされてきた私たち大人は忘れかけていた。表音文字とてそのことばの音そのものではなかった。文字はそのことばの音のおおよその指標でしかないのである。新しいことばに接するとき、先《ま》ず文字をということは、そのことばの外側からのアプローチだった。ことばを耳から習得する自然の方法ではそのことばの内側である「らしさ」というような音の大まかな全体の波、調や拍などの方から、やがて細いところまでだんだん捉《とら》え、発音できるようになる。文字は、その音声言語がすでにあることを前提としている。

韓国語の活動では文字という一見ことばの正確さを計る物差しもないから、大人でもその段階、段階で聞えるように言っている。韓国語の体験の中では、大人も間違ってはいけないという意識がほとんどなかった。私たちは赤ちゃんが決して間違えないことにも気が付いた。赤ちゃんの発語は、それぞれの発達段階の指標にすぎないのである。

抜萃が少し長くなったが、藤村由加の、そう呼んでよいなら万葉集・古事記の暗号三部作の出発点がここにあると思うからだ。榊原陽氏はまた、韓国語の活動を始めるとき、次のように話している。「隣りの国のことばを大切にしよう。ことばを大切にすることは、そのことばを話す人間を大切にすることだ。隣りの国の背後に世界があるのであり、隣りの国を飛び越えた世界はない。多言語人間とは、どんな人をも飛び越えず、すべてのことばに開かれた心なのだ」(『人麻呂の暗号』)

こうしてヒッポでは、従来の英語とスペイン語に第三の外国語として韓国語を加えたことにより、外国語を母語と同じように本当に「赤ちゃんのように自然に」習得する突破口を見つけたのである。藤村由加も当然、そのようにして韓国語を身につけていった。その過程で、日本語と韓国語の親縁性に興味を抱き、更に古代日本語と古代朝鮮語の関係、そして両語の背後にある中国語と、古代においてそれらすべての言語に唯一共通の文字である漢字という巨大な世界に関心が向いたのは当然だった。こう考えると、処女作『人麻呂の暗号』は生れるべくして生れたといえる。そしてこの本には、韓国語を従来の外国語学習法で学んだだけでは到底発見できないような、すなわち母語の自然習得と同じ方法で身につけなければ発見できないような、目から鱗《うろこ》の落ちる発見と洞察が随所に出てくる。果たせるかなこの本は発刊とともに大きな反響を呼び、次々に版を重ねて五十万部の大ベストセラーになった。しかし、一般読者層の熱い関心をよそに、歴史や古代文学の学界はほとんど黙殺の態度を粧《よそお》った。

ちなみにヒッポは、韓国語の活動がもう一つの突破口となり、ヒッポで親しむ外国語の数を加速度的に増やしていった。自然習得の環境を作るためには、一連のストーリーを会話や歌で運ぶCDを各家庭に備える。そのことばの数は現在、アジア、ヨーロッパ、アフリカの十七ヶ国語に及んでいる。そして各家庭で耳慣れたその多言語をもとに、幼児から大人までの雑多な構成のグループで毎週集まり、世界中のここかしこにある多言語の国の広場のように、さまざまなことばを自由に発しながら遊び楽しんでいるのだ。

さて藤村由加は、「隣りの国のことばを大切にしよう」との呼びかけでヒッポが韓国語の習得を始めて八年後に、それまで積み重ねてきた韓国語習得とトラカレでの研《けん》鑽《さん》の成果をまず『人麻呂の暗号』に結実させたが、次には、柿本人麻呂と同じく万葉初期に数々の秀歌を遺《のこ》した閨秀《けいしゅう》歌人額田王に焦点を当てた。そうして翌年発表した『額田王の暗号』では、「隣りの国のことば」とともに、更にそのまた隣りの国のことば、すなわち中国語への並々ならぬ研鑽のあとがうかがえる。韓国と日本を包み込む漢字文化圏の本家本元、そして韓国や日本よりはるかに広大な土地と長い歴史を持つ中国のことばと文化に、藤村由加の目が及ぶのは時間の問題だった。そして、古代中国を律してきた思想である〈易〉〈陰陽五行〉。『額田王の暗号』では、この易の思想による解釈はそれほど前面には出ていないが、その裏付けとして早くもこの〈易〉〈陰陽五行〉を把握し始めていたことは随所に読み取れる。

著者はこの三部作とは別に、一九九二年に、前二作の作業をとおして得た枕詞《まくらことば》の画期的な解釈を連ねたエッセイ『枕詞千年の謎《なぞ》』を出しているが、ここでも〈易〉による解釈は随所に顔を出すようになっている。それは五年後の『古事記の暗号』の前奏曲のようである。そして藤村由加は『古事記の暗号』で、古事記の上つ巻、いわゆる神代記が、古代中国に発する古代の総合科学思想ともいうべき〈易〉〈陰陽五行〉のメタファーで埋め尽されていることを、ほかならぬ本文の言語そのものによって実証するに至った。

この本の終章を、藤村由加は次のことばで閉じている。

しかしまだ、古事記の中の神代解釈の、小さな穴がやっと埋まったばかりである。これからも自分たちのマップに従って、また次なる道を歩き出していくしかない。大いなる試練、いや、新たな古代へと続く冒険は今始まった。

藤村由加はまだ十分に若い。彼女自身が「今始まった」という「新たな古代へと続く冒険」は、次にはどんな発見をもたらしてくれるのか、おおいに愉《たの》しみである。

（平成十四年四月、作家）

参考文献

『日本古典文学大系　日本書紀　上・下』岩波書店
『日本古典文学大系　古事記祝詞』岩波書店
『古事記』倉野憲司校注　岩波文庫
『日本古典文学大系　風土記』岩波書店
『中国古典選　易　上・下』本田済著　朝日新聞社
『漢字語源辞典』藤堂明保著　學燈社
『学研　漢和大字典』藤堂明保編　学習研究社
『易と日本の祭祀　―神道への一視点―』吉野裕子著　人文書院
『古事記の世界』西郷信綱著　岩波新書
『日本古典文学大系　萬葉集　一』岩波書店
『老子』小川環樹訳注　中公文庫
『古事記伝㈠〜㈣』倉野憲司校訂　岩波文庫

この作品は平成九年十一月新潮社より刊行された。

古《こ》事《じ》記《き》の暗《あん》号《ごう》

―神話が語る科学の夜明け―

新潮文庫　ふ - 22 - 3

平成十四年五月一日発行

著者　藤《ふじ》村《むら》由《ゆ》加《か》

発行者　佐藤隆信

発行所　株式会社 新潮社

郵便番号　一六二―八七一一
東京都新宿区矢来町七一
電話　編集部(〇三)三二六六―五四四〇
　　　読者係(〇三)三二六六―五一一一

価格はカバーに表示してあります。

印刷・株式会社光邦　製本・株式会社植木製本所

ISBN4-10-125823-6 C0195